Absolut Mittwoch

Pocahontas L.

Allen Frauen und Männern – besonders dem Einen.

Seid einfach nur die Liebe.

Alles andere ist unwichtig.

Danke, dass **du** mich erinnert hast.

In Liebe, S.

Fühl doch mal ...

Kannst du die Musik fühlen,

so wie ich?

Spürst du auch

den Beat in jeder Faser deines Körpers?

Kannst du dich verlieren

in den berührenden Klängen?

Zerfließen

in mal lauten und mal leisen Tönen,

dich dem einen Rhythmus

hingeben?

Kapitel 1

Jedem Anfang wohnt ein Zauber inne

Every Generation got its own disease schallt es aus meinem MacBook. Ich laufe im Hotelzimmer auf und ab.

Was wird heute passieren?

Es ist genau 20 Tage her, dass ich einen bestimmten Wunsch ans Universum geschickt habe. Ich hatte wieder einmal abends allein im Bett gelegen. Unglücklich, traurig, leer. Einsam in einer lieblosen Ehe, in der wir beide nur noch in einem gemeinsamen Unternehmen und dem allernötigsten Alltag als Eltern funktionieren. Auf eine unbestimmte Art meiner Weiblichkeit, meiner Lebendigkeit beraubt – und gleichzeitig entschlossen, das alles *jetzt* zu verändern.

Ich habe mir von ganzem Herzen diese Veränderung gewünscht: Eine Begegnung, die mich zu neuem Leben erweckt. Einen Menschen, der mir hilft, meine Weiblichkeit wieder zu leben. Jemanden, der meine Herzensenergie wieder fließen lässt.

Und hier bin ich: In einem Hamburger Hotel. Dabei, mich für ein Blind Date fertigzumachen. Ich hatte schon ewig kein Date mehr. Wird es diese eine Begegnung sein, nach der nichts mehr ist wie zuvor? Oder einfach ein netter Abend?

Hektisch zupfe ich an meinem schwarzen Kleid, das ich über einer engen Jeans trage. Es darf meine Silhouette betonen. Ich blicke in den Spiegel, lächle mir selbst zu: „Bleib positiv!"

Und schon bin ich aus dem Zimmer. Ben wird wahrscheinlich gleich am Eingang unten sein. Während ich in den Fahrstuhl steige, spüre ich, wie die Aufregung mich ausfüllt. Ben hat mich versehentlich vor 14 Tagen angeschrieben, er hatte sich bei der Telefonnummer vertippt. Was für ein Zufall? Eine Fügung? Antwort vom Universum?

Ich hab ihm geantwortet – und dann haben wir einfach weitergemacht: WhatsApp, Sprachnachrichten, Telefon ... wir haben uns locker beschnuppert, sind neugierig aufeinander geworden. Seine Stimme klingt sympathisch und auch ein bisschen sexy. Ich kenne ein Profilfoto von Mister Unbekannt: vielversprechend. Doch heute werden wir einander zum ersten Mal wirklich begegnen.

Ich will Ben Fragen stellen. Ich möchte seine Geschichten hören. Ich will schauen, wie er das macht, mit sich und dem Leben ...

Da steht er schon in der Lobby, ich erkenne ihn sofort. Seine Augen, sein Lächeln – so hatte ich ihn mir vorgestellt. Hatte schon mit geschlossenen Augen ein Bild von ihm gezeichnet. Ihn mitgenommen in meine Träume.

Wir umarmen uns kurz. Atemberaubend kurz. Dann sitzen wir schon im Taxi und gleiten durch Hamburg. Mein Hamburg.

„Früher habe ich hier gelebt. Eigentlich habe ich meine beste Zeit hier verbracht. Als ich noch jung und verrückt war." Ich muss über meine eigenen Worte schmunzeln. „Naja, so alt bin ich dann auch wieder nicht ..., ach, du weißt schon, was ich meine, oder?"

„Tja, das mit dem Alter ist so eine Sache. Letztens habe ich mich mit meinen Jungs von früher getroffen. Endlich mal wieder alle zusammen. Und da mussten wir feststellen, dass manche Geschichten einfach schon über zwanzig Jahre her sind. Und gleichzeitig fühle ich mich noch gar nicht sooo alt."

Wir lachen beide.

„Ja! Aber zum Glück ist das Leben herrlich bunt, es gibt noch viel zu entdecken, zu erleben, da dürfen wir beide über Alter mal noch gar nicht nachdenken."

„Absolut!"

Ja, es ist Smalltalk, aber ich spüre, da ist mehr unter der Oberfläche. Lass uns nur erst einmal ankommen ...

Unser Ziel, das *East*, kenne ich noch aus meinem früheren Leben. Vor meiner Heirat. Vor den Kindern.

Eine Kerze flackert zum gedimmten Licht auf unserem Tisch. Wir bestellen Sushi und Rotwein.

Ben will wissen, wie ich lebe. Stellt Fragen. Hört zu.

Ich erzähle – alles, was ist. Aus dem Herzen. Bewerte mich nicht, fühle mich frei. Mein innerer Analytiker ist für den Moment verstummt. Ich möchte mich zeigen, in allen Facetten. Ich möchte nichts zurückhalten müssen, nur weil meine Idee vom Leben vielleicht nicht der Norm entspricht. Ich bin eine Suchende.

Und auch ich habe Fragen. Ich höre ihn gern sprechen. Mag das Spiel seiner Worte. Lausche seinen Geschichten. Und er hat viele davon. Sein Sohn ist Scheidungskind, so wie er selbst.

„Also, an sich ist er kein Scheidungskind. Seine Mutter und ich waren nie verheiratet. Ich dachte wohl, so kann ich es vermeiden, ihn zum Scheidungskind zu machen", er lacht kurz und freudlos auf. „Nun ist er Trennungskind. Ich hab es nicht hinbekommen."

Wieder einer dieser Augenblicke, in denen ich tiefer schauen kann.

„Wir verbringen so viel Zeit wie möglich zusammen." Er zeigt mir Bilder am Handy. „Aber es ist nicht dasselbe wie vorher, als wir noch miteinander gelebt haben."

Ich spüre mit ihm, wie sich sein Scheitern anfühlt. In seinem Leben läuft also auch nicht alles glatt.

„War dein Sohn euer Wunschkind?" Vielleicht bin ich zu neugierig und zu direkt, aber ich habe das Gefühl, mit Ben kann ich so reden.

„Ja. Wir waren schon ein paar Jahre zusammen und es fühlte sich richtig an. Sie hat die Pille weggelassen und dann war es auch recht schnell passiert. Ich weiß es noch genau. Wir waren unterwegs, haben damals oft versucht, meine Geschäftsreisen mit privater Zeit zu verbinden und haben gemeinsam Städte erkundet. Und bei diesem einen Mal war sie nur noch müde. Das war nicht typisch für sie. Auf der Autofahrt, im Hotel, andauernd. Sie hatte nicht mal Lust auf das Konzert, auf das wir dort unbedingt zusammen wollten. Naja, danach hat sich herausgestellt, dass sie schwanger war."

Ich beobachte ihn, während er von seiner Exfreundin spricht, nehme Neutralität wahr, keine Regung, die mir eine besondere Verbundenheit zu ihr zeigt. Ich spüre eher seine Nähe zum Kind.

„Und warst du bei der Geburt dabei?", will ich wissen.

„Ja, ja, ich war dabei. Es war heftig. Es gab Komplikationen und sie musste in Vollnarkose gelegt werden. Der Kleine ist nach der Geburt dann direkt zu mir gebracht worden. Er lag da auf meiner Brust. So klein, so zart, so verletzlich. Irgendwann hat er sogar versucht, bei mir zu trinken."

Ben muss lachen. Dann schaut er mich an: „Und bei dir? Dass du jetzt hier mit mir sitzt, ist zu Hause okay?"

Ben ist mindestens genauso direkt wie ich. Und erwischt sofort den wunden Punkt.

„Was soll ich sagen? Wenn es zu Hause überhaupt jemanden interessieren würde, wäre ich wahrscheinlich gar nicht hier. Wir sind nur noch eine Zweckgemeinschaft. Ich arrangiere mich schon etwas länger, aber um ehrlich zu sein, hat mich unser Zufallskontakt dazu bewogen aus dem „Trauerland" aufzutauchen. Ich bin ein Energiebündel und war vielleicht auch zu oft zu doll unterwegs. Zu umtriebig. Mit meiner Ehe habe ich versucht, mich zu erden. Ich dachte, so leben die, die es richtig machen. Das muss so ..." Ich suche seinen Blick. Er schaut mir in die Augen und ich fühle mich verstanden.

„Ein Grund, warum ich nicht verheiratet bin", bestätigt er. „Wobei das nicht heißen soll, dass ich nicht an die Ehe glauben würde. Generell frage ich mich oft, warum sich Paare nicht einfach immer alles sagen können. Authentisch miteinander sein können. Auch wenn rechts oder links mal was passiert."

„Für einen ehrlichen und dann auch tiefen Kontakt ist eine Menge Erwartungsfreiheit nötig. Ich sehe es genauso wie du. Ich finde es viel wichtiger, wenn Kontakt ist, wirklich dem Gegenüber hundert Prozent Aufmerksamkeit zu schenken. Lieber eine Stunde ganz als fünf Stunden zerfleddert. Und was auch immer rechts oder links passiert, wie du schön formuliert hast ..., gibt es doch Wichtigeres im Leben."

Ben pflichtet mir bei: „Sprechen, die Wahrheit sprechen, und Handeln zwei wichtige Komponenten."

Es ist klar. Wir sind auf einer Welle. Und das fühlt sich gut an.

Wir philosophieren noch lange weiter über das Sein, tauschen Ansichten, Gedanken, Ideen aus. Manchmal nehme ich einen der Songs aus den Radiolautsprechern wahr und schaue Ben dabei einfach nur an. Ich ankere mir Kompositionen aus dem Bild von ihm, dem wohligen Gefühl, jetzt und hier genau richtig zu sein und einer sanften Melodie im Hintergrund.

Leben kann so leicht sein.

Mit Blick über Hamburg und einem letzten Drink sitzen wir schließlich im „Clouds". 25. Stock, das Lichtermeer weit unter uns. Ben fühlt sich vertraut an. Wir lachen miteinander. Und dann sind da noch unsere Blicke, die ihren eigenen Dialog führen. Ich spüre die Lust, weiter eintauchen zu wollen in das Gefühl, das diese Blicke erzeugen. Ich wünsche mir, mehr von ihm zu erfahren.

Und: Ich will noch mehr Abenteuer!

Und plötzlich ist da diese Idee für ein weiteres Experiment: Vielleicht können wir gemeinsam eine Geschichte schreiben, die wir später voller Freude anderen Menschen erzählen werden? Ben ist spontan begeistert. Wir werden gemeinsam eine Geschichte schreiben. Unsere Geschichte. An diesem Abend wird die Idee geboren.

Dann zarte Abschiedsküsse auf die Wangen. Ich atme seinen Duft, steige in mein Taxi und Ben verschwindet in der Nacht.

Nur wenige Stunden später lese ich seine Nachricht.

Seine Worte zu unserer Geschichte. Zum Beginn unserer Geschichte ...

Etwas ist verdammt anders an diesem Tag. Egal, wo ich vorher war, aus welcher Stadt ich kam – München? Köln? –, jetzt bin ich hier bei ihr.

Manchmal frage ich mich, ob mir das gut tut, so rastlos, schnell und umtriebig zu leben. Doch der Gedanke scheint nur kurz auf. Denn was ich wirklich gut kann, ist Dinge auszublenden und den Fokus zu halten. Geradeaus, bestimmt. Zu bestimmt? Dinge und Menschen, die mein Tempo nicht mithalten können, langweilen mich schnell. Das ist nichts, worauf ich stolz bin.

Doch sie langweilt mich nicht. Alles an ihr interessiert mich, ist überraschend, unerwartet, pur. Allein schon, wie sich unsere Wege gekreuzt haben ... die besten Dinge passieren immer ungeplant – das bestätigt sich schon mein Leben lang.

Ich habe keine Zeit, mir lange Gedanken in Vorbereitung auf unser Treffen zu machen, da ich von einem Meeting zur nächsten Telko springe – aber dieses Gefühl und die Lust auf den Abend habe ich schon den ganzen Tag gespürt. Juna inspiriert mich. Es sind ihre Worte. Die Art, wie sie spricht. Von Anfang an habe ich das Gefühl, dass ich bei ihr mein Visier öffnen kann. Ich fühle mich zu Hause – was auch immer das sein kann.

Ich möchte Juna nicht erst im East treffen, ich will vorher ein paar Worte wechseln. Sehen, wie sie geht, spüren, wie es sich anfühlt, sie neben mir zu haben ... – also hole ich sie mit dem Taxi ab. Ich muss nicht lange warten. Wir begrüßen uns, sitzen schnell im Taxi.

Der erste Moment an diesem Tag, in dem ich mich tatsächlich entspanne.

Leises Abklopfen und erste lebendige Momente miteinander. Zart. Sie versteht schnell, dass mir „große" Geschichten nicht wichtig sind. Ich erfahre einige ihrer kleinen. Schnell bekomme ich das Gefühl, dass ihre Seele lange nicht gestreichelt wurde. Sie hat eine Menge dafür getan, glücklich zu sein – und eine Menge dafür, sich selbst ihr Leben schwer zu machen.

Ganz oft habe ich an diesem Abend das Gefühl, Dinge mit ihr schon einmal erlebt zu haben. Sie kommt mir so vertraut vor. Beinah lasse ich mich dazu hinreißen, sie zu küssen. Ich bin mir sicher, sie hätte nichts dagegen.

Sie hat diese Energie, die ich bei den meisten Menschen vermisse. Ich will mehr wissen von ihr.

Wir unterhalten uns angeregt und scheinen einander ähnlich zu sein. Gemeinsame Interessen, Vorlieben, Ideen ... Und schnell ist klar: Wir wollen etwas gemeinsam machen!

Ich kann nicht mehr sagen, wer von uns beiden die Idee gehabt hat, unsere gemeinsame Geschichte festzuhalten. Aber ich kann sagen, dass sie die Frau ist, die mich dazu antreiben kann!

Die Neugier auf weitere Facetten, die Inspiration des bisherigen Abends und die Lust auf mehr lassen uns in einer Bar noch einen Drink nehmen.

Unsere Blicke sprechen eine eigene Sprache, und ich tauche weiter in sie ein. Ich bin glücklich in diesem Moment. Absolut.

Zum Abschied küsse ich sie zart auf die Wange. Ich schließe die Augen, atme ihren Duft. Wie gern möchte ich sie sanft auf die Lippen küssen und ihren Atem dabei spüren ... ich freue mich auf unseren nächsten Mittwoch!

Kapitel 2

Zwei wie Eins

Ich ziehe den Reißverschluss meiner Reitstiefel zu. Jacke an. Die Mütze auf den Kopf geschoben.

Heute ist kein Mittwoch. Heute ist einfach ein Tag. Nichts Besonderes. Ich bin noch nicht ganz wach. Acht Uhr morgens, sagt mir mein Handy und ich weiß, dass ich gleich auf dem ersten Pferd sitzen werde. Vorher noch schnell ein Pulver-Cappuccino, während mein treues Auto Hugo mich zum Job bringt. Beim Anfahren ein Blick in den Rückspiegel: Ich schaue mir in die Augen und frage mich, wie es mir geht. An diesem Nicht-Mittwoch.

Zu gern hätte ich die Zeit angehalten, vor drei Tagen in Hamburg. Ich möchte viel mehr von ihm erfahren! Normalerweise kann ich recht schnell desinteressiert sein, Menschen und Dinge aus meinem Fokus verschwinden lassen. Doch von Ben möchte ich noch viel, viel mehr hören, ihn erleben, ihn spüren. Ich möchte mit ihm tauchen, tief tauchen – in uns.

Leider funktioniert das nur bedingt über Kurznachrichten, auch wenn davon zurzeit sehr viele zwischen uns hin und her gehen.

Ich wünsche mir einen neuen Mittwoch und will endlich die ganze Welt um uns vergessen ... für ein paar kostbare Stunden ...

Manchmal male ich mir unsere nächste Begegnung aus: Ein zarter Kuss, der zu einem leidenschaftlichen wird. Ein Song. Ich: unvergessen berührt.

Ich fange meine Gedanken wieder ein und konzentriere mich: Wie geht es mir?

Ich fühle mich ganz okay. Bin zufrieden mit mir.

Denke ich an Ben, muss ich lächeln.

Da! Schon wieder ein Gedanke an ihn. Ich ermahne mich selbst, den Fokus auf meinen Job zu legen.

Angekommen. Ich stelle den Wagen vor dem Therapie- und Trainingszentrum ab.

Der Traktor dröhnt durch die Stallgasse. Boxenmisten ist laut. Unangenehm laut. Das kann mir morgens schon mal schlechte Laune machen. Ich atme tief und versuche, meine aufsteigende Aggression mit einem Lächeln zu entschärfen. Unsere Bereiterin ist noch mit der Heufütterung beschäftigt und Philip wartet auf ihre helfenden Hände, damit er sein Pferd gesattelt bekommt. Philip – mein Mann. Ich versuche ihm aus dem Weg zu gehen, damit wir nicht gleich wieder in einen Streit geraten.

Der Traktor verstummt und endlich höre ich die Musik auf dem Putzplatz. Ohne Radio geht hier nichts.

Als erstes Pferd werde ich Dr. Love reiten, meinen schwarzen Liebling. Er ist mein bester Freund und Zuhörer. Ja, ich teile meine Gefühle mit einem Pferd. Das ist hier über die Jahre so passiert. Aus meinem wilden Leben – Großstadt, modeln, Kamera-Action und keine Party zu lang – ist Landleben mit Pferden und Mutterdasein geworden.

Ich habe mich zurückgezogen. Nicht nur aufs Land, auch in mich selbst.

Vielleicht gab es zu viele Enttäuschungen, vielleicht habe ich die Hoffnung verloren, meine Sehnsucht je zu stillen. Ich war immer umtriebig, wollte mehr, habe mich ausprobiert und hatte große Träume. Ich wollte die Welt erobern.

Später habe mich in immer neue Ausbildungen gestürzt, Fernstudium hier, neues Seminar dort. Ständig auf der Suche. Kaum jemand kam mit meinem Flow mit. Ich war die, die verkehrt zu sein schien. Also musste ich etwas Neues probieren. Habe viele Menschen hinter mir gelassen, habe beendet und getrennt und mich selbst ausgebremst.

Seit vielen Jahren bin ich nun hier auf dem Land – doch immer noch nicht angekommen.

Mittlerweile kenne ich mich immerhin selbst ein bisschen besser. Und ich wünsche mir mehr Kontakt zu Menschen, die mich verstehen. Ich glaube, Ben kann das. Unser Abend, unsere Gespräche – ich konnte einfach ich selbst sein.

Mit diesem Gefühl zwischen uns stelle ich mir Berührungen unglaublich intensiv vor. Ich möchte erfahren, wie es ist, einander auch auf dieser Ebene ohne Masken zu begegnen. Körper, Geist und Seele zu streicheln, alles um sich herum zu vergessen, um sich in dem anderen aufzulösen.

Wie ferngesteuert habe ich inzwischen mein Pferd geputzt und gesattelt. Ich erwecke mich selbst aus dem Monolog meiner Gedankenwelt. Sicheren Schrittes geht es in die Reithalle, ich steige auf meinen schwarzen Schönen.

Sonnenstrahlen fallen durch die Hallenfenster auf mein Gesicht. Ich schließe die Augen, lausche der Musik und lasse mich durch die Halle tragen.

Ich träume. Ja, ich träume schon wieder. Irgendetwas ist passiert mit mir. Ich fühle mich gerade so herrlich inspiriert und bin wirklich, wirklich glücklich, wieder Kreativität zu spüren.

Vielleicht sollte ich Ben eine Kurznachricht senden mit einem *Danke* oder einem Lächeln oder einem Kuss.

Ich bin immer noch froh über seinen Vertipper, der zu unserer Begegnung geführt hat. Am liebsten würde ich dieses Gefühl konservieren. Ich wünsche mir, dass wir die Energie zwischen uns lebendig halten können.

Ich verschenke von dieser inneren Freude auch an mein Pferd und verbinde mich mit ihm.

Zwei wie Eins.

Zeit, das Training zu starten.

Kapitel 3

Im Prozess

Nochmal zwei Tage später kommt überraschend seine Nachricht: ***Mittwoch – Hamburg.***

Es ist schon Montag und irgendwie war für mich klar, diese Woche wird es wohl keinen Mittwoch für uns geben. Welchen Mittwoch meint er also? Binnen Sekunden antworte ich, um mich nach dem Datum zu erkundigen.

Sekunden später seine Antwort: ***Übermorgen.***

Mein Herz hüpfte vor Freude.

Wie sehr habe ich mich in den letzten Tagen nach seiner Nähe gesehnt! Dann diese spontane Frage.

Ich befehle mir, cool zu bleiben, obwohl das völliger Blödsinn ist. Ich bin allein in meinem Zimmer, niemand kann mich ertappen und das Kribbeln in meinen Bauch identifizieren. Hier gibt es in diesem Moment nichts zu verbergen, schon gar nicht vor mir selbst.

Der Mittwoch passt perfekt. Doch selbst, wenn er nicht gepasst hätte, hätte ich ihn passend gemacht. Ich kann einen beruflichen Termin anführen und mit dem Weg nach Hamburg verknüpfen. Alles rundum habe ich in Sekundenschnelle schon gedanklich arrangiert.

Ich will nach Hamburg. Ich will einen neuen Mittwoch.

Kein Wort zur Begrüßung – nur ein Kuss

Ich muss grinsen, seine nächste Nachricht trifft genau ins Schwarze. Ich will ihn küssen! Wie oft habe ich mich darüber schon in Tagträumen verloren ...

Natürlich meldet sich sofort mein innerer Analytiker zu Wort und plappert etwas von „schönem Hypnose-Versuch" und Absichten klären ... Doch ich will das nicht! Unser Spiel macht mir Spaß, es fühlt sich spannend und lebendig an, das ist genau das, was ich mir so sehr gewünscht habe. Der Analytiker in mir soll endlich Pause haben. Ich will leben, lachen und frei sein.

Alles, was in meiner Ehe nicht mehr stattfindet. Irgendwie nie in dieser Intensität stattgefunden hat, die ich brauche. Lebendiges, Verrücktes, Spontanes, vielleicht auch Inszeniertes, sich mit einer positiven Absicht Freude schenken und Geschichten kreieren, die wir später gern erzählen werden. Gute Eindrücke sammeln für den Geist. Das steht für mich ab jetzt wieder auf der Agenda.

Meine Ehe war ein Versuch, aus meinem „Gaga-Wesen" eine brave Ehefrau zu machen. So wie es sich gehört in unserer Gesellschaft. Dennoch, ich habe Ja gesagt zu dieser Verbindung. Vielleicht, weil ich damals *genau das* brauchte, was ich bekommen habe? Aber jetzt brauche ich eben etwas anderes.

Ich finde die Art, in der Ben und ich kommunizieren, uns Bilder implizieren, uns triggern, ziemlich anregend. Nennen wir das Ganze einen wundervollen Prozess.

Und ... schon ist Mittwoch. Absolut Mittwoch!

Ich sitze in Hamburg in meinem Lieblingshotel – dem *George* – und entspanne mich. Es ist zeitiger Nachmittag und ich werde gleich gemütlich durch meine Stadt spazieren. So wie früher, als ich noch hier gelebt habe. Ich bin oft stundenlang durch die Straßen spaziert, habe mir die Menschen angesehen und einfach wahrgenommen, was um mich herum vor sich geht. Habe gelächelt und Fremden in Gedanken das Beste gewünscht.

Ich möchte zurück – zurück in dieses Gefühl der Leichtigkeit. Und so schlendere ich auf alten Wegen. Von der Langen Reihe über den Bahnhof in die Fußgängerzone. Es duftet nach gebrannten Mandeln, Lakritze und Glühwein. Viele Menschen tummeln sich auf dem Weihnachtsmarkt und ich bin irgendwie dabei. Ich lächle. Für mich, für die, die mich ansehen. Ich kehre an bekannte Ecken und in vertraute Geschäfte zurück. Kaufen muss ich nichts, ich möchte nur etwas von meinem alten Leben spüren. Ich laufe bis zum Neuen Wall, verweile am Rathaus und bleibe auf dem Rückweg in meiner Lieblingsbuchhandlung hängen. Die Inhaberin erkennt mich. Es ist mehr als zehn Jahre her, dass ich das letzte Mal hier war, doch wir haben beide das Gefühl, es war erst vergangene Woche. Ein nettes Pläuschchen und die Freude, wieder hier zu sein, verleiten mich doch zu einem Kauf. *Vom Vergnügen alt zu werden* landet in meiner Tasche. Unglaublich – stecke ich vielleicht gerade in der Midlife-Crisis?

Ich verlasse die Buchhandlung und frage mich, ob tatsächlich die Bewusstheit für das Vergängliche meine Sehnsucht nach Leben, Liebe und besonderen Erlebnissen losgetreten hat. Eigentlich war ich schon immer auf der Suche, am Ausprobieren und Geschichten sammeln. Ich habe nur kurz eine Pause eingelegt mit meinem Landleben, der Ehe und den Kindern ... Und so ganz langweilig ist es mit meinen Kindern auch nicht.

Ich muss über mich selbst lachen. Als würde ich aus einem Schlaf erwachen, dabei habe ich die letzten 17 Jahre alles andere als geschlafen. Ich habe drei Kinder aufgezogen, gemeinsam mit meinem Mann ein Trainingszentrum für Pferde gebaut – und alle, die schon einmal gebaut haben, wissen, was ich meine.

Außerdem habe ich ein paar Bücher geschrieben, hier noch ein Projekt, da noch eine Aktion, sieben Tage die Woche, rund um die Uhr am Laufen. Also sagen wir so: Es war nicht zu wenig. Trotzdem fehlt mir etwas. Wo ich es finden kann, weiß ich noch nicht. Doch ich weiß: Ich möchte am Ende meines Lebens nicht merken, dass ich etwas ungetan gelassen habe, was sich mein Herz wünschte. Ich will berührt sein. Auch wenn das Tränen bedeutet – wenn ich *Ja* zum Leben sage und zu seinen wundervollen Geschichten, muss ich auch die Kontrolle loslassen können. Ich glaube, dann ist alles möglich ...

Ich weiß noch nicht, wann Ben heute hier sein wird. Ich weiß nur, dass er zu mir ins Hotel kommt. Die Vorfreude überflutet mich beim Gedanken daran, ihn gleich wiederzusehen.

Dann liege ich in meinem Hotelzimmer. Zeit. Nur für mich. Ich lese in meinem Buch, höre Musik. Das ist **mein** Mittwoch.

20.45 – ohne Eis, mit Zitrone, erscheint auf meinem Handydisplay.

Pünktlich setze ich mich in die Bar und bestelle unsere Drinks. Zwei Ramazzotti mit Zitrone, meiner mit Eis. Ich spiele unsere Begegnung in Gedanken durch.

Kein Wort zur Begrüßung, nur ein Kuss. Was für ein Kuss soll es sein? Eins ist sicher: Ich will seine Lippen auf meinen spüren. Mir ist egal, was die Menschen in der Bar denken. Egal, wer uns sehen kann oder gar beobachtet.

Ben tritt in den Raum. Ich lächle ihn an ... wir stehen voreinander. Endlich. Langsam nähern sich unsere Lippen einander. Es fühlt sich weich an und warm. Ich schließe meine Augen. Seine Lippen auf meinen. Sanft, ganz sanft küssen wir uns. Ich versinke für ein paar kostbare Sekunden in diesem Kuss. Am liebsten würde ich verweilen. Den Moment anhalten. Ihn noch ein bisschen atmen.

Dann öffnen wir die Augen, sehen einander an.

Schließlich setzen wir uns. Genießen unsere Drinks.

Wir reden miteinander. Über unser Projekt, die gemeinsame Geschichte. Und damit auch irgendwie über uns. Da liegt etwas in der Luft. Ein Kribbeln, eine Lust. Und Ben hat eine Idee: Wir wollen ein Setting kreieren. Gemeinsam schreiben, einen Tag und eine Nacht wollen wir uns schenken.

„Eine Sonne und einen Mond", sagt Ben lächelnd.

Ich möchte mit Ben schreiben. Will, dass wir uns mit Musik berauschen. Will Ben mitnehmen in meine Gefühlswelt, ihm einen Vorgeschmack geben auf die Ekstase, die wir uns kreieren können. Nur er und ich, eingeschlossen in ein Hotelzimmer, in einer fremden Stadt. Wir wollen uns zelebrieren, dabei schreiben. Geschichte erleben, Geschichte schreiben.

Das Verrückte: Tagelang ist genau diese Idee in meinem Kopf gekreist – so soll es sein, das gemeinsame Schreiben! Und von genau dieser Idee erzählt er mir jetzt. Ben ahnt wohl, wie das mit der Lust bei mir funktioniert. Seine Worte schenken meiner Phantasie Bilder, die mich ganz verrückt machen. Mir ist egal, ob das seine Absicht ist, ob ich auf eine Taktik reinfalle. Ich will ja reinfallen. Ich möchte mich auflösen in einem *Wir* und ich glaube, diese Erfahrung werde ich mit Ben machen können. Pure Hingabe, Wollen, Fordern,

Begehren, leidenschaftlich, intensiv, berührt ... Raum und Zeit vergessen. Sein.

Ich könnte Ben stundenlang ansehen. Meine Blicke fahren seine Konturen nach. Folgen der Linie über seiner Oberlippe, versinken in seinen Augen mit ihrem besonderen Blau ... ich kann mich gar nicht mehr auf unser Gespräch konzentrieren. Es gibt so viel, was ich ihn fragen will. So viel, was ich noch kennenlernen möchte. Aber ich bin wie paralysiert. Ich schiebe die kleine Kerze zwischen uns beiseite und fordere Ben zu einem Kuss auf. Unsere Lippen berühren sich wieder. Er schmeckt gut. Ich mag seine Küsse.

Ich bin einfach meinem Impuls gefolgt. Gedankenlos. Und sofort fängt es wieder an zu plappern in meinem Kopf. Bin ich zu extrem, zu überfordernd, zu hungrig nach dem Kick, zu emotional ...? Egal jetzt! So bin ich eben – wenn ich es mir gestatte.

Ich möchte einfach sein, mit ihm sein, ohne ständige Kontrollgedanken. Wir unterhalten uns. Leicht fühlt es sich an. Und zugleich so tief .... Ich bin fasziniert und doch meldet sich immer wieder die bekannte leise Stimme in mir, skeptisch, ein bisschen besorgt: Ob ich mich nicht verrenne?

Doch das Ganze ist ein solches Geschenk. Ich möchte es annehmen und wertschätzen. *Ihn* wertschätzen, so wie er ist. Nichts von dummen Gedanken verseuchen lassen.

Gleich ist es Mitternacht. Der neue Mittwoch geht langsam zu Ende. Ich möchte Ben noch nicht gehen lassen. Ich will ihn noch ein wenig spüren, seine Küsse schmecken, in ihm versinken.

Ein Abschiedskuss im Fahrstuhl, der von einem zarten zu einem sehr begehrlichen wird. Gemeinsam in den fünften Stock.

Körper, die sich aneinanderschmiegen. Ich atme ihn tief in mich, und weiß, heute ist nicht der richtige Tag für noch mehr. Ich möchte die Energie weiterwachsen lassen. Schauen, was mit uns geschieht an den Nicht-Mittwochen, wie wir in der Zeit dazwischen miteinander umgehen.

Wie wird es sich anfühlen? Wird die Lust auf ihn so groß bleiben? Wie oft werde ich an ihn denken und mich sehnen? Wird er den Kontakt zu mir weiterhin suchen – oder langweile ich ihn schon? Was denkt er über unsere gemeinsame Zeit? Welche Worte werde ich schreiben wollen und können, um unsere Geschichte zu einer richtigen Geschichte zu machen? Welche Worte wird er finden?

Die Fahrstuhltür schließt sich. Er ist weg.

Ich betrete mein Hotelzimmer und schmecke ihn immer noch auf meinen Lippen.

Kapitel 4

Oh, du Fröhliche ...

Weihnachten. Eigentlich ein Tag wie jeder andere. Zumindest was die Arbeit und den entsprechenden Tagesablauf anbelangt. Die Pferde müssen versorgt und bewegt werden, sie kennen keinen Feiertag.

So anstrengend Weihnachten seit Jahren für mich ist, immerhin habe ich diesmal den aktiven Part schon vorab delegiert. Der Weihnachtsabend wird bei meinen Eltern stattfinden, nur die Geschenke muss ich nachher noch hinbringen. Und abends dann durchhalten ... Doch immerhin: Ein Schritt in die richtige Richtung. Mehr hin zu mir. Mehr zur alten Juna. Hoffentlich ...

Zum Glück bringt der Tag zuerst einmal eine schöne Ablenkung. Mein Sohn Cedric hat Geburtstag und liebe Menschen sind gekommen: Meine Tante, mein Cousin Sebastian und mein Bruder Tom mit seinem Sohn sitzen mit an der Geburtstagsmittagstafel.

Mein Herz hüpft vor Freude, Tom zu sehen. In den letzten Jahren war unser Kontakt spärlich und distanziert. Seine Exfrau und ich konnten gar nicht miteinander und sie hat viel dafür getan, den Kontakt zu drosseln. Jetzt haben Tom und ich eine neue Chance! Ganz überraschend hat er sich vor ein paar Tagen angekündigt. Auch von Sebastian habe ich lange nichts mehr gehört, dabei waren wir früher so eng miteinander verbunden. Haben uns so viel erzählt, gemeinsam alles Mögliche unternommen und immer ein offenes Ohr bei Sorgen und Nöten füreinander gehabt. Er lebt mittlerweile in Kiel und ist selten bei uns auf dem Land. Ich denke unweigerlich an Hamburg. An meine unbeschwerte Zeit in meiner Mädels-WG damals und wie gern ich mit ihnen heute Weihnachten feiern würde. Oder überhaupt feiern!

Sebastian erzählt mir von seiner Sinnfindung. Wie er sich vor zwei Jahren auf den Weg gemacht hat, stärker seinem Herzen zu folgen und Dinge nicht nur zu denken, zu wünschen, sondern auch zu tun.

Ich lächle. Denke kurz an Ben und unser Projekt. Einfach schreiben. Einfach machen.

Sebastian erzählt mir davon, wie viel er inzwischen fotografiert ... und plötzlich ist die Idee da: Wir machen! Hier und jetzt! Ein Fotoshooting!

Tom ist begeistert, möchte auch dabei sein. Er lebt seit einiger Zeit in der früheren Post in Wanden, der Nachbarstadt, in der wir alle zusammen aufgewachsen sind. Das hat etwas Nostalgisches. Wir wollen dort shooten.

Und bevor mich jetzt der fade Geschmack von blöden Weihnachten doch noch überwältigt und all das „darf an", „soll man", „muss man" zu groß wird, will ich handeln. Ich will mich verbinden mit Menschen und ich möchte fühlen.

Die Kinder spielen ohnehin jetzt, die restlichen Aufgaben werden rasch verteilt ... und im Nu hab ich den Nachmittag frei und packe ein: Kleider, meine Softboxen, die alte Baulampe, die ich auch gern zum Fotografieren nutze, zwei Dosen Prosecco ...

Für ein paar Stunden frei!

Weihnachten 14 Uhr entern wir die alte Post in Wanden. Sebastian und ich öffnen die Dosen, prosten uns zu, während mein Bruder an seiner Selbstgedrehten zieht. Wir quatschen, lachen, genießen. Der grobe Plan für unser Shooting ist schnell klar: Ich möchte Bilder inszenieren, die ich später für das Buch mit Ben verwenden kann. Ich habe einen größeren Plan für unser Projekt. Keine Ahnung, was Ben davon hält, aber ich mache einfach mal.

Und in diesem Moment ist Weihnachten neu. Ist ein Mittwoch. Absolut Mittwoch.

Mein Bruder und ich vor der Kamera. Mal er, mal ich, mal wir beide gemeinsam. Laute Musik beflügelt uns, der Beat geht durch und durch. Mein Bruder ist genauso ein Musikjunkie wie ich. Wir drehen uns, bewegen uns im Rhythmus, posen für die Kamera. Sebastian ist in seinem Element, wechselt Perspektiven, turnt durch den Raum, findet Ausschnitte, setzt Licht, fängt ein, was wir ihm bieten. Wir sind vollkommen im Jetzt. Mein Herz lacht.

Dann ist es fast 17 Uhr, meine Kinder warten sicher schon.

Also: Zurück von der Mittwochsreise und ab ins „normale" Weihnachten mit mir. Was das bedeutet? Mich für die Kinder zusammenreißen und den „Körper-Klaus" mimen, wie Tom es immer nennt.

Unzählige Gedanken purzeln mir durch den Sinn, während ich die Geschenke für Kinder, Eltern und Philip aus meinem Wagen räume und sie bei meinen Eltern unter dem Weihnachtsbaum platziere. Dann geht die Show los.

Der lange Tisch für das riesige Fressgelage ist schon dekoriert und bis zum Rand vollgestellt. Fondue – „einmal alles bitte!". Ich mag gutes Essen, sicher, aber ich finde dieses hektische Reinschlingen und Vollstopfen schrecklich. Leider werde ich auch darum nicht herumkommen. Gehört eben zu Weihnachten.

So wie die „Schenkerei" zwischen Philip und mir. Eigentlich ist es seit zehn Jahren das Gleiche: Wir schenken uns aber nichts, suggeriert er mir bereits wochenlang vor Weihnachten. Ich finde eine kleine Aufmerksamkeit von Herzen als Geschenk wundervoll. Das hat für mich etwas von Wertschätzung, Interesse und Verbundenheit. Gern so etwas wie eine handgeschriebene Karte mit ehrlichen Zeilen, ein selbstgebasteltes Fotoalbum oder, oder, oder ...

Die letzten Jahre habe ich jedenfalls das angekündigte **Nichts** oder eine Mütze (es sind inzwischen schon drei) für die kalte Zeit im Pferdestall bekommen. Und obwohl ich mich schon ein paar Jahre seinem **Nichts** anschließen möchte, bringe ich es nicht übers Herz, das auch durchzuziehen. Dieses Jahr ist es ein übergroßes Schachspiel mit tollen Holzfiguren. Er liebt Schach. Dazu noch ein Pullover seiner Lieblingsmarke. Ich bin also gerüstet. Da Philip mich mit einer Vorankündigung zwei Tage vor Weihnachten aufmerksam gemacht hat, dass ich doch beschenkt werden würde, bin ich froh, bereits mitgedacht zu haben. Ja, es hat leider etwas von „schenkst du mir was, schenk ich dir was". Das Herz ist nicht mehr dabei.

Dennoch trifft mich seine Aktion: Kurz bevor wir uns auf den Weg zu meinen Eltern machen, überreicht er mir feierlich ... eine Flasche Rotwein! Kommentiert mit dem Satz: „Hier, Saufziege, du magst doch Rotwein. Der soll besonders gut sein!"

Nein. Ich trinke **nicht** regelmäßig. Im Gegensatz zu meinem Ehemann. Ich trinke gern ein oder zwei Gläser Wein oder meinen Ramazzotti, in guter Gesellschaft. Mich als Saufziege (das sollte wohl irgendwas mit Humor werden) zu bezeichnen und mir eine Flasche Rotwein in der Tür unter die Nase zu halten, ist schon sehr besinnlich ...

Zum Glück lenkt mich direkt darauf die wilde Auspackerei der Kids ab: Wie sie voller Freude über das Geschenkte um den Baum hüpfen und ab und an sogar Tränen in den Augen haben! Das Allerbeste am Schenken ist es, den Beschenkten wirklich zu berühren. Meinem Bruder, der sich dieses „Körper-Klaus-Fest" nicht gibt, sende ich ein Video. Als Geschenk habe ich ihm seine Geschichte kreiert, einen persönlichen Film. Fotos aus Kindertagen, unsere Eltern und Großeltern, seine Jugend, er und sein erster Sohn, wir Geschwister voller Verbundenheit und als letzten Gruß unseren Großvater mit erhobenem Glas. Ich weiß, was mein Opa meinen Bruder noch heute bedeutet. Den ganzen Film habe ich mit einer emotionalen Musik versehen und ein kurzes Voice over von mir als Schwester integriert. Ein Geschenk der Liebe.

Er bestätigt es mir direkt mit seiner Antwort: ***Angekommen. Mitten im Herzen.***

Hier im Haus meiner Eltern köchelt unterdessen das Öl schon in den Töpfen. Startschuss. Lasst das Essen beginnen.

Immer wieder schweifen meine Gedanken ab. Doch ich halte durch. Ja, im Durchhalten bin ich gut, sonst wäre ich jetzt vielleicht auf Reisen in meinem Wohnmobil und würde Geschichten und Momente sammeln. Und ich bin Mutter. Ich liebe meine Kinder – und eine gute Mutter hält durch.

„Wer sagt das?", quakt es in meinem Kopf. Schnell fokussiere ich mich auf ein Stück Fleisch in meinem Fonduetopf, damit nicht schon wieder eine Diskussion in meinem Inneren ausbricht.

Gegen 20 Uhr wechseln wir die Location. Ab nach Hause. Die Kinder wollen Schach spielen und ich setze mich mit einem Ramazzotti auf Eis mit Zitrone vor den Kamin. Ich muss an

Hamburg denken, an den Mittwoch mit Ben, die berauschenden Küsse im Fahrstuhl.

Auf meinem Handy spiele ich Musik ab. Lieblingssongs ...

Tränen laufen mir über die Wangen, befreiend. Jetzt findet die Sehnsucht, die schon so lange in mir brüllt, endlich wieder einen Weg nach außen.

Kapitel 5

Seelentanz

Den ersten Weihnachtsfeiertag habe ich hinter mich gebracht. Alles wie immer. Pferdestall, Familienfrühstück, Pferdestall, Haushalt, Pferdestall, Familienessen ...

Es ist 21 Uhr, ich schleiche mich wie eine 16-Jährige aus meinem eigenen Haus. Ich habe keine Lust, meinen Kindern zu erzählen, dass ich noch in die Disco gehen werde. Noch viel weniger möchte ich aber meinem „Mitbewohner" von meinem Plan erzählen. Seine Einwände würden mir nur schlechte Laune machen.

Ich drehe den Zündschlüssel um, höre Hugo anspringen, drehe das Radio laut auf. Ich freue mich diebisch auf den Abend! Tom und Sebastian warten auf mich in Toms Wohnung, der alten Post in Wanden. In der kleinen Stadt ist Revival-Party im „Mobile". Das war vor vielen Jahren der alternative Laden. Rockmusik und das entsprechende Publikum. Ich hoffe auf viele altbekannte Gesichter. Ein bisschen mulmig ist mir. Schließlich bin ich mit dem einen oder anderen Projekt aufgefallen und die Leute haben manchmal mehr über mich gewusst als ich selbst. Egal. Heute ist ein guter Tag zum Tanzen.

Die Jungs sind am Vorglühen, wie damals. Bier, Zigaretten mit „Schuss" und laute Musik. Ich gönne mir auch ein Bier, werde aber sicher nicht viel mehr trinken, denn ich möchte heute Nacht in meinem Bett schlafen. Also muss ich nachher noch fahren. Tom ist hektisch damit beschäftigt, sein Outfit zu tunen. Hose an, Hose aus, neue Hose an, Shirt wechseln. Ich verstehe die ganze Aufregung für eine Dorfdisco nicht, aber es ist ziemlich lustig, ihn in seinem Stress zu beobachten. Sebastian macht den DJ und ich darf die Musikrichtung vorgeben.

22.30 Uhr – ich werde unruhig. Falls wir uns nicht jetzt zum Ort des Geschehens begeben, bin ich raus aus der Nummer.

Zum Glück wird mein Wunsch erhört. Wir stehen kurz darauf im „Mobile". Back to the roots.

Der Laden ist schon gut gefüllt. Natürlich werden wir erst einmal gemustert. Ich lächle und versuche, so entspannt wie möglich zu wirken. Da ist so ein „in die Höhle des Löwen"-Gefühl in mir, was ich mir natürlich nicht anmerken lassen will. Freundlich schauen, cool bleiben. Tom und Sebastian nehmen einen Wodka, ich gönne mir noch ein Bierchen. Der Sound ist gut. Wir quatschen ein Weilchen, begrüßen ein paar alte Bekannte, die vorbeiziehen und kommen langsam an. Und plötzlich spielen sie mein Lied: Melissa Etheridge, *„Like the way i do"*. Ich renne auf die Tanzfläche. Alle Peinlichkeit vergessend, die beiden hinter mir her. Die Tanzfläche ist rappelvoll.

Diesen Song habe ich früher immer gefeiert. Flashback. Jeder Ton durchdringt meinen Körper. Ich vergesse Raum und Zeit, getragen von den Frequenzen lösen sich alle Emotionen in mir in purer Freude auf. ich bewege meinen Körper, frei, wild, leidenschaftlich. Sehe in strahlende Augenpaare um mich herum, spüre die aufsteigende Hitze der Tanzverrückten, die hier eng aneinander gedrückt gen Ekstase tanzen. Nächster Song, gleiche Euphorie. Und weiter: The Cure mit *„Watchtower"*. Dann Police. Die Playlist ist lang und gut.

Ich schwitze. Meine Wangen fühlen sich warm an und sind sicher gerötet. Ich fühle mich, als wäre ich auf einem anderen Planeten gelandet. Meine Haare fliegen wild um den

Kopf herum. Einige Strähnen kleben mir im Gesicht. Egal. Ich will den Beat, ich will mich fallen lassen, fallen in die Musik. Meine Atmung wird schneller. Es ist ein bisschen wie bei einem Marathonlauf, irgendwann kommt diese Grenze, du denkst, du musst aufhören, aber dann läufst du über das Gefühl und dann ... bäm.

Frei!

Fast schwerelos, gedankenlos, völlig euphorisiert, so tanze ich stundenlang. Irgendwann brauche ich dann doch eine Pause. Ich bin komplett nass geschwitzt. Ich drehe meine Haare zu einem Dutt. Jetzt ist mein Nacken endlich frei. Die Luft zieht erfrischend von dort hinunter an meinem Rücken. Ich bin richtig aufgeheizt. Ich muss atmen – frische Luft.

Mein Bruder begleitet mich vor die Tür. Durch die Menge hinaus zu gehen, macht mir nichts mehr aus. Ich schaue in freundliche Augen, lächle, gehöre dazu.

Wir quatschen über dies und das, witzeln. Wie gut ein Seelentanz doch tut. Ich denke kurz an Ben. Ich hätte schon gern mit ihm getanzt. Ihn spüren wollen, wenn er sich der Musik hingibt. Sehen wollen, wie er sich im Takt bewegt. Unsere Körper im Gleichklang fühlen wollen. Wohlig steigt es in mir auf. Vielleicht werde ich ihn einmal so erleben? Vielleicht auch nicht. Sicher ist, ich habe mir eben eine Mittwochs-Energie geschenkt. Und die Idee davon würde es ohne Ben nicht geben. Ich schicke ihm einen guten Gedanken und wende mich wieder dem Hier und Jetzt zu.

Inzwischen ist es drei Uhr. Sebastian, sein alter Schulfreund Erik und mein Bruder Tom bestellen sich den x-ten Vodka. Ich habe das Gefühl, ausgetanzt zu sein. Denke an meine Kinder, an die Pferde, die ich ab acht Uhr versorgen werde und an meinen restlichen Nachtschlaf. Wie auf Knopfdruck bin ich hier fertig und verlasse allein die Party. Ich bin mir sicher, die Jungs werden auch ohne mich Spaß haben und nach Hause finden.

Müde, aber erfüllt sitze ich in Hugo und lenke uns zielsicher in meine Straße. Genauso leise, wie ich das Haus verlassen habe, versuche ich auch wieder reinzukommen. Ich ziehe mir die immer noch feuchten Kleider vom Leib, wasche mich, habe immer noch das Gefühl, den Beat zu spüren – irgendwo tief in mir.

Ich schließe die Augen.

Danke, Leben, dass du auch so schön sein kannst.

Kapitel 6
Mindfuck und andere Geister

Heute ist Dienstag. Wenige Tage nach dem Jahreswechsel.

Das Jahr des Mittwochs. Ja, das soll es werden, ich habe es für mich so beschlossen.

In meinem Kopf dröhnt es. Drei Tage schleppe ich nun schon diese massive Traurigkeit mit mir herum. Mir bleibt nichts anderes übrig, als wieder zu meinem Bruder zu fahren. Der ist in den letzten Wochen zu meinem Therapeuten geworden.

Als ich mich auf das Mittwochs-Experiment eingelassen habe, war mir nicht klar, dass es auch eine Kehrseite der Medaille gibt. Eigentlich wollte ich nur aus meinem Dornröschenschlaf erwachen, endlich die vielen gelernten Thesen vom Kopf ins Herz sacken lassen und mich einmal ausprobieren als gefühlvolle Frau. Mich hingeben können, meinem Gefühl vertrauen. Weiblich sein. Ein bisschen Mittwoch inszenieren. Mich spüren, mein Gegenüber erspüren und erfahren. Doch so ein Mittwochsgefühl kann süchtig machen. Es ist wie eine richtig gute, heiße Schokolade mit Milchschaum. Nein: Es ist besser!

Aber irgendwie habe ich mir mein Mittwochsgefühl gekoppelt an Mister Unbekannt. Er hat etwas geweckt, was in mir geschlummert hat. Etwas, von dem ich glaubte, es würde nie wiedererwachen. Jetzt habe ich das dumme Gefühl, Mister Mittwoch ist verschwunden. Ich fühle mich betrogen um unser großes Einfach-machen-Projekt. Meinen Traum vom großen, einzigartigen Mittwochsgefühl. Von ihm kommt nichts mehr.

Unsere Geschichte? Ich habe begonnen, sie zu schreiben. Allein.

Unser digitaler Kontakt hat einen Knacks bekommen. So denke ich. So fühle ich. Klar, es gibt keine Bezeichnung für unsere Verbindung. Wir sind **Nichts** zusammen. Wir teilen einfach Mittwochsenergie, aber genau das macht es doch besonders? Es schenkt Freiheit und Ungezwungenheit. Wir haben einander Vorträge darüber gehalten, wie wichtig ein ehrlicher und wahrhaftiger Kontakt ist. Wie toll es wäre, sich immer die Wahrheit zu sagen, selbst wenn diese unangenehm und schmerzlich ist. Wie gern würde ich heute eine Wahrheit von Ben hören: Bilde ich mir nur ein, dass unser Kontakt „tot" ist? Kann nur ich nicht mehr richtig fühlen? Langweile ich ihn schon? Oder bin ich ihm zu viel? Warum muss ich ständig an ihn denken, oder ist es nur der Wunsch nach Mittwochsenergie?

„Erklär mir die Liebe."

Ich höre diesen Song nun seit Tagen in Dauerschleife, Herr Poisel singt sich das Innerste nach außen.

Wie in Trance fahre ich die fünfzehn Kilometer zu meinem Bruder. Ich fühle einen Schmerz, den ich selbst nicht begreife. Wie hat Ben bei unserem ersten Treffen so schön gesagt: „Die Geschichte hinter der Geschichte." Vielleicht bin ich auf den Spuren meiner eigenen Story.

Angekommen bei meinem Bruder gibt es den obligatorischen Früchtetee und der Vaporizer dämpft Lavendel und anderes in den Raum. Mein Bruder ist Experte für berauschende Düfte. Sofort sind wir auf der Fährte. Wir sprechen über unsere Kindheit. Über verletzte Gefühle. Wir suchen nach schönen Bildern, unvergessenen Momenten, liebevollen Begegnungen. Leider streift uns immer wieder das Wir-wurden-vergessen-Gefühl. Unsere Eltern waren selbstständig mit ihrem eigenen Geschäft. Wir wuchsen nebenbei auf und wurden oft genug weggeschoben. Es gab viele ungewisse Situationen für uns als Kinder.

„Es ist die Ungewissheit, die dich auffrisst", meint Tom auch jetzt. „Vielleicht auch der damit verbundene Kontrollverlust?"

Ich spüre in mich hinein. Warte auf eine Antwort aus meinem Inneren. Er hat recht. Ich würde lieber eine schmerzliche Wahrheit von Ben hören als gar nichts mehr. In Ungewissheit zu sein, macht mich nervös, lässt meinem Kopf zu viele Möglichkeiten zum Fantasieren. Ich versuche verzweifelt mich zu zwingen, nicht über „Mittwoche" und schon gar nicht über Ben nachzudenken.

Mein Bruder ist ein toller Hobby-Hypnotiseur. Er beginnt mit seiner Arbeit und wir krümmen uns erst mal vor Lachen. Aber das soll ja bekanntlich auch helfen. Es tut gut, jemanden zum Reden zu haben, der auch noch versteht, worum es geht.

Nach einer Weile werde ich still. Ich schließe die Augen und mein Bruder fängt an mich zu besprechen. In der Schleife, wieder und wieder.

„Du bist geduldig, dein Selbstbewusstsein ist stetig am Wachsen, du liebst dich selbst ..."

Seine vertraute Stimme trägt meine Gedanken davon. Es ist als würde ich durch das große weite Universum schweben ... Ich weiß nicht, wie lange ich mit geschlossenen Augen auf der schmalen Holzbank am Esstisch liege. Langsam komme ich zurück in den Raum. Mein Bruder macht einen ebenso entspannten Eindruck wie ich.

Wesentlich ruhiger und zufriedener mit mir selbst steige ich wieder in mein Auto. Das Familienabendprogramm wartet auf seine Erfüllung. Am liebsten würde ich mich in einem netten Hotel zurückziehen, und weiter die Geschichten hinter den Geschichten aufdecken. Ich glaube, Ben hat keinen blassen Schimmer davon was ich mir aus unserem Mittwochsprojekt gerade kreiere. Ich glaube, ich bin echt gaga ... Mit den Gedanken bei einer Mittwochsenergie, koche ich mir irgendwas zusammen. Einfach mal ein paar Gemüsesorte ineinander geschnippelt, ein paar Nudeln gekocht, etwas Sauce ... und dann rauf auf die Teller. Bloom und Mina dürfen den Tisch decken. Allerdings treten sie mehr auf der Stelle, albern herum und kommentieren schnippisch, wo es nur geht.

Ich möchte meine pubertierenden Mädels momentan gern zum Mond schießen. Ja, ich liebe meine Kinder, aber jetzt geht es mal um mich. Herrje, habe ich doch die „Mitte des Lebens Krise" – oder 'ne rasant wachsende Depression? Oder bin ich ganz einfach untervögelt? Ich meine, so ganz für sich darf man ja mal darüber nachdenken ...

Nach dem Essen bleibe ich noch einen Moment am Tisch sitzen. Ich sehe Philip an. Frage mich, was eigentlich von uns als Paar übriggeblieben ist. Wo es hin ist. Das, was da mal war. Was war es überhaupt? Endlich darf meine innere Stimme mal wieder plappern.

Heute bin ich mutig. Ich möchte Philip von meinem Durcheinander im Kopf erzählen. Irgendwie ist das doch auch alles kein Zustand für ihn. Ich lebe in der oberen Etage, er in der unteren. Außer der halben Stunde beim Abendessen teilen wir kaum noch private Zeit miteinander. Meist geraten wir in wenigen Kontaktsekunden in Streitgespräche, die mir schon viele Narben eingebracht haben.

Und jetzt plötzlich funktioniert es. Ich kann tatsächlich mal erzählen, ohne dass es böse zwischen uns wird. Ich berichte ihm von meiner unendlichen Traurigkeit, meinen Wirren im Kopf, alles in Frage zu stellen, sogar meine geliebten Pferde. Und von meiner Suche – der Suche nach mir selbst. Philip ist erstaunlich verständnisvoll und ruhig. Er gibt mir das Gefühl, mir meine Zeit nehmen zu können und nicht funktionieren zu müssen. Ich bin erleichtert. Und dankbar. Sehr dankbar.

Ich möchte unseren Kontakt nicht überstrapazieren und entschwinde nach 30 Minuten intensivem Gespräch in meine Etage. Da hat sich was gelöst zwischen uns.

Nach meiner abendlichen Badroutine greife ich zum Laptop. Ich muss schreiben. Meine Emotionen in Worte fassen, festhalten, was mich bewegt, aus dem Herzen fließen lassen. Meine Geschichte schreiben. Egal, ob die jemand lesen wird.

Meine Gedanken schweifen ab. Zu ihm.

Schade, zu schade. Nichts von Ben zu lesen. Ich hänge fest an den Momenten, die wir hatten. An dieser Mittwochskraft. Ich muss aufhören, meine Mittwochsenergie an ihn zu koppeln, befehle ich mir wieder und wieder.

Die Nacht wird unruhig. Zu viele Gedanken über das Leben, die Liebe und meine Sehnsüchte. Ich fühle mich wie gerädert.

Und dann ist es schon wieder sieben Uhr. Aufstehen ist angesagt, die Arbeit ruft. Und täglich grüßt das Murmeltier ...

Ich schalte mein Handy ein. X Nachrichten trudeln in mein WhatsApp-Postfach. Die üblichen Verdächtigen, nur einer fehlt. Ich will nicht mehr an ihn denken oder auf mein Handy schauen und eine Nachricht erwarten. Das geht heute gar nicht, denn heute ist doch Mittwoch.

Der erste Mittwoch im Jahre des Mittwochs. Ich muss grinsen. Mittwoch – wie schön.

Fix schwinge ich mich unter die Dusche und in meine Reitklamotten. Cappuccino, Brötchen holen, Pferdestall, reiten, Familienfrühstück, Stallarbeit, unzählige Geschäftstelefonate, reiten ... und wieder reiten.

Die therapeutische Arbeit meines Bruders wirkt. Ich fühle mich geduldiger, sanfter und freue mich auf mein nächstes Treffen mit Tom. Ein bisschen kratzt es noch an meinem Herzen, vielleicht ist es aber auch nur das verletzte Ego, weil mein Mittwochsmann sich immer noch totstellt. Mein Kopf weiß bereits, dass ich selbst für meinen Mittwoch verantwortlich bin und nicht irgendein Fremder, den ich erst zweimal in meinem Leben gesehen habe. Auch wenn es sich noch so vertraut angefühlt hat. Auch wenn die Geschichte noch so „romantisch" begann, auch wenn viele geschriebene Worte gegenseitige Geschenke waren. Auch wenn ich noch so vieles mit ihm ausprobieren wollte, weil ich dachte, mit ihm wird das richtig gut. Aaaahh, verdammt! Warum hänge ich schon wieder fest. Was um Himmelswillen soll ich aus dieser Lektion lernen?

Mein Handy klingelt, was für ein Glück: Meine Freundin Mercedes ist dran. Das Universum hat mich erhört. Es gibt keine bessere Freundin. Ihre Intuition, ihre Art mich wahrzunehmen, mich mir selbst zu erklären ist unbezahlbar.

Es sprudelt aus mir heraus. Das Rauf und das Runter, die ständigen Gedanken an Mister Mittwoch, die ich endlich abstellen will... wie soll ich damit umgehen? Ich verstehe Ben nicht, warum ist er plötzlich verschwunden? Ich spüre etwas, das nicht in die schöne Energie des Anfangszaubers gehört. Es war so ein leichter, freier Fluss! Diese Energie ist abgeschnitten.

Woher ich dieses Gefühl kenne? Ziemlich schnell landen wir mal wieder bei meiner Kindheit. Bei meinem verstorbenen Zwillingsbruder, bei meiner Mutter, meiner Oma ...

Ich will mich doch einfach nur verstehen lernen und verändern können, was mir nicht guttut. Mich verändern können, um mit den Dingen besser umzugehen. Ich möchte neu fühlen lernen, tief aus dem Herzen, ich möchte die alten Geschichten lieben lernen, überhaupt lieben lernen – bedingungslos. Und ich wünsche mir, geliebt zu werden. Ganz und gar.

Mercedes kramt in meinem Inneren und sortiert die Geschichten, damit sie mir mit einer guten Metapher eine Erläuterung für meine Selbsterkenntnis geben kann.

Plötzlich leuchtet eine WhatsApp-Nachricht auf. Von Ben.

Heute ist der 1. Mittwoch – du solltest mich küssen.

Ich lächle, bin erleichtert, freue mich über seine Worte. Trotzdem weiß ich, etwas ist anders. Etwas in mir ist anders.

Kapitel 7
Neues Spiel – neues Glück

Die letzten zehn Tage waren seltsam neutral. Keine großen Emotionen, kein Mittwochsgefühl, zum Glück auch kein großer Kummer. Ich habe meine Kinder versorgt, mit den Pferden gearbeitet, meine Geschäftstelefonate geführt. Funktioniert.

Kontakt mit Philip hatte ich nur zu den Mahlzeiten. In der Anlage bin ich ihm aus dem Weg gegangen. Von Ben gab es wenige kurze WhatsApp-Schnipsel, die sich trotz malerischer Worte bedeutungslos anfühlten.

Seiner Nachricht zum ersten Mittwoch des Mittwochsjahrs ist nichts gefolgt. Nichts, was Bedeutung gehabt hätte.

Mir fehlt ganz sicher ein Mittwoch an diesem Freitag. Aus einem Impuls heraus greife ich zum Handy und rufe meinen Bruder Tom an: „Lass uns feiern gehen heute! Bitte! Holst du mich um 22 Uhr ab? Wir fahren nach Hannover!"

Ohne eine Antwort abzuwarten, lege ich auf und suche nach dem Gefühl der Vorfreude in mir. Nichts. Noch nichts.

Drei weitere Pferde muss ich noch bewegen. Ich sollte es also schaffen, gegen 15 Uhr aus dem Stall zu kommen. Schreiben werde ich nicht können. Mir fehlt jegliches Feuer, um kreativ zu sein. Ich finde keine Worte mehr, die aneinander gereiht ein berührendes Bild zeichnen. So inspiriert wie ich durch Ben und unseren Kontakt war, so abgekühlt fühle ich mich gerade. Seine Worte haben für mich an Echtheit verloren.

Ich stelle mir vor, wie er die süßen Kinderbilder seines Sohnes nicht nur mir sendet, um mich in seine Welt einzuladen, sondern auch unzähligen anderen digitalen Wunderfrauen. Stelle mir vor, wie er seine streichelnden Worte immer und immer wieder verschenkt. An Lena, Marie, Bärbel ... und wie sie alle heißen könnten.

Dabei wäre das nicht mal verwerflich, weil es **uns** nicht gibt. Aber der Zauber, diese eine besondere Energie mit ihm zu teilen, ist für mich gestorben. Begraben unter der Vorstellung der Beliebigkeit. Es gibt nicht mal eine logische Erklärung, wie ich auf diese Gedanken gekommen bin. Plötzlich war es da: das Gefühl, nichts Einzigartiges mehr zu teilen.

Ich galoppiere im leichten Sitz durch die Halle. Die Sonne scheint mir ins Gesicht, aus dem Radio schallt mir **Whatever it takes** entgegen.

Genau – ich fasse einen Entschluss: Whatever it takes. Ich werde mir heute Nacht einen neuen Mittwochsmann angeln. Ich werde mich betrinken, ich werde tanzen. Frei sein, wild sein, leben. Mein Pferd schenkt mir ein paar Freudenbuckler unter mir, als wollte es mich in meinem Plan bestärken.

Schaumbad, heiße Schokolade und meine Lieblingsplaylist. Ich starte mein Wohlfühl-Ritual schon am Spätnachmittag und stimme mich auf den Abend ein. Meine Familie wird sich selbst versorgen müssen. Ich schließe die Augen und träume mich weg. Sonne, Strand, Meer ... dann seine Lippen auf meinen. Ich kann fühlen, wie seine Zungenspitze meine sanft berührt. Er schmeckt gut. Ich gleite tiefer in mein Schaumbad, als würde ich in ihm versinken wollen.

Aus dem Nichts reißt Philip die Tür zum Badezimmer auf: „Was ist mit der Wäsche? Kannst du die heute noch waschen? Ich brauche die helle Jeanshose. Und wann gibt es Essen?"

Die Tür speerangelweit offen, ragt er vor mir auf wie ein Leutnant, der einen seiner Adjutanten strammstehen lassen will. Eine riesige Welle Schaumbad hat sich vor der Wanne ausgebreitet, als mich der Schreck hat hochfahren lassen.

„Es zieht kalt rein, könntest du bitte? Die Tür …", stammle ich verärgert. Und dann: „Ja, die Wäsche mache ich noch. Nein, kein warmes Abendessen, es gibt heute Brot. Die Mädchen kümmern sich. Ich gehe heute mit meinem Bruder tanzen."

Wortlos verlässt Philip mein ausgekühltes Badezimmer. Ich sacke in mich zusammen. Rutsche zurück in die Wärme. Nicht mal träumen kann ich hier in Ruhe.

Pünktlich steht Tom vor meiner Tür. Interessiert schaut er mich an, grinst: Ich trage enge schwarze Jeans, dazu ein körperbetontes schwarzes Shirt und dunkelbraune Overknees. Die passen farblich gut zum Wildledergürtel mit der silbernen Schnalle in Form eines Pferdekopfes. Meine Haare habe ich zum lockeren Dutt gebunden.

In mir habe ich den wilden Entschluss, heute ein Mittwochsgefühl zu bekommen. Mein kleines Abenteuer kann beginnen. Ich weihe Tom auf der Fahrt in meine Pläne ein, nicht ohne ein Mittwochsgefühl nach Hause zu wollen und wenn es nötig wird, auch aufs Ganze zu gehen und mir einen neuen Mann zu angeln. Ich will fühlen, irgendetwas, um jeden Preis.

Unser Ziel ist das **Osho**, ich bin ewig nicht hier gewesen. In Hochgeschwindigkeit scanne ich die Männer, die sich in meiner unmittelbaren Nähe befinden. Ich sehe keinen Mittwochsmann. Keiner, bei dem ich auf den ersten Blick schwach werde. Tom eilt zur Theke, um uns zwei Drinks zu besorgen. Alkohol, den kann ich jetzt gebrauchen. Ich trinke mein Glas in einem Zug aus. Keine Ahnung, was das war. Scheinbar ein Cocktail mit Wodka und Früchten. Mein Bruder faselt etwas von hochprozentig. Ich brauche mehr – mehr Alkohol. Heute Abend muss ich mich in ein Mittwochsgefühl trinken. Anders wird das nichts. Wenn ich auf mein Bauchgefühl hören würde, müssten wir sofort die Location verlassen und ich würde meditieren, statt hier auf den Glücks-Kick zu lauern. Ich höre aber nicht auf mein Bauchgefühl.

Mein Bruder reicht mir einen zweiten Drink. Ich sauge die Hälfte durch den dünnen Strohhalm, der wie eine kleine Antenne aus meinem Cocktailglas ragt. Den Rest trage ich durch den Raum und schaue mich weiter nach einem M-Mann um. Immer noch nichts.

Oder? Da? Ein Typ kommt um die Ecke. Wow, nicht ganz schlecht: Groß, breite Schultern, er trägt Jeans und Boots. Er schaut ein wenig aus, als wäre er auf Zeitreise, direkt aus den 80er-Jahren gekommen, heute Abend für mich hier. Seine dunkelbraunen Haare sind fast schulterlang. Lederjacke und ein schelmisches Grinsen machen seinen Look perfekt. Perfekt für meinen Augenblick.

Fast renne ich in ihn rein, weil ich immer noch mit einem Intensiv-Scan beschäftigt bin.

„Achtung, schöne Frau", tönt mir sein Bass entgegen, als er ein Stück zur Seite tritt. Ich lächle ihn an. Der Mann hat eine auffallend attraktive Stimme. Kurz denke ich an Ben, der hat auch eine besondere Stimme. Charmant und sexy zugleich. Ich muss mich ermahnen, den Fokus auf meinem Opfer zu behalten. Heute wird gefeiert, gelebt und geliebt.

Ich will meinen Bruder über meine Sichtung informieren, doch der schwänzelt soeben um eine schlanke Blondine herum und erzählt ihr von seiner sportlichen Karriere als Marathonläufer. Wahrscheinlich will er ihr schon mal suggestiv vermitteln, dass er Ausdauer mitbringt.

Ich leere mein Glas, bringe es zur Theke, erlaube mir noch einen Tequila und mache mich spürbar angeduselt auf zur Tanzfläche. Die Musik haut mich nicht um, aber irgendwie muss ich dieses verdammte Mittwochsgefühl doch jetzt erzeugen können.

Ich schaue zum DJ-Pult: Oh, mein neuer Mittwoch macht dort den Boss. Er ist also für die eher mittelmäßige Beschallung zuständig. Vielleicht sollte ich zu ihm gehen, mir einen tanzbaren Song wünschen und mich dabei gleich an seinen Hals werfen?

Was ist nur los mit mir? So kenne ich mich selbst nicht. Freiheit und Leben schön und gut, entweder hat mir der letzte Drink geschadet, oder irgendetwas stimmt in meiner eigenen Kalkulation um mein Mittwochsgefühl nicht.

Vielleicht sollte ich einfach mal mit diesem Typen quatschen und schauen, was für einen Menschen, was für einen Mann ich da vor mir habe.

„Wie heißt du?", brülle ich Mister DJ von der Tanzfläche an. Mutig getrunken habe ich mich auch noch.

„Leon, Baby!" Das Echo ist unmittelbar, er scheint das Spiel zu kennen.

Geht doch, denke ich mir, verschwinde kurz, um mit zwei Gläsern Bier an seinem Pult anzukommen. So ein Mann trinkt Bier. Ich reiche ihm das Glas entgegen und setze mein Pokerface auf. Jetzt will ich spielen – mit Leon.

Wir prosten uns zu und ich weiß, irgendwas geht hier noch.

Die Stories, die Leon erzählt, sind mäßig. Egal. Ich finde seinen Arsch sexy. Sein breites Kreuz verrät mir, dass er zumindest körperlich keine Enttäuschung sein wird kann. Er kommt mir näher, tätschelt meinen Allerwertesten und macht mir billige Komplimente. Ich gebe zu, ein bisschen Geistreiches fehlt mir bei diesem Mann. Ich habe aber auch Spaß am Flirten und will schauen, wohin das hier führt. Ich gehe zurück auf die Tanzfläche, möchte abtauchen im Sound, mich nicht mehr auf dieses Vorgeplänkel konzentrieren müssen und vielleicht auch einem Moment an Ben denken können.

Hui, mein Bruder hängt schon dicht an seiner Blondine. Erste Küsse sichte ich aus den Augenwinkeln. Die beiden sitzen im Halbdunkel am Rand der Tanzfläche beieinander.

Und nun legt Leon tatsächlich mal einen brauchbaren Song auf. Ich schließe die Augen und lasse mich treiben. Bewege mich zum Beat. Sehne mich so sehr nach einem Mittwoch. Das, was ich hier fühle, ist nicht genug. Ich versuche, mich noch mehr der Musik hinzugeben. Tanze wild. Lasse mich in die Musik fallen. Doch es stellt sich nicht ein, das Mittwochsgefühl.

Egal! Angriff. Ich hole Leon und mir noch zwei Bier und bin entschlossen, ihn wenigstens zu küssen. Vielleicht komme ich dann wieder ins Gefühl. Er nimmt gerne an und grinst. Ich stelle das Glas ab, schlinge meine Arme um seinen Hals und muss tatsächlich nach oben blicken, so groß ist der Typ. Ich bin sicher 1,90 mit meinen Stiefeln. Also Körpergröße bringt er mit. Das nutzt nur auch nicht immer etwas.

Ich will es schnell hinter mich bringen und drücke meine Lippen auf seinen Mund, dabei schiebe ich ihm irgendwie meine Zunge entgegen. Leon funktioniert. Er greift mir beherzt an die Schultern und zieht mich fester an sich. Unsere Zungen kämpfen miteinander. Seine Züngelei wird allerdings immer energischer und ich bekomme kurz das Gefühl zu ersticken. Panik steigt in mir auf. Ich drücke Leon zurück. Der packt noch fester zu und lässt mich nicht aus seinen Pranken.

Es würgt mich. Leons Zunge steckt immer noch in meinem Rachen und die Zappelei bringt Aufregung in meinen Magen. Wenn er mich nicht auf der Stelle aus seinen Fängen lässt, bringe ich ihm meine Drinks des Abends „for free" entgegen.

Mit einem Ruck löse ich mich von ihm. Das letzte Bier löst sich mit mir und ich spucke unter totalem Kontrollverlust auf sein DJ-Pult. Oh je! Beide Hände vor den Mund gepresst ergreife ich die Flucht.

Zum Glück finde ich eine freie Damentoilette, um mich der ganzen Sache zu entledigen. Die Kombi Cocktail-Bier-Tequila taugt definitiv nichts.

Ich wasche mir die Hände, das Gesicht und will einfach nur nach Hause.

Nachdem ich mich gefangen habe, versuche ich, unbemerkt von Leon durch den Club zu schleichen, um meinen Bruder aufzuspüren. Der Deal war, ich trinke und er fährt. Ich hoffe sehr, dass er sich an unsere Abmachung gehalten hat und nicht schwach geworden ist, um Blondie zu imponieren. Glücklicherweise kommt er mir ohne sein Opfer entgegen.

„Hey, Schwester, was geht? Ich bin fertig mit Janette. Wollen wir tanzen?"

Fertig, was auch immer das bedeutet. Ich will in mein Bett und in meine Kissen heulen, aber keines Falls tanzen. Ganz sicher ist die Sache mit meinem Magen auch noch nicht.

„Nein, nicht tanzen. Nach Hause – auf der Stelle, bitte!"

Mein Bruder kennt mich, und er kennt diesen Blick, wenn ich es wirklich, wirklich ernst meine. Ohne zu zögern schlagen wir den Weg zum Ausgang ein.

Endlich in seinem Wagen sitzend berichte ich Tom von meinem misslungen Versuch, heute Großes zu fühlen. Wie ich Leon um den Hals gefallen bin und wie am Ende mein letztes Bier seinen Weg zurück in die Freiheit, direkt auf Leons Pult gefunden hat.

Und endlich muss ich über mich selbst lachen.

Das Mittwochsgefühl. Was für ein unberechenbarer Gefährte.

Kapitel 8

Das Glück der Erde ...

Der fade Geschmack der letzten Nacht liegt mir noch immer auf der Zunge. Etwas Gutes hat es, täglich in den Stall zu müssen: reichlich frische Luft und Bewegung. Ich marschiere durch den Stall, geradewegs zur Sattelkammer, nehme meinen Sattel, die Trense und platziere die restlichen Utensilien auf dem Putzplatz. Philip läuft mit einer Zigarette im Mund an mir vorbei. Er trägt Reithosen, das bedeutet, er wird gleich auf seine Stute steigen und ich werde mit ihm die Halle teilen. Will ich das gerade, frage ich mich. Was möchte ich überhaupt noch mit ihm teilen?

Und viel wichtiger: Was braucht es wohl, damit ich Philip wieder mit anderen Augen sehen kann? Was braucht es, damit wir die ständigen Zankereien und negativen Spannungen zwischen uns auflösen können?

Ich stehe vor der Pferdebox von Dr. Love und schaue Philip hinter her, der immer noch mit Ergänzungsfuttermitteln von Box zu Box geht, um seine Lieblinge zu versorgen. Alles für seine Pferde. Philip ist kein schlechter Mann, aber unsere Liebe ist auf der Strecke geblieben. Ich glaube er ist mindestens genauso unglücklich damit und darüber wie ich. Beziehungen sind Arbeit. Wir haben schlichtweg vergessen, diesen Bereich unseres Lebens zu beackern.

Ich halftere Dr. Love auf und ziehe ihn halbherzig über die Stallgasse zum Putzplatz. Decke ab. Striegeln. Meine Gedanken kreisen – um meinen gestrigen Versuch, das Mittwochsgefühl zu erzwingen. Ich habe tatsächlich geglaubt, ich könnte eine Begegnung, wie ich sie mit Ben hatte, einfach ersetzen. Durch ein Abenteuer mit Leon oder mit wer weiß wem.

Vielleicht sollte ich mich wieder besinnen und das gute Gefühl anders finden. Ich grabe mein Gesicht ins Pferdefell, in die Kuhle zwischen Halsansatz und Schulterblatt und schließe die Augen. Dr. Love ist warm und weich. Er schenkt mir Ruhe und ist da für mich. Ich verweile noch einen Moment so, bis der Stalltraktor wieder lautstark an mir vorüber dröhnt. Es ist Zeit, aufs Pferd zu kommen. Rasch zäume und sattele ich Dr. Love, um meine Runden in der Halle zu drehen.

So schlimm sind die Stunden in der Anlage heute nicht. Philip macht zwar ein mürrisches Gesicht beim Reiten, aber ich schaffe es, mich nicht angesprochen zu fühlen.

Und gegen Mittag ruft mich Mercedes an. Sie ist auf der Durchreise zu einem Job. „Hi, Puppe, ich könnte in deiner Nähe stoppen, wollen wir uns auf einen Kaffee treffen?"

Oh, ja, ich will!

„Ja, ja, ja, unbedingt!", singe ich völlig euphorisch ins Telefon. „Wann bist du da? Nehmen wir das Café del Sol? Ist ja gleich an der Autobahnabfahrt."

„In einer Stunde dort. Perfekt", flötet sie zurück.

Kaum habe ich aufgelegt, mache ich mich direkt auf den Weg nach Hause. Eine Dusche zwischen Pferdehof und Cafébesuch kann nicht schaden. Meine Laune ist um hundert Prozent gestiegen. Jetzt noch eine Nachricht von Ben – und der Tag wäre mein Freund.

Das *Sol* ist gut besucht. Mercedes steht schon vor der Tür, als ich ankomme. Wir fallen uns um den Hals und knuddeln eine

Runde, bevor wir uns einen Platz in der Ecke suchen. Ich kuschele mich auf eine Seite der Ledercoach, Mercedes auf die andere. Fix einen Kaffee bestellt.

„Und?", will sie wissen. „Wie ist es mit deinem Mittwochsmann? Wie läuft's zu Hause?"

Mit meiner Freundin braucht es nie ein großes Vorgeplänkel.

„Tja, was soll ich sagen. Mister Mittwoch stellt sich irgendwie tot. Wir haben zwar digitalen Kontakt, aber es gibt noch kein konkretes Datum für ein Wiedersehen. Ehrlich? Das fuckt mich ab. Nicht zu wissen, wie, wo, was ..., das finde ich anstrengend."

Mercedes lacht mich an. „Oh! Der hat es dir aber ein bisschen angetan. Denk immer dran, das ist **dein** Film. Du hast dir den selbst eingelegt. Überleg einfach gut, was du willst und bleib bei deinem Gefühl!"

Mit Mercedes kann ich genau diese Gespräche führen. Wir wissen beide, dass alles möglich ist und das wir selbst unsere „Filme" des Lebens kreieren. Aus diesem Grund ist es ja so wichtig, bewusst zu sein, damit aus falschen Glaubenssätzen und „dummen" Gedanken nicht am Ende der eigene Film die falsche Wendung bekommt.

„Das Doofe ist, dass ich ja gerade erst wiedererwache. Weißt du, was ich meine? Ich hatte mich auf ‚Funktionieren' eingestellt. Aus der Not heraus, aus Dummheit, aus Angst. Ich weiß es nicht. Und jetzt weiß ich nur, dass ich noch keine Ahnung habe, wo die Reise mit Ben hingehen kann. Aber ich möchte eine Reise."

Ich greife Mercedes Hände und sehe sie bettelnd an, als könnte **sie** mir meinen Film mit Glück und Mittwochsgefühlen bespielen. Sie drückt meine Finger und schaut mir verständnisvoll in die Augen.

„Süße, vertrau dir einfach wieder selbst. Du bist eine tolle Frau und für mich eine alte Weise. Du wirst den Weg finden, den du jetzt gehen musst. Ich glaube, es geht ganz besonders darum, deine Rolle als Frau wahrzunehmen und zu leben, dich selbst mehr wertzuschätzen, damit es dein Gegenüber auch kann. Schatz, vielleicht ist Ben dein Wegweiser, ein Türöffner. Aber ganz sicher etwas Besonderes, denn sonst würde ich dich nicht in diesem Umbruchsgefühl erleben."

Ich löse meine Hände aus Mercedes Fingern und lehne mich wieder zurück. Atme tief ein und lasse ihre Worte noch einmal nachwirken.

„Ja, ich möchte etwas verändern. Ich bin zu jung, um nicht zu leben. Ich möchte zurück in mein altes, neues Leben. Ich will wieder sein wie mit zwanzig und gern so weise wie heute!"

Ja, das ist mein Wunsch. Und ich möchte meine Lebenszeit in Freude mit Menschen teilen, die auf meiner Welle schwimmen.

„Und, Mercedes, was ist bei dir los? Hören wir mal auf, die Welt nur um mich drehen zu lassen." Ich zwinkere meiner Freundin zu.

Eine ganze Weile quatschen wir noch über ihren Job, die Familie, unsere Kinder und was uns sonst noch so in den Sinn kommt.

Und plötzlich ...

Treffen? Ein „Mittwoch" in Hamburg – nächsten Donnerstag? Ich organisiere das Hotelzimmer.

Mit allem habe ich gerechnet, aber nicht mit dieser Nachricht.

„Na, ist das dein Mittwochs-Date?", interpretiert Mercedes mein breites Lächeln.

„Ja, es wird ein Wiedersehen geben!"

Ich kann mir einen freudigen Juchzer nicht verkneifen. Mercedes stimmt mit ein und gemeinsam enden wir in schallendem Gelächter. Das nenne ich wahre Mitfreude.

„Er will das Hotel organisieren. Das bedeutet, wir werden gemeinsam übernachten. In einem Zimmer."

Eben noch voller Freude, so schiebe ich im nächsten Augenblick beim bloßen Gedanken an diese Vertrauensübung Panik. Ich bin nicht so gut im gemeinsamen Übernachten. Also zumindest rede ich mir das ein, und damit meine ich nicht die Übernachtungen gemeinsam mit Mercedes, die natürlich gleich eine unserer superlustigen Stories rausholt.

„Kannst du dich noch an Berlin erinnern? Als du diesen Typen umgehauen hast. Der mal schockverliebt war. Wie hieß der doch gleich? Ach, egal. Auf jeden Fall bin ich doch mit zu dir ins Hotel. Zum Glück war dein Bett somit gut belegt und der Verliebte raus. Und dann der Typ an der Rezeption: ‚Sind Sie deutsch?' ..."

Wir schmeißen uns beide weg vor Lachen. Eine sehr lustige Episode die wir dort hatten. Nicht deutsch? Wir sind einfach nur nicht blond.

„Und wie der Kerl an der Rezeption dann in schlechtem Deutsch versucht hat, uns gaaaaaaaaanz laaaaaaangsam zu erklären was Lieferando ist, nur weil wir ihn fragen, warum seine Hotelküche schon geschlossen hat."

Mein Bauch schmerzt vor Kichern.

„Und dann unser Akt, tatsächlich etwas bei Lieferando zu bestellen. App hochladen und hilflos rumklickern und am Ende dann doch übers gute alte Telefon bestellen."

Mercedes krümmt sich in ihrer Ecke.

„Und dann du an die Tür im Unterhöschen – und der Lieferantenboy: völlig irritiert. Kein Besteck, keine vorgeschnittene Pizza, das fettige Zeug wie eine Stulle verspeist, ordentlich die Kalorien inhaliert. Nachts um zwei. Herrlich."

„Genau! Und mit Ben werde ich wohl kaum ein Lieferando-Abenteuer zelebrieren."

Die Geschichte mit dem gemeinsamen Übernachten hat für mich etwas sehr Intimes. „Sex und weg" ist einfacher.

„Jetzt mach dich doch nicht verrückt!" Mercedes sieht mich eindringlich an. „Er hat sich gemeldet, ihr werdet euch wiedersehen – und der Rest zeigt sich. Bleib einfach positiv. Nochmal: Sieh ihn als eine Art Türöffner in eine neue Welt. Vielleicht sitzt du bald auf einer Ranch in den USA und ein scharfer Cowboy ist dein Seelenverwandter."

Mercedes hat ihre eigenen Theorien. Ist ja auch ihr Film.

„Also, ich persönlich glaube ja, wir haben die Chance auf zwei bis drei Seelenpartner im Leben."

„Mercedes, Mercedes! Seelenpartner, du bist lustig. Ich brauch einfach ein Mittwochsgefühl. Naja, mal schauen, vielleicht buche ich mir einfach ein zweites Zimmer."

Jetzt will ich mich nur noch auf mein Date und die Zeit mit Ben freuen.

Wir zahlen den Kaffee, Mercedes muss langsam weiter. Ich bringe sie noch zu ihrem Auto, herzlicher Drücker, dann rauscht meine Freundin auch schon davon.

Ich lese nochmal Bens Nachricht. Meine Antwort fällt kurz und knapp aus.

Freu mich auf dich! Werde da sein!

Ich denke, wir werden uns im *George* wiedersehen. Ich wähle die Nummer meines Lieblingshotels und reserviere mir vorsichtshalber ein Zimmer.

Zufrieden steige ich in Hugo. Ich schnalle mich an, drehe den Zündschlüssel um und das Radio lauter. Eine Hauch Mittwochsgefühl breitet sich schon in mir aus.

Das Treffen mit meiner Freundin hat meiner Seele gutgetan. Und das Topping des Tages ist die Aussicht auf einen neuen Mittwoch in Hamburg. Ich bin gerade einfach dankbar für das, was ist.

Kapitel 9
Berührt

Endlich ist es wieder soweit: Hamburg, ich komme! Es ist Mittwoch – Ben wird am Donnerstag kommen und bis Freitag oder sogar Samstag bleiben. Tagelang Mittwochsgefühl ...

In mir ist alles voll Freude – und dennoch habe ich ein zweites Hotelzimmer gebucht. Er weiß es nicht. Irgendwie muss ich noch den richtigen Moment erwischen, um es ihm zu beichten. Ich möchte nicht, dass er mich falsch versteht, aber die Aussicht auf so viel Nähe macht mir auch Angst. Schließlich sind wir uns bisher immer nur in einem geschützten Rahmen begegnet. Ein Restaurant, eine Cocktailbar ... und die Abmachung, nicht gleich miteinander schlafen zu wollen, haben mir Sicherheit geschenkt. Eine Nacht mit ihm zu verbringen, neben ihm einzuschlafen, beunruhigt mich ein wenig. Es ist nicht der Sex. Ich habe Lust, mit ihm zu schlafen.

Aber gemeinsam einschlafen und aufwachen? Ich meine, ich habe in den letzten Jahren die Nächte nicht mal neben meinem Ehemann verbracht. Ich habe die Kinder in den Armen gehalten, Nächte lang bei ihnen gewacht, wenn sie krank waren, mich gesorgt, aber entspannt in den Armen eines Mannes habe ich schon lange nicht mehr gelegen. Die Nacht mit einem Mann in einem Bett zu verbringen, bedeutet so viel: Ich lasse nicht nur einen Geschmack von mir da, nicht nur eine Facette, nein! Ich darf entspannen und bin ihm plötzlich sehr nah. Doch dann bin ich eben auch unendlich verletzlich. Leider hat es schon zu oft zu weh getan. Bei aller Offenheit, die ich allen Wesen grundsätzlich entgegenbringe, ist diese Hürde, einen Raum, ein Bett eine Nacht lang zu teilen und gemeinsam zu ruhen, hoch für mich.

Ich glaube, es ist meine Angst, nicht zu genügen, nicht wirklich gewollt zu sein, kein Recht auf einen solchen Platz zu haben, weil ich nicht gut genug bin. Als Frau. Als Mensch.

Wow. Meine Mittwochstherapie nimmt ihren Lauf. Meine Gedanken überschlagen sich. Wenn mich die alten Muster einholen, bin ich gefangen. Aber auch dafür habe ich mich auf diese Reise begeben, ich werde erkennen und verändern können. Das ist mein tiefster Wunsch. Ich möchte mit dem Herzen sehen, mein Herz verschenken und vertrauen können. Ich möchte finden und gefunden werden. Ich möchte sein.

All-eins.

Bewusst reise ich diesen einen Tag früher an. Ich möchte frei sein von den Emotionen meines Alltags. Meine Stadt genießen, meine Freundin Lena besuchen, die Vorfreude auf meine Begegnung mit Ben zelebrieren.

The George – das Hotel ist zum Zuhause für mein Mittwochsgefühl geworden.

Ich checke ein und bin glücklich, wieder hier zu sein. 406. Mein Reich für die nächsten drei Tage. Ich will an unserer Geschichte schreiben. An meiner Geschichte. Ich will weiter die Geschichte hinter der Geschichte suchen. Mich besser kennenlernen. Und ich möchte genießen – das Leben und Ben.

Ich bin morsch. Aber Hamburg findet auf jeden Fall statt!

Seine Nachricht beunruhigt mich. Sollte die Freude vorbei sein, bevor sie beginnt? Meine Befürchtung, Ben würde nicht nach Hamburg kommen, schleicht sich in die Vorfreude, will sie von innen her auffressen. Ich versuche, schnell an etwas anderes zu denken und schreibe ihm, wie sehr ich mich auf ihn freue.

Es geht mir jetzt nicht um den Sex, der sich angekündigt hat. Ich möchte wirklich spüren, wie sich Ben anfühlt, länger als bisher. Näher als bisher. Alles würde ich gerade tun, damit unser Date nicht abgesagt wird. Ich möchte ihn berühren und berührt werden, auf einer anderen Ebene. Ist er mir doch bedeutender, wichtiger als ein Mittwochsgefühl? Was ist das dann bloß?

Ich versuche, die Gedanken wegzuschieben: Jetzt beginnt erst einmal mein langer Hamburger Mittwoch! Ein Dinner für die Seele mit Lena. Gespräche, wie wir sie früher immer hatten, damals zwei Zwanzigjährige, die zusammen in einer WG leben. Witze, Unbeschwertheit, Aufmerksamkeit, Analysen, wie sie sich nur Freundinnen geben können. Ich erzähle von meinem Mittwochsmann. Was seine Energie mit mir gemacht hat und dass ich endlich wieder schreibe.

Lena erzählt mir aus ihrer Welt. Wie es ihr in den letzten Jahren ergangen ist. Sie erzählt von ihrem Muttersein, dem Wunsch nach einem weiteren Kind mit ihrem langjährigen Partner, der sie zwischendurch für eine andere verlassen hatte. Wir sprechen über die Verletzungen, die uns das Leben zugefügt haben. Oder wir uns möglicherweise selbst. Denn halten wir nicht immer selbst den Schlüssel zu unserem Käfig in der Hand?

Sie träumt sich mit mir davon und verrät, wonach ihr Herz sich sehnt, wonach auch sie noch sucht. Sie wünscht sich auch einen Mittwoch – voll von ihrem persönlichen Mittwochsglücksgefühl. Ich nenne dieses universale Gefühl einfach mal: *Liebe*.

Spät verabschieden wir uns.

Dann sehe ich: Ben verspricht, unbedingt zu kommen, morsch hin oder her. Seine nächtliche Nachricht lässt mein Herz hüpfen. Morgen schon werden wir uns wiedersehen. Mit einem Lächeln auf dem Gesicht schließe ich die Augen und gleite in einen neuen Morgen.

Donnerstag. Ich öffne die Augen in meiner Stadt. Musik aus meiner Soundbox, eine Dusche, in meine Jeans gehüpft und der Plan, mein Frühstück in der Langen Reihe beim Bäcker zu genießen.

Mit dem Blick auf die erwachende Stadt sitze ich dort. Still. Ich ruhe in mir. Mit mir.

Keine Aufregung durch Kinder, die zu spät zum Bus kommen, unruhige Pferde, die um Bewegung betteln. Kein Ehemann, der mir schon morgens von unserem drohenden Untergang berichtet, um mich unter ausreichend Spannung zu setzen, schnellstmöglich für ihn tätig zu werden.

Hätte ich doch mit 25 schon gewusst, wie Erwachsensein funktioniert, wäre ich es nie geworden. Ich muss über meine eigenen Gedanken schmunzeln. Das ist es! Zurück zur Lebendigkeit, zur Verrücktheit, zur Freiheit, das Leben nicht zu ernst zu nehmen. Irgendwie brauche ich nur eine Idee, wie ich meine Kinder dabei vernünftig groß bekomme. Verantwortung bekommt mit Kindern doch ein anders Gewicht als vorher. Dennoch glaube ich, dass es den nachfolgenden Generationen guttun würde, all die großen Erwartungen an die „Großen" auch immer mit einem Augenzwinkern zu betrachten. Im Grunde spielen wir hier doch alle zusammen „Spiel des Lebens" und manchmal darf man eben nicht über „Los" gehen. Davon geht aber die Welt nicht unter.

Auf dem Weg zurück zum Hotel laufe an der Alster entlang. Nachher werde ich noch in die City marschieren und mir das Gefühl abholen, am Puls der Stadt zu sein. Mal sehen, wer oder was mir vor die Füße fällt. Ich bin wieder offen für die kleinen und großen Wunder.

Der Alsterwind fährt mir ins Haar. Hier habe ich damals oft meine Nase in den Wind gesteckt. Unweit vom *George* habe ich zuletzt gewohnt. Zusammen mit meinen Freundinnen habe ich in dieser Stadt viele gute Jahre verbracht.

Irgendwann stehe ich am kleinen Alsterpavillon. Hier gab es im Winter immer Glühwein oder heiße Schokolade mit Schuss. Wie gern habe ich hier aufs Wasser gesehen und über mein Leben sinniert. Mein Herz lächelt und ich sage: Ja.

Es ist geöffnet, ich bestelle einen Tee, schwarz mit etwas Milch. Den Becher in der Hand setze ich mich an einen der Hochtische. Spaziergänger passieren den Weg vorm Pavillon. Ein paar ambitionierten Joggern schaue ich nach und fokussiere mich dann wieder auf die Schwäne, die am Ufer der Alster nach Futter suchen.

„Moin." Ein älterer Herr gesellt sich zu mir. Er hat schneeweiße Haare und ist hanseatisch gekleidet.

„Moin, moin." Ich lächele ihn an. Er hält seinen Becher voll schwarzem Kaffee am Henkel fest.

„Sie habe ich hier ja noch nie gesehen. Ich komme jeden Morgen hierher, um meinen Pott zu trinken."

Er hat den typischen Slang in seiner Stimme.

„Meine Zeit in dieser wunderbaren Stadt ist schon vorbei. Ich war lange nicht hier. Aber heute wandle ich auf alten Pfaden." Ich nippe an meinem Tee.

„Jau, Sie sind ein junges Ding. Wie kann Ihre Zeit schon vorbei sein? Und: einmal Hamburg-Liebe, immer Hamburg-Liebe." Er lacht mich an und spricht dann weiter. „Ich war mal für ein paar Jahre Weltenbummler. Mein Leben war mein Beruf. Ich wollte mehr. Größer, weiter, schneller, weil ich dachte, das wäre mein Naturell. Ich habe dafür Hamburg aufgegeben."

Er wird kleinlaut.

„Und meinen Traum von Familie ... Die Jahre meines Sohnes als Kleinkind, als Teenager habe ich fast nicht miterlebt. Und wenn ich ihn mal sah, war ich so auf ihn fixiert, dass ich alles auf einmal mit ihm machen wollte. Zeit für eine Liebe war genauso wenig da, wie für Freunde ... ich war immer irgendwie getrieben. Da – und doch nicht da."

Er trinkt einen kräftigen Schluck seines Kaffees. Ich schaue ihn interessiert an.

„Das klingt nach viel Lebenserfahrung. Und wie ist es weitergegangen? Wann sind sie zurückgekommen, in ihre Stadt?"

Der Alte räuspert sich.

„Ich hatte gerade mal wieder eine neue Firma übernommen und mein Lebensmittelpunkt war der Flughafen, da gab es den ultimativen Crash. Die Mutter meines Sohnes, die schon lange meine Exfrau war, ist bei einem Autounfall lebensgefährlich verletzt worden. Sie lag im Koma und die Prognosen standen schlecht. Mein Sohn war inzwischen 13 – er brauchte mich jetzt. Als wir gemeinsam am Krankenbett seiner Mutter saßen, fiel mir dieser sonst so reife Junge, aus dem

ich auch schon einen schnellen Denker gemacht hatte, plötzlich in die Arme. Er weinte bitterlich und flehte mich an zu
bleiben. Bei ihm in Hamburg. Er wollte einen Vater. Einen,
der nicht weiter hetzen musste, damit er alles schaffen konnte was auf der Agenda stand. Er wollte nur einen Vater, der
verweilen kann – ohne etwas tun zu müssen, ohne Plan."

„Und dann?", frage ich vorsichtig weiter.

„Bin ich geblieben. Habe meine Positionen, meine Firmen,
meinen Status an den Nagel gehängt. Meine Exfrau ist nach
einigen Wochen wiedererwacht und nach einem Jahr Reha
konnte sie langsam wieder laufen und auch sprechen. Mein
Sohn lebte von da an aber bei mir. Meine Exfrau und ich sind
heute noch Freunde."

Der Mann leert seinen Kaffeebecher. Ich bin noch nicht ganz
zufrieden.

„Und was haben sie dann beruflich gemacht? Wie kann ein
Mensch, der vorher so umtriebig war, plötzlich stillstehen?"

Er lacht.

„Das war harte Arbeit, nicht zu arbeiten. Aber ich habe ihn
gefunden, den inneren Frieden. Darum ging es am Ende. Vertrauen ins Leben, Vertrauen in mich. Frieden mit sich selbst
finden. Meine Therapie, wenn man das so sagen will, war die
Malerei. Nun aber genug geplaudert. Ich werde erwartet,
mein Sohn kommt mit meinen Enkeln zu Besuch. Ich spazie-
re mal weiter. Junge Dame, ich empfehle mich."

Mit einem höflichen Nicken wendet er sich ab und bringt
seinen leeren Becher zurück an den Stand.

Ich schaue ihm lächelnd nach, bevor ich auch meinen Becher
zurückbringe.

Wieder was gelernt heute: Innerer Frieden – eine fantastische Lösung. Also gehe ich ins Hotel zurück und verbringe die nächsten Stunden einfach mit mir, tue was ich liebe: Ich schreibe.

Stunden später reißt mich ein Klingeln in die reale Welt zurück. Mein Handy vibriert: Es ist schon 18 Uhr, sehe ich, während ich Bens Anruf annehme. Für Stunden war ich versunken in meinem Worten, in Geschichten für unsere Geschichte.

„Bist du schon da? Sehen wir uns an der Bar?"

Ich hüpfe zum Aufzug, angefüllt mit Vorfreude bis obenhin. Als sich die Aufzugtür öffnet, stehe ich direkt vor ihm: Gut sieht er aus! Sportlich gekleidet, in Jeans, darüber eine glänzende blaue Jacke mit einer Kapuze. Sein Blick ist durchdringend, er lächelt mich verschmitzt an, ich spüre einen Hauch Aufregung auch auf seiner Seite. Er gibt mir ein Bussi rechts, ein Bussi links auf meine Wangen.

„Na, meine Miss Hamburg – wie geht es Ihnen?"

An der Bar ordert Ben einen Tee, er ist immer noch ein wenig erkältet. Ich bestelle mir einen Ramazzotti auf Eis mit Zitrone dazu.

Es ist noch ein wenig früh, um zu Abend zu essen, das werden wir sicher später tun. Jetzt freue ich mich erst einmal, Ben wiederzusehen.

„Wahrscheinlich habe ich mir an irgendeinen Flughafen wieder mal was eingefangen und die Klimaanlagen im Flieger machen es auch nicht besser."

Ben rührt mit seinem Löffel im schwarzen Tee, nachdem er ihn mit Milch und Zucker angereichert hat. Ich versuche derweil, mit einem Cocktailspieß den Zitronensaft aus der Scheibe in meinem Getränk auszudrücken.

„Was macht dein Sohn?", will ich wissen, der kleine Mann ist mir gut im Gedächtnis geblieben. Außerdem hat mich die Geschichte des Alten heute auch ein wenig an Ben und sein Kind erinnert.

„Dem geht es super. Der Junge hat echt viel Power und manchmal schafft er mich – muss ich gestehen."

Ben lächelt.

„Naja", erwidere ich „der Apfel fällt bekanntlich nicht weit vom Stamm."

„Meine Power war schon mal besser. Die Erkältung hat mich ganz schön gecrasht, mit Fieber und allem … Ich bin froh, dass ich überhaupt heute hier sein kann!"

Ich strahle Ben an. „Darüber bin ich auch sehr froh!"

Vorsichtig nippt er an seinem heißen Tee. Mir fallen seine Hände auf: fein, mit schlanken Fingern. Dann schaue ich auf seine Lippen, den Bogen seiner Oberlippe, der so schön geschwungen ist. Einladend. Ich blicke auf die Konturen seiner Wangen, fahre mit meinem Blick an seinem Kiefer entlang. Ausdrucksstark, kantig, präsent.

„Was machen deine Pferde, Juna, ist alles gut auf dem Hof?"

Wir starten mit einem Smalltalk. Ich kann spüren, wie Ben mich genauso scannt wie ich ihn. Seine Blicke sind scheinbar überall und dennoch schaut er mir immer wieder direkt in die Augen.

Es fühlt sich so gut an. Nicht mal mehr das funktioniert zwischen Philip und mir: einander anzusehen. Meist versinkt

Philip in seinem Computer, wenn ich mit ihm ein Gespräch führen möchte. Hier mit Ben entsteht Kommunikation.

Wir wechseln nach einem entspannten Tee und meinem Ramazzotti irgendwann die Location und setzen uns in das Restaurant unseres Hotels.

„Stilles Wasser bitte, eine große Flasche, und zwei Gläser Weißwein!"

Ben bestellt bei der freundlichen jungen Servicekraft unsere Getränke. Mit wippendem Zopf macht sie sich auf den Weg Bens Bestellung auszuführen.

„Hast du schon eine Idee, was du essen magst, Juna? Fisch oder Fleisch?"

Ich schaue pro forma in die Karte. Eigentlich ist mein Wunsch schon klar.

„Weder noch. Ich hätte gern die Pasta mit frischem Trüffel."

Ben nickt mir zu: „Eine gute Idee."

Also gibt es heute für uns beide die Pasta.

Mir fällt auf, dass Ben mir bei unseren gemeinsamen Essen bisher immer in meiner Bestellung gefolgt ist.

Und da kommen auch schon unsere Getränke. Die junge Frau stellt ab, was zu uns gehört und nimmt erneut Bens Bestellung entgegen.

„Wir würden gerne zweimal die Pasta mit Trüffel genießen."

Sie nickt und lächelt.

„Vielen Dank", sagen Ben und ich wie aus einem Mund, nachdem sie uns beide angesehen hat.

„Komm, erzähl mir ein wenig mehr über dich. Was zum Beispiel wiederholt sich, obwohl du das vielleicht gar nicht so willst?"

Ben bekommt einen sehr klaren Gesichtsausdruck, als er mich das fragt. Eine Frage, die tiefer geht als sie auf den ersten Blick vielleicht scheint. Er will also wissen in welche „Fallen" ich immer wieder tappe, oder schlichtweg, an welcher Stelle ich lernresistent bin.

Ich verschaffe mir Zeit zu antworten: „Wow, das ist ja mal eine gute Frage."

Parallel rotiert es in meinem Kopf. Was will ich preisgeben, was besser nicht?

„Es ist immer wichtig, gute Fragen zu stellen", meint er zufrieden und lächelt, während er nach seinem Wein greift und mir aufmerksam in die Augen schaut. Ich fasse zu meinem Glas, weiche seinem Blick aus und konzentriere mich auf meinen Wein.

„Lass uns anstoßen! Auf den schönen Abend und auf möglichst viele dieser Wiederholungen", ich zwinkere ihm zu.

„Prost, du mysteriöse Frau aus dem Norden."

Wir trinken und ich bin der Frage erfolgreich ausgewichen.

„Erzähl du mir lieber eine verrückte Geschichte aus deinem Leben."

Ben schmunzelt. „Feines Ablenkungsmanöver. Aber gut, hier ist eine Story, die in meiner Familie gern immer wieder ausgepackt wird. Irgendwann, ich war Anfang 20, bin ich mal in den Urlaub gefahren – weit weg. Geplant waren vier Wochen. Ich bin über sechs Monate geblieben. Fehler an der Nummer: ich habe einfach niemanden Bescheid gegeben, dass ich länger bleibe. Gemeldet habe ich mich zu Hause auch nicht."

Ich schaue Ben erstaunt an. „Bitte? Warum hast du dich nicht gemeldet?"

„Ich habe nicht dran gedacht, es nicht für nötig gehalten ... ich wollte mich ausprobieren. Ich glaube, meine Mutter dachte, ich sei gestorben. Sie muss sich sehr gesorgt haben."

Ben schwenkt sein Weinglas und sieht hinein. Ich kann es immer noch nicht fassen.

„Okay. Und irgendwann bist du doch dann zurück. Wie hat deine Mutter reagiert?"

Er zuckt lächelnd die Schultern: „Was soll sie gesagt haben? Sie hat sich wahnsinnig gefreut, dass ich zurück bin und mich eine gefühlte Ewigkeit umarmt, weil ich ja lebte."

„Krass, so was hätte ich nicht bringen können. Da hätte ich ein viel zu schlechtes Gewissen gehabt. Verantwortung für das Gefühl meiner Mitmenschen? Wobei ich die Sehnsucht verstehen kann: Einfach mal verschwinden und niemandem sagen müssen, wohin und für wie lange. Frei sein eben", sage ich noch, bevor die junge Frau mit einem Brotkorb und etwas Butter an unseren Tisch kommt.

„Das ist gut", sagt Ben. „Ich habe jetzt echt Hunger bekommen."

Ich grinse ihn an. „Das war ja auch schon eine sehr persönliche Geschichte. Ich will dich gar nicht weiter traktieren."

Wir greifen beide in den Korb und der Fokus wird neu definiert.

Irgendwann im Laufe des Essens gelingt es mir, beiläufig zu erwähnen, dass ich schon eher angereist war und deshalb ein eigenes Zimmer gebucht habe.

So meint Ben schließlich: „Und jetzt? Zeigst du mir dein Zimmer?"

Wir fahren nach oben. Und ich kann nicht anders: Diese Szene braucht Musik. Der Klang meiner Lieblingssongs erfüllt den Raum, ich zünde eine Kerze an.

Ben hat es sich schon auf meinem Bett bequem gemacht und beobachtet mich. Was nun gleich folgen wird, knistert bereits durch den Raum. Ich setze mich zu ihm. Schaue ihm tief in die Augen. Endlich berühren seine Lippen meine. Ben schmeckt so gut. Leidenschaftliche Küsse, die nicht enden sollen – mein Körper kribbelt. Bens Hände in meinem Gesicht. Dann gleiten sie an meinem Hals, am Nacken entlang. Seine Hände auf meinem Körper, sanfter Druck, zarte Berührungen.

Mir ist heiß, mein Herz schlägt kräftig. Wir befreien uns aus der Kleidung. Nackte Haut auf nackter Haut. Ich atme ihn tief in mich ein. Küsse mich von seiner Brust abwärts über den Bauchnabel entlang zu seiner Grenzzone.

Meine Zunge spielt um seine Eichelspitze, meine Hände greifen, streichen, massieren. Meine Lippen öffnen sich und voller Hingabe bereite ich Ben ein orales Fest. Ich lasse seinen harten Schwanz in meinem Mund verschwinden. Sauge, lecke und lutsche an ihm. Ich spüre seine Geilheit wachsen, er genießt das Verwöhnprogramm unter leichtem Stöhnen. Es macht mich an, so mit ihm zu sein.

Irgendwann dreht er das Spiel. Er will mich schmecken. Er will zurückschenken, was er bekommen hat. Es macht mich wahnsinnig – wahnsinnig geil. Ich will in ihn mir spüren. Will seinen Schwanz in meiner Muschi, will von ihm gefickt werden – *jetzt*.

Im Hintergrund läuft in Dauerschleife **Mississippi** von Train. Die Gitarrenriffs streicheln meine Seele, während Ben meinen Körper verwöhnt. Ich bin high. High vor Glück.

Dann küsst er mich wieder. Fordernd, leidenschaftlich, bestimmend.

Seine Haare sind zerzaust. Sein Blick lüstern. Sein nackter Körper voller Kraft. Ich spüre jeden Muskel, jede Sehne. Seine Haut auf meiner. Ich will mehr und alles. Ben mag den Spannungsaufbau, Ben mag Kopfkino, ich weiß das. Er kostet die Führung aus. Immer wieder vergrabe ich mein Gesicht an seinem Hals, atme seinen Duft.

Dann endlich dreht er mich auf die Seite und dringt von hinten in mich ein. Ich schließe die Augen – es durchfährt meinen Körper. Er zum ersten Mal in mir.

So tanzen wir durch unsere erste Nacht. Und ich weiß jetzt schon – ich will mehr davon. Mehr mit ihm.

Kapitel 10

Halt mich noch ein bisschen

Ben schmiegt sich noch einmal von hinten an mich heran. Sein Atem in meinem Nacken, ein zarter Kuss. Seine Hände an meinem Körper. Er zieht mich fester zu sich. Ich spüre ihn, in mir. Ich habe nicht tief schlafen können heute Nacht, trotzdem hat mir Bens Nähe gutgetan.

Ich bin froh, dass er bei mir geblieben ist, möchte ihn nicht gehen lassen, spüre jedoch, dass er mich gleich verlassen wird. Ich kann ihn fühlen, ich kann ihn lesen. Tatsächlich löst Ben unsere Vereinigung auf, greift seine auf dem Boden liegenden Kleidungsstücke und gibt mir einen letzten Kuss.

„Ich wollte dir noch vorlesen, aus unserem Buch, unserer Geschichte", flüstere ich ihm zu. „Sehen wir uns später?"

Am liebsten würde ich ihn zurück ins Bett ziehen und erneut mit ihm versinken. Doch ich respektiere seinen Impuls, lasse ihn ziehen.

Habe ich überhaupt eine Antwort erhalten? Wird er Hamburg verlassen, oder sehen wir uns wieder? Meine Lust auf ihn ist ungestillt. Ich wünsche mir eine weitere Nacht. Ich drehe mich in den weißen Laken und ziehe die Decke über meinen Kopf. Der Mann hat es mir angetan.

Wir werden uns wiedersehen.

Seine Botschaft kommt über die digitale Welt. Timing – keine Ahnung. Ben mag es, mich im Dunkeln tappen zu lassen. So wie in unseren Gesprächen. Sind ihm meine Fragen zu persönlich, lenkt er elegant ab. Ich höre das, ich weiß es auch, aber auch hier lasse ich ihn, wie er ist. Selbst diese ausweichenden Antworten erzählen mir etwas über ihm.

Ich schenke mir einen freien Tag und genieße meine Stadt erneut. Walking um die Alster, das Gefühl von Freiheit und Ungebundenheit. Mir geht es gut.

Bewaffnet mit meinem Laptop und einem leckeren grünen Tee sitze ich im Café des *George* und reihe Worte einander, die nicht mal annähernd das ausdrücken können, was unsere Geschichte ausmacht. Ich glaube für meine neuen Innenwelten muss ich auch neue Worte kreieren. Wahrscheinlich ist es sogar eher ein Song, der ausdrücken kann, was ich fühle.

Schon wieder bin ich dankbar für die Erfahrungen, die ich momentan mache. Ben ist eine wundervolle Projektionsfläche. Es sind viele Ebenen, auf denen wir uns bespielen. Letztlich sind alle unsere Mitmenschen Projektionsflächen. Sich selbst im Anderen und in den jeweiligen Situationen zu erkennen – ich glaube, darum geht es ein Stück weit in jeder Begegnung.

Ich stecke mitten in einer „Selbstsanierung". Mein Inneres schreit nach Reinigung. Der Kontakt mit Ben, unsere Gespräche, aber auch das Unausgesprochene, die Art, wie wir handeln, wie er mir begegnet, all das hilft mir dabei, den „Müll" ans Licht zu fördern. Und mittlerweile bin sogar bereit, meinen inneren Keller zu durchforsten. Alles raus. Und dann ganz neu beginnen.

Ben verrate ich von alle dem nichts. Noch nichts. Ich möchte ihm vertrauen, bin aber vorsichtig. Schließlich ist unser gemeinsames Ziel das Wunder eines Mittwochsgefühls. Nicht mehr und nicht weniger. Und das ist auch gut so.

Mein Schreibtag dämmert dem Abend entgegen und ich genieße erneut eine heiße Dusche.

Als ich wieder hervorkomme, sehe ich seine Nachricht.

Ich schaffe es nachher gleich noch ins George – sehen wir uns in einer halben Stunde an der Bar?

Ich antworte mit einem kurzen Ja ... und mache mich rasch fertig. In mir jubelt es.

Als ich reinkomme, umfließt mich die Musik. Ich setze mich in die hintere Ecke des Raumes. Hier habe ich alles im Blick.

„Einmal Ramazzotti auf Eis mit Zitrone, bitte!"

Ich nippe an meinem Getränk und schaue in die Gesichter um mich herum. Langsam füllt sich die Bar.

Ben kommt etwas verspätet. Dynamisch schlängelt er sich durch die Menge hindurch bis zu mir. Fast läuft er einem Kellner in die Arme, weil sein Blick nur auf mich gerichtet ist.

Er trägt einen dunklen Pullover. Seine Augen strahlen heute stahlblau. Er beugt sich zu mir, küsst mich auf die Wange und nimmt Platz. Sein Knie berührt meines: Ich bin sofort elektrisiert. Der frische, holzige Hauch seines Parfüms weht mir in die Nase.

Ben scheint noch „an" zu sein vom Job. Wir bestellen uns Weißwein.

Er ist in Unterhalterlaune und strickt kleine Geschichten zum Leben all der anderen Menschen um uns herum. Er nickt zu einem Paar, zwei Tische weiter: „Da schau, sie ist total offen, ihm zugewandt. Er ist noch nicht ganz bei ihr. Sein Rücken ist nicht gerade, die Schultern etwas nach vorn gebeugt, der Kopf leicht gesenkt. Schaut er jetzt noch auf sein

Handy? ... oh, der hat eine Frau zu Hause sitzen. Sie hier ist nur für die Prise Abwechslung."

„Ja, aber wenn sie sich Mühe gibt, geht noch was. Kein ganz schlechtes Modell, die Dame. Also im Vergleich zu ihm."

Wir wechseln die Blickrichtung. Uns schräg gegenüber drei Jungs. Ich vermute, sie sind schwul. Doch wer hier mit wem flirtet, da bin mir nicht ganz sicher. Bei dem Typen in der Mitte stimmt optisch einfach alles. Die Augenbrauen gezupft wie ein Topmodel vor einem Cover-Shooting, die schmalen Lippen mit Lipliner optisch verdoppelt und mit einem ordentlich Glos den Highend-Look gezaubert. Der Typ rechts daneben hat mit ordentlich Pomade seine Länge in die Höhe gebaut.

Der Mister ganz links macht mit den Händen im Schoß und einem Blick von unten nach oben einen schüchternen Eindruck. Der wird heute vielleicht als erster vernascht.

Daneben uns direkt gegenüber auf zwölf Uhr zwei Asiatinnen und ein Mann aus gleichem Kulturkreis. Die Aufmerksamkeit der Zwölf-Uhr-Fraktion klebt an ihren Smartphones.

„Unfassbar, wozu gehen die zusammen aus?" Ben ist genauso ungläubig wie ich. Ein Foto hier, ein Bildchen da, Handys tackern, null Dialog.

Wir trinken ein zweites Glas Wein. Ben ist angekommen, der Jobstress scheint verflogen. Wir schenken uns verstohlene Blicke, lachen, erzählen und berühren uns.

„Guck, der Typ öffnet sich langsam. Jetzt bekommt die Dame vielleicht doch noch Freude." Ben lächelt verschmitzt.

Er ist ein Geschichtenerzähler. Dieser Part obliegt sonst oft mir, ich genieße es umso mehr, selbst auch mal entertained zu werden.

Ben nimmt mich ernst, auch das mag ich an ihm. Er schüttelt nicht ungläubig mit dem Kopf, wenn ich mit meinen spirituellen Gedanken laut werde, er hört sich meine Ideen an, ohne mich dafür zu belächeln. Apropos Ideen!

„Was ist eigentlich mit deiner Schreiberei?"

Bis auf den ersten Text hat Ben nichts mehr geschrieben und ich möchte wissen, ob er noch dabei ist oder ob das nur ein Schnack von ihm war.

„Mhh, im Moment habe ich echt viel Getöse in der Firma und mit meinem Kleinen, wenn ich denn mal zu Hause bin. Aber ich werde mir Zeit schaffen, ja? Klar machen wir weiter."

Ich schaue ihn an. „Also ich schreibe schon fleißig. Das Projekt macht mir Spaß, du inspirierst mich und ich bin so ein Mensch: Wenn ich eine Zusage mache, halte ich mein Wort."

Ich habe mir vorgenommen, dieses Buch zu schreiben, komme was wolle. Mit oder ohne ihn. So gut kennt Ben mich noch nicht und ich ihn nicht.

„Ich hätte da noch eine bereichernde Idee für unser Buch!"

Ben schaut schelmisch, dabei schiebt er die Ärmel seines Pullovers nach oben, als würde er ins Schwitzen geraten.

„Wir machen eine Liste."

Ein Ablenkungsmanöver, ich habe schon gespürt, dass ihm das Thema jetzt unangenehm wurde. Trotzdem steige ich darauf ein: „Was für eine Liste?"

„Die „Da-wollen-wir-es-mal-machen"-Liste. Was denkst du?"

„Die „Da-wollen-wir-es-mal-machen"-Liste", wiederhole ich langsam. „Klingt verlockend. Hast du schon Vorschläge?"

Ben reibt sich die Hände: „Also, definitiv will ich dich mal im Freien nehmen! Ich finde Sex draußen geil!"

Ich nicke, als würde ich einen imaginären Haken hinter seinen Vorschlag setzen.

„Ich werde mir mal intensiv Gedanken zu dieser Liste machen. Und dir meine Wünsche zukommen lassen."

Ich tue so, als würde es sich um eine geschäftliche Angelegenheit handeln, entsprechend fällt mein Ton aus, setze aber einen Schlafzimmerblick dazu auf. Das neue Spiel gefällt mir.

„Wie findest du Büroräume? Auf dem Schreibtisch zum Beispiel", fantasiert Ben unbeirrt weiter.

„Ja, bin ich auch dabei", antworte ich sofort und schmunzele.

„Und wie wäre es mit hier und jetzt? Wenigstens ein bisschen anfassen?"

Ben sieht mich durchdringend an. Pokerface. Vielleicht versucht er mich zu testen, vielleicht will er mich schockieren, als er beginnt, schon während der Frage langsam unter dem Tisch meine Gürtelschnalle zu öffnen. Danach auch den Hosenknopf, um dann den Reißverschluss meiner Hose in Zeitlupe aufzuziehen.

Ich grinse ihn frech an: „Ich habe Lust auf dich. Und das Spiel gefällt mir."

Seine Finger gleiten in meine Jeans und verweilen in meinem Schritt. Um uns herum fließt das Kommen und Gehen, die Unterhaltung all der Menschen weiter. Damit kann Ben mich nicht überfordern, solche neckischen Episoden erhöhen nur meinen Puls und geben unserem Zusammensein eine Prise extra „Drive". Er zwinkert mir zu und platziert seine Hände dort, wo sie hingehören. Ich verpacke meinen Körper wieder ordnungsgemäß und kann meinen Herzschlag spüren.

Wir nehmen noch ein drittes Glas Wein.

„Irgendwie habe ich Hunger, wollen wir noch eine Kleinigkeit essen?", frage ich ihn. „Vielleicht frisches Brot mit Olivenöl?"

Ben hatte bereits ein Geschäftsessen, wie er mir verrät. Ich hatte auf ihn gewartet, wollte nicht, dass er möglicherweise allein essen muss und nun knurrt mir der Magen. Er ordert etwas von dem leckeren Brot, das es hier gibt, und ich lasse es mir schmecken.

Nach einer Weile beschließen wir den Rückzug auf das Hotelzimmer. Ich fühle Bens Müdigkeit. Wir liegen angezogen auf dem Bett. Mein Kopf auf seiner Brust. Seine Hand in meinen Haaren. Ich bin glücklich, wünsche mir, dass dieses Gefühl immer bleibt. Mein Mittwochsgefühl mit Ben.

Irgendwann löst Ben unsere Verbindung. Er will sich verabschieden. Er ist noch immer nicht ganz gesund und kennt sein Pensum der nächsten Tage.

Wir küssen uns. Ich genieße es noch einmal, ihn zu schmecken, seinen Duft zu atmen und seine Lippen auf meinen...

Die Tür fällt hinter ihm ins Schloss. Ich bleibe zurück – allein. Ich bin traurig. Dennoch: Ich will ihn so lassen und so nehmen, wie er ist. Ich bin es doch, die sich eine Verbindung wünscht, die von Freiheit, Wahrheit und wundervollen Emotionen lebt, also ist es wichtig, genau das auch zu geben.

Ich beobachte mich genau. Was macht die Situation mit mir? Wie würde ich „normalerweise" reagieren? Wie fühlt es sich an? Wie bewusst kann ich im Kontakt und im Erfahren der Momente sein? Ich frage mich auch, was in Ben vorgeht und was er wohl denken mag, über die letzten Stunden, unsere vergangene Nacht und überhaupt.

Der Mittwochsrausch ist verflogen. Ich sollte jetzt besser schlafen, denn auch ich muss morgen zurück in mein Leben. Auf den Hof, zu meinen Kindern, zu Philip.

Ich möchte dich genießen. Ich denke, du verstehst!

Bens Nachricht kommt, als ich das Licht löschen will.

Ich antworte ihm noch. Ich möchte, dass er sich frei fühlt und kein schlechtes Gefühl haben muss. Vielleicht hat er meine Traurigkeit wahrgenommen. Aber die gehört ja mir und hat mit meiner Geschichte zu tun. Dennoch würde ich gern wieder neben ihm einschlafen.

„Halt mich noch ein bisschen", flüstere ich einsam in den Raum.

Kapitel 11

Der echte Anfang

Langsam frage ich mich, was das wirklich ist, mit Ben und meinem Gefühl. Unsere erste gemeinsame Nacht ist nur wenige Tage her. Ich will ihn wiedersehen. Ihn wieder küssen.

Dafür fahre ich sechshundert Kilometer nach München, voller Freude.

Meinen Bruder Tom nehme ich einfach mit. Wir nutzen den unglaublichen Zufall, dass wir es beide schaffen, uns kurzfristig für anderthalb Tage aus dem Alltag zu stehlen. Es wird unserer Verbindung guttun, die letzten Jahre des Schweigens, der Ablehnung und der falschen Gedanken übereinander zu bereinigen. Toms Exfrau hat es ganz schön lange geschafft, uns voneinander fernzuhalten. Das ist nun vorbei – und ich finde, kein Partner sollte versuchen, Geschwister auseinander zu bringen.

Aufgeregt denke ich an Ben. Das, was in Hamburg begann, verlangt nach einer Fortsetzung. Trotzdem. Was ist es? Ist es Sex? Ist es die Lust, wieder zum Leben erweckt, nach einer traurigen, lieblosen Zeit mit Philip? Ist es das Spiel, das Ungewisse, das Neue? Ich möchte noch genauer hinspüren, wenn ich mit ihm bin. Möchte erfahren, was mich an ihm reizt ...

Tom lümmelt sich ins beige Leder des Beifahrersitzes und trägt ein breites Grinsen auf dem Gesicht. Die Sonne strahlt durch die große Windschutzscheibe. Ich halte das Lenkrad, Hugo liegt sicher auf der Straße. Aus dem Radio tönt Musik,

Urlaubfeeling macht sich breit. Es ist wunderbar, wieder mit meinem Bruder vereint zu sein.

„Weißt du noch, Juna, unsere Reisen nach Polen?", fragt er. „Das waren immerhin mehr als sechshundert Kilometer. Manchmal für nur eine Partynacht. Ich fühle mich gerade wieder wie vor 20 Jahren! Und wie riskant das oft war, allein die miserablen Straßen! Heute gibt es eine Autobahn, da wären wir noch schneller drüben."

Ich schmunzle.

„Ja, lass mal wieder die alten Freunde besuchen. Für eine Partynacht!"

Tom lacht aus vollem Herzen.

Wir sprechen über Gott und die Welt. Graben ein wenig in der Vergangenheit. Durchleuchten erneut unsere Kindheit und begeben uns auf gemeinsame Sinnsuche. Dabei lassen wir Kilometer für Kilometer hinter uns. Die Stunden vergehen wie im Flug. Kurz vor Feierabendzeit checken wir im Hotel ein.

Es ist Bens Arbeitshotel. Ich weiß, er ist sehr beschäftigt. Wir sind gegen 21 Uhr verabredet und ich muss mich noch gedulden. Glücklicherweise ist die Zeit mit Tom der pure Spaß.

Nachdem wir uns in einem Zimmer mit einem recht schmalen Bett wiederfinden, weil das Hotel ausgebucht ist, stürmen wir die angrenzenden Geschäfte. Auf den wenigen Quadratmetern wollen wir nicht direkt hocken bleiben.

Also raus auf eine kleine Entdeckungstour mit uns!

Wie zwei überdrehte Teenager kaspern Tom und ich durch einen Baumarkt unweit des Hotels. Tom ist ein Bastler und Tüftler, er liebt Baumärkte, also machen wir uns auf eine

Erkundungstour, ob die Märkte im Süden Deutschlands mehr zu bieten haben als die im Norden.

Die Ausstellungsbadewannen haben es mir angetan und die Testsauna ist auch nicht schlecht.

„Komm, Tom, lass mal in die Saune gehen zum Testsitzen!"

Ich hüpfe auf einem Bein Richtung Sauna. Ein Angestellter im roten Pullover starrt mich ungläubig an.

„Ja, bei mir ist alles in Ordnung", informiere ich ihn im Vorbeihüpfen. „Ich mache gerade nur eine Glücksreise – dabei ist das Hüpfen wichtig, damit das Gefühl auch unten ankommt."

Ich glaube nicht, dass er das wissen will, aber ich fühle mich gerade, als wäre ich zehn.

„Und, ganz wichtig, zwischendurch muss das Bein gewechselt werden!"

Ich springe um und hüpfe nun mit links weiter. Tom kommt aus einer Regalreihe weiter hinten gerannt. Dem Typen in Rot wirft er zu: „Sie hat ihre Pillen heute vergessen. Sonst hüpft sie auf beiden Beinen."

Tom springt mir von hinten in den Rücken und greift mit beiden Händen an meine Schultern. Wir müssen beide lachen.

Prustend und kichernd landen wir in der Saune für ein kurzes Probesitzen.

„Mir ist es hier zu heiß, ich gehe wieder raus!"

Natürlich ist die Sauna in einem Baumarkt nicht in Betrieb, aber ich finde es ziemlich lustig mal so albern zu sein.

„Das stimmt, viel zu heiß eingestellt. Lass uns lieber was essen gehen! Schnitzel Pommes für den doppelten Kurs?"

Tom zwinkert mir zu. Ja, München ist teuer, viel teurer als das Kaff, aus dem wir kommen.

„Was muss das muss, lieber Bruder. Außerdem haben wir ja Urlaub. Ich lade dich ein."

Ich bin in Geberlaune, fühle mich leicht und beschwingt.

Nach dem Essen drehen wir im Zimmer die Soundbox auf und rocken ab. Ich spiele eine grandiose Luftgitarre, shake meine Hüften und präsentiere Tom ein mittelmäßiges, aber einmaliges Lipsyncing. Herrlich gaga! Wir lachen, lachen, lachen ... schweben vor verrückter Leichtigkeit ...

Wir sehen uns gleich – im Besprechungsraum 3.

Bens Nachricht kommt spät. Es ist 22 Uhr. Ich muss lächeln und frage mich, was er vor hat mit mir ... Kribbeln stellt sich ein.

Ich schnappe mir meine Laptoptasche, das sieht geschäftsmäßiger aus. Schließlich treffen wir uns in einem Konferenzraum und wer weiß, ob ich noch irgendwem vom Hotelpersonal über den Weg laufe.

Ein paar wichtige Utensilien verschwinden in der Tasche: Labello, Handy, Geldbörse – und mein Asthmaspray. Das schleppe ich schon viele Jahre mit mir rum, ohne es wirklich noch zu brauchen. Aber es gibt eben Dinge im Leben, an denen halten wir uns sicherheitshalber noch ein bisschen fest.

Ich fahre mit dem Fahrstuhl erst einmal nach unten, wo ich Besprechungsraum 3 vermute. Der junge Mann an der Rezeption schaut mich fragend an, weil ich wohl den Eindruck einer Suchenden mache.

Ich suche tatsächlich – und zwar mehr als nur den Besprechungsraum drei.

„Haben sie noch ein Meeting? Kann ich Ihnen helfen?", tatsächlich kommt ein sympathischer Angestellter auf mich zu.

Mit einem zaghaften Lächeln schüttele ich den Kopf, bleibe stumm und schlendere weiter. Ich grinse in mich hinein. Ja, ein Meeting habe ich noch, ein sehr wichtiges! Das Kribbeln wird stärker. „Mal im Büro", war schließlich auch auf unserer Liste ... Was erwartet mich? Was erwartet er von mir?

Wir finden uns auf dem Flur vor Raum drei. Oder vielmehr: Ben findet mich. Ich sitze auf einem grauen Tisch, der neben den Konferenzräumen in einer Ecke steht. Mein Herz schlägt bis zum Hals, aber ich versuche, so cool wie möglich zu wirken. Ben trägt noch seinen Business-Look: blaues Hemd, Jeans, blaue Schuhe. Seine Haare sind wie immer top gestylt und seine Ausstrahlung unnahbar.

Als er vor mir steht, schwinge ich mich vom Tisch: „Hallo, Mister Mittwoch, da bist du ja!"

Ich küsse ihn flüchtig auf die Wangen.

„Und da bist du, Juna, willkommen in München. Darf ich bitten."

Ben öffnet die Tür zum Konfi-Raum Nr. 4 und lässt mich eintreten. In diesem Raum finden sonst Schulungen statt: Whiteboard an der Stirnseite und graue Zweiertische, fast wie in der Schule. Wir nehmen ganz vorn Platz. Aus dem kleinen Kühlschrank in der Ecke hinter der Eingangstür fischt Ben zwei kleine Flaschen Saft für uns hervor. Ben findet seinen Sitzplatz an einer Bank mir halbschräg gegenüber. Er fixiert mich.

„Na, Frau Professor, was macht die Kunst? Wie war die Fahrt nach München?"

Aus irgendeinem Spaß heraus haben wir mal angefangen, einander Herr Doktor und Frau Professor zu nennen. Frau Professor ist nervös, so wie der Herr Doktor auch, wir scheinen beide unseren Einstieg über Smalltalk zu brauchen.

„Tja, Herr Doktor, schön sie wiederzusehen ... und das so schnell. Bei mir alles fein. Gute Fahrt gehabt, Spaß mit meinem Bruder gehabt. Jetzt hier. Was will ich mehr? Wie war dein Tag, hast du deine Leute im Griff?"

Ich spiele an der Saftflasche. Ben hat die Beine übereinandergeschlagen, seine Hände liegen locker auf den Oberschenkeln.

Das Licht ist gedimmt und von der gegenüberliegenden Seite wirft eine Leuchtreklame ihre Buchstaben in Rot durch die große Fensterfront in den Raum. Hier könnten jederzeit Menschen Einblick nehmen.

Egal. Ich möchte mich treiben lassen. Die Spannung zwischen uns ist fühlbar. Ich will ihn küssen, ich will ihn nehmen, ich will genommen werden.

Aus einem Impuls mache ich den ersten Schritt. Setze mich auf die Tischkante vor ihn, meine Lippen nähern sich seinen. Wir küssen uns. Meine Lippen wandern an seinem Körper entlang, schließlich hocke ich vor ihm. Ich umschließe seinen Schwanz mit den Lippen und verpasse ihm einen ordentlichen Blowjob.

Er greift mit einer Hand in meine Haare, mit der anderen in meinem Nacken. Zieht mich noch näher zu sich heran. Ich halte seinen Schwanz, während ich lecke, sauge und massiere. Ben stöhnt. Mir wird heißer. Ich kann meine eigene Erregung feucht zwischen den Beinen spüren. Ich will, dass er mich nimmt. Ich will, dass er in mir ist, mit seiner ganzen Kraft. *Jetzt*.

Er spürt das wohl, zieht mich nach oben. Wir blicken uns an. Das Blau seiner Augen schimmert jetzt fast türkis. Dann dreht er mich um.

Das Gefühl, als er von hinten in mich eindringt, lässt meine Mitte pulsieren. Ihn in mir zu fühlen macht mich geil. Mit einer Hand stütze ich mich an der Tischkante ab. Es ist glitschig da unten zwischen uns. Sein Schwanz wird immer strammer, seine Stöße härter. Ich spüre den festen Griff seiner Hände auf meinen Hüften, strecke mich ihm lustvoll entgegen. Will ihn aufnehmen, ihm nah sein, wie es näher nicht geht. Er dringt tiefer und tiefer in mich ein. Immer wieder versuche ich mit dem Blick aus dem Fenster das aufsteigende Gefühl in mir unter Kontrolle zu bekommen. Unsere Atmung ist heftig, ich stöhne lustvoll und auch Bens Spannung ist kurz vor einer Explosion. Irgendwann lasse ich mich einfach gehen, geil, laut, frei – und Ben tut es auch.

Eine Weile verharren wir so, dann tritt Ben ein Stück zurück. Er zieht seine Hose wieder hoch und schließt seinen Gürtel. Ich beginne mich ebenfalls anzuziehen.

„Das hat mir gefallen, Herr Doktor", werfe ich ihm zu, Tiefenentspannt setze ich mich auf einem Stuhl. Ben steht hinter und beginnt, mir sanft die Schultern zu massieren.

„Was ist, wollen wir einen Drink nehmen?", fragt er.

Ich genieße seine Berührung und nicke wortlos.

„Oben in der Bar sind vielleicht auch noch einige meiner Mitarbeiter. Nur, dass du schon mal vorbereitet bist ..."

„Mitarbeiter ... verstehe! Und wer bin ich dann? Eine Geschäftspartnerin? Eine alte Freundin?"

Ben zieht seine Hände zurück und küsst mir sanft den Nacken.

„Uns fällt schon was ein."

Er geht zur Tür und hält sie mir auf.

Na, dann also an die Bar.

Zum Glück sind seine Angestellten nicht mehr zu sehen. Es gibt Rotwein und Ben nur für mich allein.

Ich habe schon wieder Lust auf ihn – oder immer noch? Ich frage mich, ob es ihm genauso geht. Ist dieses Mittwochsgefühl für ihn ein ebensolches Geschenk wie für mich?

„Und was ist mit Verantwortung? Ich meine nicht deinen Ehemann", fragt mich Ben unvermittelt mitten in meine Gedanken hinein. Worauf will er hinaus? Sollte ich ein schlechtes Gewissen haben, weil ich hier bei ihm bin und nicht zu Hause bei meinen Kids?

„Für meine Kinder habe ich die hundertprozentige Verantwortung übernommen, dazu stehe ich und das wird immer so sein."

Ben ist Vater, er wird mich verstehen. Außerdem habe ich vor ein paar Wochen nicht einmal darüber nachdenken müssen, ob ich etwas für meine Familie tun werde, was meine Familie betreffen könnte. Ich hatte mich doch abgefunden mit meinem Leben auf dem Land, mit dem Pferdehof und dieser Ehe, die eben mehr einer Geschäftsbeziehung gleicht. In meiner Welt gab es bis vor kurzem keinen Gedanken daran, ausbrechen zu wollen. Nicht so.

„Wie gut kannst du mit Nähe umgehen?", gebe ich nun zurück. „Kannst du nah sein?"

Natürlich meine ich dabei nicht die körperliche Nähe, die wir uns eben geschenkt haben. Ich habe mir meine Gedanken gemacht. Habe Ben beobachtet, auch die Art, in der wir miteinander digital kommunizieren. Wie unsere Begegnungen waren. Ich kann nicht einmal die richtigen Worte finden für diese Energie, die ich dabei wahrnehme. Vielleicht ist vorsichtig zurückhaltend am nächsten dran. Ich spüre aber auch meine eigene Unsicherheit. Er lächelt sanft.

„Ich habe kein Problem mit Nähe."

Ich glaube, Ben ist nicht ganz ehrlich mit seiner Antwort. Ja, er kann Menschen das Gefühl geben, ihnen nah zu sein. Vor allem in der digitalen Welt kann er Luftschlösser bauen und immer wieder andocken, das habe ich selbst erlebt. Aber ich spüre in unserem Kontakt, dass er Fragen ausweicht, stattdessen lieber Fragen stellt und sich sehr genau überlegt, wie viel er von sich zeigt. Also auch, wie nah er tatsächlich sein kann. Aber ich lasse ihn gewähren.

Seine Antwort ist gut für den Augenblick und ich möchte nicht tiefer bohren. Irgendwann werde ich ihm erzählen, was in meinem Kopf vor sich geht.

Es ist schön, mit ihm hier zu sitzen. Am liebsten würde ich den Abend nicht enden lassen. Ben wird müde, ich kann es wahrnehmen und ich glaube auch mittlerweile zu verstehen, wie er funktioniert. Sein Leben ist durchgetaktet, sein Job ist sein Leben. Nach einer kurzen Nacht muss er einfach wieder alle Kraft beieinander haben für das, was ihm wichtig ist.

Wir verschwinden auf sein Hotelzimmer. Ben legt sich auf sein Bett und zieht mich zu sich heran. Mir ist klar, dass ich ihn gleich alleinlassen werde, obwohl mein Herz etwas anderes sagt. Ich küsse seinen nackten Bauch und vergrabe meine Nase in seiner Haut. Ich könnte stundenlang so da liegen, nur mit ihm sein. Ich mache mir ein paar Seelenbilder und nehme ein Stück von Ben einfach mit auf meine weitere Reise. Ich trage ihn heute unter meiner Haut. Ich wünsche mir, dass die Abschiedsküsse, die ich ihm schenke, der Anfang sind von etwas ganz Wundervollem.

Kapitel 12

Nach Sonne kommt Regen, kommt Sonne, kommt Regen ...

„Wir müssen reden!"

Ich weiß nicht, wie oft ich diesen Satz schon zu Philip gesagt habe. Heute ist es mir ernst.

Die letzten Monate mit meinem Mittwochsgefühl, die Suche nach meinem verlorenen Selbst haben mich entschlossen gemacht. Ich werde mein Leben verändern. Nach 17 gemeinsamen Jahren, auch wenn die letzten keine wirklich gemeinsamen mehr waren, möchte ich fair und offen zu ihm sein. Ich möchte Philip von meinen Gefühlen, Wünschen und Erkenntnissen erzählen. Mir ist bewusst, dass das auch in einem Desaster enden kann, aber irgendwann muss ich doch mit dem äußeren Aufräumen beginnen. Innerlich ist die Reinigung bereits in vollem Gange.

Philip sieht mich mürrisch an.

„Schon wieder alles in der Schleife? Ich bin jetzt eben zufrieden aufgestanden und möchte in Ruhe meinen Kaffee trinken!"

Er drückt auf den Knöpfen des Kaffeeautomaten herum.

„Jetzt nicht, Juna, echt!"

Nachdem sein Becher vollgelaufen ist, trottet er aus der Küche, die Zigarette, die er gleich auf der Terrasse rauchen wird, bereits im Mundwinkel hängend. Ich kenne seine Morgenroutine. Die Frage nach einem Gespräch hätte ich mir schenken können, aber ich bin wild entschlossen und werde nicht lockerlassen.

„Philip, heute ist es anders. Ich kann so wirklich, wirklich nicht weitermachen. Ich bitte dich, wir müssen reden. Von mir aus heute Mittag. Wir können auch dafür irgendwohin fahren oder spazieren gehen."

Ich stehe mit einem Bein auf der Terrasse, mit dem anderen noch im Wohnzimmer. Die Kälte kriecht an mir hoch. Philip sitzt still auf seinem Raucherplatz und starrt in die Luft. Ich habe das Gefühl, er will mich nicht hören.

„Gut, dann komme ich später nochmal zu dir." Ich drehe mich um.

Meinen Kaffee werde ich im Auto trinken. Brötchen holen, einkaufen gehen und danach in den Stall fahren. Mein Weg zum Bäcker dient fast täglich zu einem Telefonat mit Mercedes.

„Moin, moin!" Meine Freundin klingt motiviert und fröhlich wie immer.

„Was ist los, Juna, alles frisch?"

Ich stecke leider noch in meinem Prozess mit Philip und kann Mercedes' Unterstützung sehr gut brauchen. Irgendwie fällt es mir schwer, allein zu verstehen, warum gerade alles so durcheinandergerät und warum Philip überhaupt keinen Einsatz zeigt, unsere persönliche Hölle aufzulösen.

„Ich habe keine Lust mehr auf die Anlage, die Pferde und den ewigen Streit mit Philip. Warum habe ich mir das reingezogen?"

„Juna, das hast du dir ganz fein kreiert, weil es irgendwann mal richtig war. Jetzt brauchst du es eben nicht mehr und kannst eine neue Etappe beginnen."

Es klingt so einfach, wenn Mercedes es sagt. Aber ich stecke einfach nur mitten im Sumpf. All die einmal schön geglaubten Dinge, die eigene Reitanlage, die Familie beieinander, meine Eltern mit an Bord, die Ehe mit Philip, alles, einfach alles würde ich gern hinter mir lassen. Doch, wenn ich denke „und dann?" – und vor allem, wenn ich denke „und wie?" –, dann spüre ich meinen Schlamassel.

„Er will nicht mal mit mir reden. Er ignoriert mich weg und ist sehr unhöflich zu mir. Ich bin mir so was von sicher, ich will das nicht mehr. Scheiß auf „Versagen"! Dann habe ich halt versagt und diese Ehe verkackt."

Meine Wut steigt mehr und mehr. Mercedes bleibt klar und gelassen.

„Ich habe das schon länger gesehen, aber du hast immer wieder versucht, Philip zu gefallen, oder ihm alles rechtzumachen, alles richtig zu tun. Bei der kleinsten Freundlichkeit seinerseits warst du am Schwanken. Bleib nun bei dir. Bleib klar. Du gehst deinen Weg und räumst ordentlich auf. Du bist so eine tolle Frau, hab doch keine Angst vor der Zukunft. Und, Juna, wir müssen immer erst den Falschen treffen bis irgendwann der Richtige da ist. Also ich sehe ihn schon."

Mercedes lacht.

„Wenn du mit deinem Mittwochsmann alles aufgearbeitet hast und die Geschichte geschrieben ist, dann wird sich dir die Sonne zeigen. Ich bin mir sicher! Ob er dann „der Mann" ist, sei mal dahingestellt ... Ich sehe ja die ganze Zeit einen anderen. Ja, ich sehe ihn richtig."

Mercedes kichert fröhlich und ansteckend vor sich hin. Es tut so gut, eine Freundin wie sie zu haben.

„Danke, meine Beste. Wo wäre ich ohne dich und deine Energie?"

Wir witzeln noch ein bisschen über dies und das. Schließlich ist Mercedes angekommen und wir verabschieden uns fürs erste. Ich kann gar nicht anders, als motiviert und gestärkt von diesem Gespräch wieder in meine Welt zu gehen.

In der Anlage absolviere ich das Standardprogramm. Philip beachtet mich wenig dabei, was gut ist, weil wir so nicht aneinandergeraten, aber unser Gespräch soll heute noch stattfinden. Dafür werde ich sorgen.

„Ich muss mit dir sprechen, Philip! Wann hast du Zeit?", frage ich, als ich ihm in der Sattelkammer in die Arme laufe.

„Juna, schon wieder?" Er schaut genervt, ich bleibe hartnäckig.

„Meinetwegen", gibt er schließlich auf. „Ich komme gegen 17 Uhr nach Hause. Dann setzen wir uns zusammen."

Geschafft!

Wir treffen uns im Wohnzimmer, das vor allem Philip seit Monaten bewohnt. Der Raum, in dem es früher einmal Familienleben gab. Jetzt macht sich außer für die übliche halbe Stunde Abendessen an der langen Tafel niemand mehr hier breit.

Philip betritt das Zimmer mit einer Flasche Bier in der Hand und setzt sich auf das große braune Ledersofa mir gegenüber. Ich sitze schon auf dem kleinen Sofa, eine Saftschorle vor mir. Er sieht müde aus. Wahrscheinlich haben ihn seine Kunden ordentlich gefordert, aber darauf kann und will ich keine Rücksicht nehmen. Es geht nun um mein Leben. Um meine Zukunft, um meine Gefühle.

„Ich will so nicht weiterleben. Ich möchte das hier alles aufräumen", sage ich mit Nachdruck.

„Wie oft willst du mir das noch sagen, Juna? Du ziehst mich runter mit deinen Texten!"

„Genau, ich werde es so oft sagen, bis sich endlich etwas ändert. Ich bin unglücklich, einsam, einfach sehr, sehr traurig. Ich muss meinen Weg wiederfinden."

Philip nimmt einen kräftigen Schluck aus seiner Flasche. „Was soll das heißen? Deinen Weg? Du wolltest doch reiten, das ist doch auch deine Anlage. Wie stellst du dir das vor? Ich habe alles in dieses Projekt reingeschmissen, mein ganzes Geld. Alles. Und nun geht es den Bach runter!"

Ich werde nervös, versuche mich aber zusammenzureißen.

„Ich habe doch auch alles reingeschmissen. Meine kleinen Projekte rechts und links fallen lassen, immer geschaut, wie ich dir und den Kindern das Leben schönmachen kann. Mich komplett in die Firma eingebracht – auch mit allem, was ich hatte und habe. Schau uns doch mal an! Sind wir ein glückliches Liebespaar? Nein! Mir reicht das nicht mehr. Ich wünsche mir Freiheit, Liebe und Kontakt. Jeden Abend sitze ich nach dem Abendessen in meinem Zimmer und arbeite irgendetwas, auch um mich abzulenken. Es fühlt sich verdammt einsam an."

Tränen steigen in mir auf. Ich versuche das Gefühl hinunter zu schlucken und ruhig zu bleiben. Philip zieht seine Zigarettenschachtel aus der Hosentasche und steckt sich eine Zigarette in den Mund. Er steht auf und geht Richtung Terrasse.

Typisch, immer wenn es auf den Punkt kommt, verlässt er die Situation. Ich finde das respektlos.

„Warum gehst du jetzt raus?"

Er blickt mich wütend an: „Weil ich rauchen will. Lass mich, Juna, oder willst du mir das auch noch verbieten?"

„Wieso ‚auch noch'? Rauch doch, aber jetzt wollten wir sprechen! Ich möchte eine Lösung, versteh mich doch. Wir haben uns einfach ein viel zu großes Projekt reingezogen, dabei ist schlicht und ergreifend unsere Ehe kaputt gegangen. Fertig. Ich wünsche mir, dass wir gemeinsam eine Lösung finden. Ich bin deine Freundin und will dich nicht bekämpfen. Ich werde alles tun, um den Scherbenhaufen mit aufzuräumen, aber ich werde mich nicht mehr zurückziehen und auf bessere Zeiten warten. Ich habe es satt, auszuhalten. Ich will leben. Ich will lieben – und ich möchte geliebt werden, weil ich eine Frau mit einem schlagenden Herzen bin, weil ich das, was ich gebe, auch wünschen darf."

Philip steht in der Terrassentür und zieht an seiner Fluppe.

„Gut, dann bin ich eben wieder gescheitert. Ich habe es auch satt. Dann verkaufen wir die Anlage, verballern die Böcke und ich bin erneut geschieden. Zweiter Versuch, auch gescheitert."

Er tritt hinaus und dreht mir den Rücken zu. Mir laufen die Tränen über die Wangen, mehr und mehr fließt der Schmerz aus mir heraus. Ich bin froh, deutlich gewesen zu sein. Aber mir ist schon klar, dass die Informationen noch nicht tief bei Philip angekommen sind. Oberflächlich vielleicht, sodass er jetzt bockig ist, aber seine Antworten sind für mich Floskeln eines gekränkten Egos.

Ich wische mit dem Handrücken über mein Gesicht und fingere ein Papiertaschentuch aus der Hosentasche. Putze mir die Nase und versuche, wieder klarer zu werden. Philip kommt zurück. Ich erkläre weiter: „Lass uns bitte schauen, wie wir uns dieses Hamsterrad aus dem Leben kicken. Ich möchte keinen Krieg und keine Anwälte und kein Gegeneinander. Ich möchte in Liebe auflösen was wir eigentlich mal in Liebe begonnen haben."

Mein Herz wird schwer und ich muss erneut meinen Tränen Raum schenken.

„Es tut so weh, aber ich kann so wirklich nicht weiterleben. Meine Sehnsucht ist unendlich groß und mir ist klar, hier bin ich nicht richtig. Hier wird sie nicht gestillt. Ich bin immer noch eine Suchende."

Philip sieht mich wortlos an.

„Ich schreibe gerade ein neues Buch, dabei geht es um ein Gefühl. Das Mittwochsgefühl – ich durfte einen Geschmack davon bekommen, wie wunderbar dieses Gefühl ist. ... und ich schreibe fast täglich. Doch ich weiß nicht, wie es ausgeht, Philip, verstehst du? Ich kenne die nächsten Kapitel noch nicht. Ich kenne das Ende noch nicht!"

Ich schluchze los, mein Herz ist unendlich traurig.

„Verstehst du, Philip?"

Ich kann seine Antwort nicht abwarten. Ich muss den Raum verlassen, halte die Nähe und den Kontakt nicht mehr aus. Philip schweigt immer noch. Ich lächle ihm zerbrechlich zu, als ich mich erhebe, um in mein Zimmer zu gehen.

Unweigerlich denke ich an Ben. Den Mittwochsmann, der mich auf diese Reise eingeladen hat. Ich habe angenommen und nun stehe ich hier. Pur, nackt, in Wahrheit – und verloren. Was mit Ben wird? Keine Ahnung. Aber ich möchte meinen Hausputz unbedingt und immer noch – für mich. Ich frage mich, ob es mutig ist, oder ob ich einfach nur dumm bin. 17 Jahre meines Lebens für ein Gefühl wegzuschmeißen, von dem ich nicht mal weiß, ob ich es je wieder fühlen werde. Nicht weiß, wo ich es überhaupt suchen soll. Oder ob ohnehin alles nur eine große Illusion ist. Folge ich gerade meinem Herzen oder reitet mich mein Ego in den Sumpf? Ich bin durcheinander, so durcheinander wie ein Adoptivkind, dass nach 25 Jahren erfährt, dass seine Eltern gar nicht seine leiblichen Eltern sind. Was ist wahr, was ist echt?

Aber eins ist mir klar, meine Ehe will ich nicht mehr. Nicht so. Gefühllos, voller Streitereien und Kontaktlosigkeit. Philip hat keine Ahnung, wer ich eigentlich bin, und mit ihm werde ich selbst nie herausfinden, wer ich noch alles sein kann.

Ich liege zusammengekauert auf meinem Bett und spüre den Schmerz in meinem gesamten Körper. Was habe ich nur getan? Mit mir, mit meinem Herzen, dass ich mich so elend fühle. Hoffnungslosigkeit und Traurigkeit fressen sich ungebremst durch meine Zellen.

„Geliebtes Selbst, alles wird gut!"

Ich flüstere mir selbst zu, was ich gern von einem Herzensmenschen hören würde.

„Ich liebe dich."

Kapitel 13
Scheintot

Seit Tagen stelle ich mir die Frage, ob es das war – mit meinem Mittwochsgefühl. Mit Ben. Nach einigen Tagen intensivem digitalen Kontakt und drei misslungenen Versuchen zu telefonieren, hat schließlich ein letztes Gespräch zu einer absoluten Kontaktstille geführt. Ben saß mal wieder an irgendeinem Flughafen und konnte wenig erfrischende Worte finden. Er klag ausgelaugt, aber damit hatte ich doch nichts zu tun. Ich wollte ihn motivieren und beschenken. Dennoch stammelte er etwas von „Ruhe reinbringen". Ich habe verstanden, dass er uns meinte. Unseren Kontakt.

Was ich bis heute nicht verstehe, ist das **Warum**. Ich habe nichts gefordert. Ja, ich habe gegeben, mich gezeigt, er hat mich dazu angeheizt, mir Sehnsüchte gesendet, mich mit Guten-Morgen-Küssen bedacht und sich immer wieder gewünscht, von mir zu lesen. Habe ich etwas missverstanden?

Es fühlt sich an, als sei Ben gestorben. Kein Lebenzeichen. Kein liebes Wort und das nach all der Nähe. Ich bin enttäuscht, traurig, wütend. Ich lasse unsere Begegnungen durch meinen Geist streifen. Denke über alle seine gesprochenen und geschriebenen Worte nach und frage mich, ob dieser Mann überhaupt **echt** ist. Wenn alles, was er mir geschrieben hat, seinem Gefühl entsprungen ist und er es auch so meinte, wie kann er dann jetzt so **weg** sein?

Gerade habe ich meine Verbindung zu Philip aufgeräumt, neu sortiert, überdacht, geradegerückt, mich distanziert, da fliegt mir mein Wunsch, mit Ben auf eine *freie* Reise des Lebens gehen zu dürfen, um die Ohren. Ich wollte nicht die neue offizielle Frau an seiner Seite werden. Ich dachte, wir kreieren uns eine Reise voller Mittwoche. Spielend in Leichtigkeit und Wahrheit. Jetzt höre und lese ich **nichts** mehr von Ben, dem Mann, der mir noch vor einer Woche geschrieben hat, dass ich ihn nicht mehr loswerde. Hat er kalte Füße bekommen und nun nicht mal den Mumm, mir die Wahrheit zu sagen? Denkt er etwa, ich stehe demnächst mit gepackten Koffern und drei Kindern vor seiner Tür? Hat er mich nur als Objekt benutzt und ein mieses Spiel gespielt? Gibt es völlig andere Probleme in seinem Leben, die seinen Fokus fordern? Ich bin ratlos.

Antworten bekomme ich keine von ihm. Warum stellt er sich tot?

Ich beginne, die letzten Jahre mit Philip zu reflektieren. Ich kenne das Gefühl, dass sich mein Gegenüber totstellt, dass ich mich nicht gesehen und gehört fühle. Ich kenne die Trauer und die Wut, die dadurch in mir entstehen. Nun ist es Zeit, endlich in mir aufzuräumen und das Gefühl für immer zu verbannen. Ich fühle mich unverstanden von Ben und obwohl ich keine Beziehung im Sinne von „wir sind jetzt ein Paar" mit ihm möchte, fordert mein Ego Erklärungen und mehr.

Warum kann ich nicht einfach aufhören, an ihn zu denken? Warum kann er mir nicht einfach total egal sein? Warum habe ich nicht viel früher fühlen können, dass er gar nicht mit mir in Resonanz geht? Kann ich mir selbst doch nicht trauen?

Ich wollte ein Mittwochsgefühl und kein Mittwochsdrama. Trotzig beschließe ich: Ich werde mich ablenken. Mich verabreden mit anderen Männern. Ich will körperliche Nähe, das kann ich mir eingestehen. Also suche ich mir einfach einen Mann, der Lust hat, mir diese Nähe zu schenken. Mir fallen auch gleich mehrere Kandidaten ein. Etwas in mir sträubt sich noch dagegen – und etwas in mir schreit „go for it!".

Immer noch ploppen diese Momente auf, in denen ich um Ben trauere. Ich hatte mir allen Ernstes eingebildet, er wäre ein echter Mittwochsmann. Nicht nur ein Mittwochsbonbon. Ich dachte, er wäre mutig. Mutig genug, sich mir zu zeigen. Ich dachte, er wäre sensibel genug, mich wirklich zu fühlen und Manns genug, zu seinen Dingen zu stehen. Und ich dachte, er lebt das, was er sagt und schreibt. Ja, ich dachte, er wäre auf einer Bewusstseinsstufe, die uns das Teilen einer guten Zeit über einen längeren Zeitraum möglich macht.

Ich würde so gern eine plausible Erklärung von ihm bekommen, warum es gerade so ist, wie es ist. Ich würde so gern hören und spüren, dass er der Mittwochsmann ist, für den ich ihn gehalten habe. Ich würde so gern alle negativen Gefühle auflösen in Freude und Verständnis, in einem Miteinander und einer gemeinsamen Reise des Seins.

Wahrscheinlich sollte ich einfach lernen, mir selbst genug wert zu sein. Mich selbst zu lieben und nicht auf ein dummes Mittwochsgefühl mit irgendeinem Mann zu hoffen, der mit sich selbst beschäftigt ist.

Wenn ich könnte, würde ich das ungute Gefühl aus mir herausreißen und keinen Gedanken mehr an Ben verschwenden.

Leider funktioniert das nicht. Meine tolle Ich-zeig-mich-mal-wie-ich-bin-Energie hat mich verletzlich gemacht. Ich war pur bei Ben, in all meinen Facetten, und nun stehe ich nackt und ungeschützt da.

Dennoch: ich würde es wieder tun. In der Hoffnung, einem Menschen, einem Mann zu begegnen, der auch den Mut besitzt, sich mir in seiner Ganzheit zu zeigen. Mit dem ich nicht nur eine Nacht durch den Regen tanzen könnte, sondern der mit mir auch die Sterne vom Himmel holen würde.

Ich sitze vor meinem Laptop und versuche, aus diesem Teil der Geschichte einen Ausweg zu finden. Ich starre auf die Tastatur, suche nach Buchstaben und verliere mich wieder in Gedanken. Das Gefühl, das in mir aufsteigt, ist eine Mischung aus Hilflosigkeit, absolutem Unverständnis und der Angst alles zu verlieren. Das kann doch nicht mit Ben zu tun haben? Zart lege ich meine Finger auf die Buchstaben, die später ein Wort ergeben sollen und drücke die kleinen Kästchen.

Loslassen. Ich möchte Ben loslassen. Genauso, wie ich Philip loslassen will. Den Stall, meine Eltern, die Kinder. Die Kinder zumindest ein Stückchen weit, weil ich denke, alles kontrollieren und festhalten zu wollen, ist auch nicht gesund. Ich möchte die doofen Gefühle loslassen. Vielleicht sollte ich sogar den Wunsch nach dem Mittwochsgefühl loslassen. Wenn ich es immer nur wünsche, signalisiere ich mir doch, es nicht zu haben. Dann bin ich im Mangel. Und was zieht Mangel an? Richtig: Mangel.

Noch vor einer Woche habe ich geglaubt, das Buch sei viel zu positiv. Glück pur, der Mittwochsmann ist da und ein bisschen Aufräumen wird schon gehen. Wer will das lesen? Sollte mein Buch nicht zeigen, wie die Heldin endlich auf die Reise geht? Was wird ihr widerfahren? Wie kehrt sie zurück?

Ich habe Durst, werfe den Wasserkocher an, fische den richtigen Teebeutel aus dem Schrank, so kann ich mir kurz eine Gedankenpause schenken. Ich drehe den Beutel Ingwer-

Limette noch dreimal im Kreis, bevor ich ihn in den Müll katapultiere. Okay, weiter geht's:

„Die Heldin ist plötzlich allein."

Ich setze mich wieder an den Laptop und tippe aufgeregt meine Zeilen nieder.

„Die Heldin weiß, dass sie sich viele verschiedene Menschen und Themen in ihre Realität kreiert hat. Sie ist eine Suchende. Sie ist schnell. Auch schnell gelangweilt. Sie ist geballte Energie. Nicht jeder kann mit ihr umgehen. Heute wurde die Heldin bestellt, in ein Haus – in ihr Haus. Ihr ist klar, dass alle dort sein werden. Alle Männer und Frauen, die sie berührt hat, ihre Familie und vielleicht wartet sogar noch unangenehmer Besuch auf sie. In der „normalen Welt" sind das vielleicht Abgesandte von Behörden. Oder Menschen, mit denen noch eine Verstrickung besteht. Die Heldin möchte zuerst Ben treffen, sie weiß, er ist in ihrem Lieblingszimmer. Allein. Er wird dort auf sie warten.

Die anderen haben es sich in der großen Empfangshalle gemütlich gemacht. Die Heldin nimmt den Hintereingang, um ungesehen zu Ben zu gelangen. Sie möchte ihn spüren, möchte ihn küssen und fühlen, was aus ihnen wird. Sie schleicht durch ihren eigenen Blumengarten, Rosen in allen Farben, Lavendelduft in der Nase und der Rasen besonders weich unter ihren nackten Füßen.

Sie klettert die Außenleiter ihres Hauses hinauf. Sprosse für Sprosse, um ihrem Helden nahe zu kommen. Ihr Herz klopft vor Freude, die wochenlange Sehnsucht und der Wunsch, ihn wiederzusehen, werden gleich gestillt. Die Heldin öffnet das Fenster von außen und steigt über die Fensterbank.

Ihr Raum ist groß, hell und freundlich. Barfuß steht sie auf dem Dielenboden und sieht sich um. Kein Ben. Plötzlich knallt das Fenster zu, die Jalousien verdunkeln und verriegeln sich, die Tür schließt sich mit einem lauten Knacken selbst ab. Die Heldin drückt den Lichtschalter, das Licht flackert, sie kann den Helden erkennen, schemenhaft. Endlich – er sitzt auf ihrem großen Himmelbett. Er lächelt zaghaft. Die Heldin will ihm um den Hals fallen und dann: Puff!

Dunkel – es ist stockdunkel.

Sie kann die Hand vor Augen nicht sehen. Außerdem ist ihr irgendwie schwindelig, als würde ihr jemand den Boden unter den Füßen wegziehen. Sie muss verharren. Sich auf ihren Atem konzentrieren und erst mal wieder standhaft werden. Die Heldin bekommt Angst, schreckliche Angst. Sie weiß nicht, wie ihr geschieht, was mit ihr passiert. Sie ruft nach ihrem Helden, doch der antwortet nicht. Wo ist er nur hin, fragt sie sich. Warum lässt er mich hier allein? Was kann ich tun?

Die Heldin sammelt sich wieder. Kann auf ihren Beinen stehen und tastet sich langsam vor zum Lichtschalter. Wie von Geisterhand öffnen sich die Fenster wieder, die Tür entriegelt sich und die Heldin will nun endlich ihren Helden umarmen.

Doch der ist weg. Einfach weg.

Vielleicht war er aber auch nie da. Die Heldin ist allein in ihrem Lieblingszimmer und spürt auf seltsame Weise, dass niemand in der Empfangshalle auf sie warten wird. Nicht mal die sind mehr da. Ihr ganzes Haus ist leer. Sie wohnt hier sehr einsam. Wie ein kleines Mädchen verkriecht sich die Heldin in ihrem Bett unter der Decke. Sie will schlafen. Vielleicht wird sie zum Erwachen eine neue Realität finden. „Wenn Erwachen nur so einfach wäre", denkt sie noch, als sie schon in den Schlaf gleitet."

Ja, so etwa fühlt es sich an.

Ich nippe an meinem Tee, meine Gedanken reisen schon wieder. Bin ich jetzt aus einem wunderschönen Traum erwacht und es gab nie ein Mittwochsgefühl und schon gar keinen Mittwochsmann in meiner Welt? Oder stecke ich gerade in der Traum-Realität, die dringend eine Umprogrammierung nötig hätte.

Vielleicht muss *ich* einfach nur *erwachen*?

Vielleicht sollte ich besser mit dem Schreiben aufhören, bis ich wieder die richtige Energie spüre. Vielleicht sollte ich mir und Ben die Chance einräumen, doch noch all die wundervoll erträumten Erlebnisse zu teilen und nicht so viel blödes Zeug in seine virtuelle Abwesenheit interpretieren. Wir sind schließlich ohne Status. Freigeister.

Ich erlaube mir einfach, mich auf Donnerstag zu freuen und schenke ihm einen liebevollen Gedanken. Immerhin hat er es mit mir bis fast zur Mitte des Buches geschafft.

Absolut.

Kapitel 14

Ene, mene, muh – und raus bist du

Ein neuer Morgen. Die Sonne scheint mir ins Gesicht, während ich mich mühe, mit dem Eiskratzer die zugefrorene Frontscheibe freizubekommen. Es ist kalt, doch ich mag die klare Luft. Brötchen holen, reiten gehen – meine Tagesroutine nimmt ihren Lauf.

Ich fühle mich freier. Ben hat endlich seine Präsenz verloren. Auf dem Weg zum Bäcker drehe ich das Radio voll auf und cruise der Sonne entgegen. Ja, ich bin fast die Alte. Ich glaube verstanden zu haben, was ich will und was ich nicht mehr will. Und ich möchte ganz sicher keinen Mann, der sich totstellt. Diese Form der Kommunikation ist respektlos.

Mein WhatsApp-Signal ertönt: *Bin morgen Abend in er Nähe! Würde mich freuen, dich mal wiederzusehen! D.*

Ach, Domenic! Den hatte ich ganz vergessen. Domenic habe ich über einen Freund kennengelernt, ein beruflicher Kontakt. Und wir haben uns auch mal privat getroffen. Es war schon schön. Die Gespräche mit Domenic sind spirituell geprägt. Er ist ein verlässlicher Mann, sieht gut aus und hat Benehmen, wie meine Oma zu sagen pflegte. Doch das Mittwochsgefühl hat sich nicht eingestellt. Vielleicht, weil ich zu der Zeit unseres Kontaktes noch nicht soweit war, vielleicht, weil ich noch an Äußerlichkeiten hänge und Domenic kleiner ist als ich. Ich habe bei Ben am Anfang schon schlucken müssen, ich gebe es zu. Er ist genauso groß wie ich. Mein Ideal wären ein paar Zentimeter mehr ...

Egal, wie groß oder klein er ist, für morgen muss ich ihm jedenfalls absagen, da bin ich schon verplant.

Inzwischen bin ich bei Edeka gelandet. Mein Tagesparkplatz ist noch frei, also stelle ich Hugo ab und laufe zum Bäckershop. Nebenbei schicke ich Domenic mit Bedauern eine Absage und sende ihm Freude.

„Zwei Frischling-Fitness, ein Mehrkorn und vier normale, bitte!"

Die Verkäuferin reicht mir die Tüte und so schnell, wie ich an der Theke stand, bin ich auch schon wieder raus.

Ab ins Auto und in die Anlange gedüst.

Philip macht einen guten Eindruck. Unsere Spannungen wandeln sich gerade in friedvolles Miteinander. Mein Wunsch scheint in Erfüllung zu gehen.

Der Vormittag verläuft glatt. Für den Nachmittag steht Sport auf dem Programm. Das Wetter ist herrlich und ich brauche das Gefühl, mich noch ein wenig auszupowern, bevor das Kinderfeierabendprogramm meinen Einsatz erfordert.

Gerade als ich meine Laufrunde beende, klingelt mein Handy. Es ist Jeff.

„Hi, Süße, wie geht es dir? Wollte nur mal berichten ..."

Jeff ist Freund und Businesskontakt zugleich. Eigentlich habe ich ihn über Mercedes kennengelernt, aber wir hatten direkt einen Draht zueinander. Jeff ist Phantast und Geschichtenerzähler – und manchmal weiß er wohl selbst nicht, in welcher Realität er gerade rumvisioniert.

Ich atme noch etwas hektisch und versuche Jeffs Worten zu lauschen.

„Bist du grad am Ficken? Oder warum keuchst du so?", brabbelt er ins Telefon. Jeff steht auf schmutzige Worte und bestimmt auch auf schmutzigen Sex. Den bekommt er allerdings nicht von mir. Meist reden wir über seine Frauen beziehungsweise derzeit beschränkt er sich auf ein Objekt der Begierde und weil die sich nicht so leicht committet, bleibt er dran. Auch ein feines Spiel.

„Alter, ich war joggen und bin noch dezent außer Atmen! Ficken? Mit wem denn, hier auf dem Dorf?"

Ich steige auf seine Schiene ein.

„Ach, hat sich der Hase noch nicht wieder gemeldet? Ich dachte, ihr wolltet euch die Birne wegvögeln?", fragt Jeff frech.

Trotzdem antworte ich: „Der stellt sich tot. Ich weiß noch nicht, ob tot-tot, oder nur scheintot!"

Wir lachen und switchen dann sofort zu seinem Thema. Natürlich es geht um besagtes Objekt der Lust.

Mittlerweile bin ich in meinem Haus gelandet, habe mich ausgezogen, die Badewanne voll Wasser laufen lassen und mich darin versenkt. Das alles mit Jeff am Ohr und seinen Stories in meinem Kopf. Telefonate mit ihm dauern Minimum 30 Minuten, oft eher anderthalb Stunden. Wenn er spricht, dann spricht er.

Ich habe inzwischen gelernt, mir meinen Raum bei ihm zu nehmen, und springe dann und wann zu meinen Fragen des Lebens, damit er allerdings sofort zurück hüpfen kann zu ... seinem Objekt der Begierde.

Ich liege noch in meinem Schaumbad, als wir den Talk wie immer beenden.

„Lieb dich. Bussi – bis später!"

„Ja! Bussi, bis später!"

Ich lege mein Handy aufs Regal neben der Wanne und tauche noch einmal unter. Alles rauswaschen, abwaschen, loslassen.

Als ich wiederauftauche, kommt mir eine Idee. Ich werde heute Pat anrufen. Mit Pat hatte ich mal eine Affäre, oder nein, nennen wir es ein „Best off". Wir haben Zeit geteilt und die vorwiegend im Bett oder gemeinsam unter der Dusche.

Pat ist ein cooler Typ. Model und TV-Mensch. Er sagt von sich selbst, er sei ein Narzisst. Ich fand und finde ihn einfach nur „lecker". Kein Mittwochsmann, aber klug genug, um mich auf interessante Weise zu unterhalten. Doch vor allem ist er ein sehr guter Liebhaber. er vermittelt einer Frau das Gefühl, begehrenswert zu sein und tut alles für die Lust der Frau.

Wir hatten uns eigentlich schon vor Monaten wieder verabredet, aber mir ist ja der Mittwoch dazwischengekommen. Doch jetzt muss ich Pat sprechen. Ich will wissen, wie er mich wahrgenommen hat. Was er in der Phase unseres Zusammenseins über mich gedacht hat. Ich möchte Antworten bekommen, wer ich aus seiner Sicht bin. Wie ich bin.

Pat hat sich zu einer Zeit, in der wir engen Kontakt hatten, auch totgestellt. Ich möchte wissen, was es mit diesem dummen „Totstellen" auf sich hat.

Ich stehe noch nass vor der Badewanne, mein Handtuch werfe ich mir um die Hüften, da klingelt es schon wieder.

„BZ". BZ steht für Bernd Zeitlinger – Dr. Bernd Zeitlinger, wobei der Dr. nur gekauft ist. Ich weiß das, aber lasse Bernd in dem Gefühl, es nicht zu wissen. Ich mag Bernd, obwohl er auch ein spezieller Mensch ist. Er sagt immer: „Man hasst mich oder man liebt mich, dazwischen gibt es nichts!"

Ich kenne Bernd schon ein paar Jahre, wir senden uns seit langer Zeit jeden Tag einen Guten-Morgen-Gruß und pflegen unseren Kontakt mal mehr mal weniger intensiv, aber wir sind irgendwie verbunden. Bernd ist in der Welt unterwegs. Finanzgeschäfte. Ich will besser gar nichts Genaueres darüber wissen. Bernd kann auch Geschichten erzählen, nicht ganz so blumig wie Jeff, aber dafür mit einer Prise mehr Klarheit.

„Na, was machst du?" Ich merke, Bernd ist es langweilig und er will einfach mal quatschen.

„Ich bin gerade aus der Wanne gestiegen und werde mich gleich dem Abendessen widmen. Und was geht bei dir? Läuft alles?"

Eigentlich kenne ich die Antwort schon, aber er hat ja nicht angerufen dafür, dass ich ihm sage: ‚Du musst nicht sprechen, ich weiß schon alles.'

„Läuft super, viele Termine. Also, die waren schon auch anstrengend, aber top gelaufen. Ich habe alle auf Spur. Am Dienstag nächster Woche läuft alles durch."

Die Dienstagsgeschichte höre ich seit etwa anderthalb Jahren. Es handelt sich dabei um einen „megamäßigen Finanzdeal", der, wenn er durch ist, auch mein Konto füllen wird. Am Anfang war ich noch völlig euphorisch, habe mitgefiebert, mitgelitten, mittlerweile hat diese Dienstagsankündigung etwas von Comedy bekommen. Ich will den Sieg von BZ keinesfalls ausschließen, aber leider passieren die Dinge nicht immer in meinem Lieblingstempo. Kurz denke ich an Ben. Von dem hatte ich auch geglaubt, er sei schnell.

Ich schüttele den Kopf, um den Gedanken an Ben wieder loszuwerden. Meine nassen Haare kleben auf der Haut.

„Bernd, sei mir nicht böse, ich rufe später zurück. Ich muss mich erstmal trockenlegen!"

„Tschüss!" Und weg ist er. An der Stelle ist Bernd unkompliziert. Klare Ansagen und gut. Das hätte ich mir von Ben auch gewünscht. Ansagen und Ankündigungen. Dieses dämliche Totstellen fickt meine Nerven.

Abendessen, Kinder und Philip. Ich freue mich über ein streitfreies Miteinander. In Gedanken bereite ich mich auf das Telefonat mit Pat vor. Ich schreibe ihm eine WhatsApp und frage, wie es um „Talktime" steht. Nur wenige Sekunden später erhalte ich ein „Daumen rauf" und einen Smilie. Pat steht auf Smilie-Talk. Das nimmt ihm auch die Chance auf einen Platz als Mittwochsmann. Von ihm habe ich gelernt, dass die Dinger auch eine Doppelbedeutung haben. Ich sage nur: „Wassertropfen".

Pat ist ein Hingucker. Sonnengebräunte Haut, gut gebaut ... Er trainiert seinen Körper und hat ein Gesicht, das ich einfach gern anschaue. Pat ist Künstler und manchmal ein wenig zerstreut. So lange ich nicht mit ihm leben muss, finde ich das sogar sympathisch. Und er versteht es, mein Kopfkino anzuwerfen.

Ich erinnere mich noch an ein Treffen: Da hat er mir schon vor seiner Ankunft in meinem Hotelzimmer reichlich eindeutige Nachrichten gesendet, sodass wir noch in der Tür übereinander hergefallen sind, weil wir es nicht mehr aushielten. Ich war schon nackt, da hat er noch seinen Rucksack und die Jacke ablegen müssen. Ich glaube, er hatte die Jacke sogar noch an, als er mich schon in meiner Mitte küsste. Wir standen echt aufeinander, aber ein Mittwoch war es eben nicht.

Ich rufe ihn an. Er nimmt sofort ab.

„Na, du Perle vom Lande!" Einen flotten Spruch hat der Großstadtmann auch immer auf Lager. Naja, mit solchen Sprüchen verdient er auch irgendwie sein Geld.

„Wie jeht es dir? Bereit für ein Abenteuer?"

Drumherum eiern gibt es bei Pat nicht. Anfrage, Ansage, Antwort.

„Hi, du Lieblingsbonbon! Sicher ist das mal wieder dran mit uns, aber ich muss dich mal was fragen."

Ich will wirklich wissen, wie er mich wahrgenommen hat. Ich bin noch so durcheinander von Bens Scheintod, dass ich alles rauskrame, um letztlich mich zu begreifen.

„Hau raus, was willst du wissen, Juna?"

„Wie hast du mich wahrgenommen bei unseren Kontakten? Was denkst du über mich als Frau? Bin ich zu viel? Bin ich schräg?"

Pat räuspert sich. „Was ist denn bei dir los? Du bist eine tolle Frau, ein heißer Feger. Und du warst immer total fürsorglich, liebevoll und trotzdem mega geil, wir sind übereinander hergefallen. Ich meine, ich kenne dich ja nur für den guten Augenblick. Wie es in einer Beziehung aussehen würde – ehrlich, keine Ahnung, aber du bist 'ne Bombenfrau. Hast 'ne Menge auf dich genommen. Bist in meine Stadt gekommen, hast dir ein Hotel gebucht, hast mich beschenkt mit deinem Körper. Allein die Tatsache, dir körperlich nahe zu sein, war wundervoll. Und ich würde es jederzeit wieder wollen! Also, was ist jetzt, Juna? Sehen wir uns bald?"

Ich bin überrascht. Ich hätte nie gedacht, dass er mich derart positiv abgespeichert hat. Klar, habe ich mich auf den Weg gemacht und ich war gern liebevoll, bei all dem Sex zwischen uns. Ich bin beruhigt, dann hat doch Ben den Knall und verpasst einfach die Chance seines Lebens.

Ich witzele noch mit Pat und verabschiede mich mit dem Versprechen, dass wir es bald wieder tun werden. Wenn schon kein Mittwochsmann, dann ein Freitagsbonbon. Ganz einfach.

Kapitel 15

Selbstliebe und andere Sorgen

Schon als ich die Augen öffne, spüre ich, dass ich sie lieber wieder schließen möchte. Mein Körper ist schwer. Aufstehen ist wie ein unüberwindbarer Akt. Mit der rechten Hand greife ich auf den Boden und ertaste mein Handy. Zum Glück hat mein selbstgebautes Palettenbett genau die richtige Höhe, sodass ich mein Handy zu fassen bekomme, ohne aufzustehen. Ich schalte es ein und starre auf das Display.

Die morgendlichen WhatsApp trudeln langsam ein. Bernd, Jeff, Tom ... heute auch Domenic. Nichts von Ben. Heimlich habe ich gehofft auch einen „Guten Morgen" von ihm zu lesen. Mir ist bewusst, dass ich Ben loslassen muss, endlich, endlich. Ich will auch! Aber es fällt mir unendlich schwer, den Schalter umzulegen.

Es wird Zeit, das Bett zu verlassen und mich dem „täglich grüßt das Murmeltier" zu stellen. Beim Blick in den Spiegel sehe ich in sehr traurige Augen. Mit viel kaltem Wasser versuche ich wegzuwischen, was mich erschrocken gemacht hat. Ich kann gerade gar nicht erklären, was mit mir geschieht. Ich hatte mir doch gestern noch vorgenommen, heute wieder fröhlich zu sein und mir einen neuen Mittwoch zu kreieren.

Mühsam quäle ich mich in meine Reitstiefel. In der Küche ist bereits Betrieb. Die Kinder sind beim Frühstücken, Philip hält eine Tasse Kaffee in der Hand und blickt mich mit großen Augen an.

„Morgen! Gut geschlafen?"

Er versucht, freundlich zu sein: Irgendwie weiß ich das zu schätzen – und irgendwie nervt es mich, weil er doch sieht, wie ich ausschaue. Gut geschlafen geht anders! Wenn ich ihm jetzt erkläre, wie ich mich fühle, wird er mir wieder einen Vortrag über „morgens schon schlechte Energie ausstrahlen" und dergleichen halten. Dann endet das Ganze hier direkt in einem Desaster.

Ich lüge also: „Geht so ..., hab ganz okay geschlafen ..., ja, doch. Brauche einfach mal 'nen Kaffee, dann läuft es."

Die Kinder rühren in ihren Müsli-Schüsseln und ich streiche ihnen über die Köpfe. Ich liebe sie. Auch wenn ich in der letzten Zeit sehr mit mir beschäftigt bin. Es wird Zeit, wieder eine glückliche Mutter zu werden, damit auch die Kids von dem Mittwochsgefühl profitieren können. Ich habe genug Ausbildungen gemacht, um zu wissen, wie wichtig der eigene freudvolle Zustand ist, wenn ich mich anderen zur Verfügung stellen möchte. Wenn ich eine angenehme Freundin sein will, eine gute Mutter, eine inspirierende Geschäftspartnerin ... – dann brauche ich Zufriedenheit in mir, mit mir.

Es bleibt für mich dabei, ich werde weitersuchen. Die Freude in mir. Und das Mittwochsgefühl.

Die Kinder huschen aus dem Haus. Zeit für die Schule. Philip zelebriert seine Morgenzigarette und ich schleppe mich in mein Auto, den Kaffeebecher wie immer dabei.

Im Radio läuft *„naked"*. So fühle ich mich. Und genauso läuft mein Tag weiter. Nackt, ungeschützt, dünnhäutig. Reiten macht mir heute gar keinen Spaß. Kontakt mit meiner Familie fällt mir schwer. Ich verabrede mich mit Tom und hoffe, er kann mir helfen, kann mich mit einem guten Gespräch aus meinen dunklen Gedanken ziehen. Gegen 16 Uhr mache ich mich auf den Weg zu ihm. Die Fahrzeit will ich nutzen und rufe einen Herzensfreund zurück, der mich schon vor Tagen versucht hat zu erreichen. Ralf habe ich in Hamburg kennengelernt, als ich meine therapeutischen-Ausbildungen gemacht habe. Er ist einer der feinfühligsten und emphatischsten Menschen, die ich kenne.

„Haha, da ist sie ja. Na, Herz, wie geht es dir?"

Wir nennen einander oft Herz und fühlen auch so.

„Oh, das willst du vielleicht gar nicht wissen. Ich bin ganz komisch drauf."

Ralf ist interessiert, ein „Komisch" gibt es für ihn nicht.

„Was ist es? Erzähl es mir!"

„Ich habe meinem Mann ziemlich deutlich gesagt, dass ich unsere Verbindung nicht mehr möchte – so nicht. Und dass ich auch keine Lust mehr auf die Anlage habe. Dass ich mich auf den Weg mache zu mir. Ich schwebe gerade und bin im Grunde völlig planlos, wohin ich will, was ich machen möchte, wie es weitergeht. Ich habe mal keinen Plan und kein Projekt, für das ich brenne, aber – ich habe dir doch von meinem Buch erzählt und dem Mittwochsmann. Es fühlte sich so besonders an. So nah, so ..."

Ralf unterbricht mich kurz. „Na, Herz, hast du dich da wieder verloren? Ich möchte mehr von **dir** hören und **deinem Gefühl**!"

„Na, auf jeden Fall ist er weg. Alles war eben noch so nah. Ich konnte ihn intensiv spüren, auch ohne direkten Kontakt. Als seien wir unsichtbar verbunden. Es war anders mit ihm. Und dann plötzlich war er weg. Wie tot."

Ich schlucke. Das Gefühl, Ben verloren zu haben, schnürt mir die Kehle zu. Ich versuche weiterzusprechen.

„Ich frage mich, warum ich das bekomme. Was will mir das sagen? Wir haben wunderbare Stunden verbracht, die Resonanz war unglaublich. Wir haben uns Geschichten erzählt, uns Visionen kreiert, was wir zusammen erleben wollen. Wir haben es uns irgendwie versprochen. Warum ist er denn jetzt weg? Verdammt, das tut so weh!"

Mir laufen die Tränen über das Gesicht. Ich steuere auf einen Feldweg zu und halte meinen Wagen an. Ich kann nicht mehr fahren. Ich muss heulen. Mein Freund bleibt in seiner Klarheit.

„Juna, lass mich ehrlich sein. Ich finde es ganz fantastisch, dass du gerade da bist, wo du bist, in deinem Gefühl, weich und zerbrechlich. Du hast eine Qualität, und das ist wirklich eine Qualität für mich: Du verlierst dich unendlich intensiv in neuen Projekten und in Menschen. Du kannst begeistern und tiefer tauchen als viele andere, aber wie gesagt, du verlierst dich auch. Wie kannst du sagen, wir haben uns verabredet? Das fesselt doch! Wie kann sich ein Freigeist wie du einer sein willst, fesseln? Wie kannst du das, was du selbst sein möchtest und dem Gegenüber schenken solltest, anbinden?"

Ralf ist direkt und unmittelbar.

„Juna, du musst unbedingt bei dir bleiben. Was macht es mit dir und wieso? Geh rein, lass es uns aufdecken!"

Ich schluchze am Telefon. Ralf bohrt in meiner Wunde.

„Ich habe mich so gut gefühlt, ich war im Moment mit ihm. Es war leicht und voller Wärme. Es war ein Mittwochsgefühl!"

Ich versuche, aus dem Schmerz aufzutauchen.

„Warum koppelst du das Gefühl an eine Person, Juna? Das, was du gerade machst, scheint mir fast selbstzerstörerisch."

Ich verstehe, was Ralf mir sagen will. Ich beruhige mich ein wenig. Greife zu einem Taschentuch, wische die Tränen ab und putze mir die Nase.

„Du hast ja recht. Aber was soll ich denn machen? Ich fühle mich so unendlich einsam und es ist diese verfluchte Sehnsucht, die mich auffrisst."

Ich atme tief ein und aus. Stille.

Dann wieder Ralf: „Schau, Juna, ich kenne dich aus den Ausbildungen schreiend, wütend als Kämpferin, als Heldin, die immer einen Plan hat, als klare Führungsperson, die bei anderen genau sieht, was los ist. Als Frau, die ihren Mann stehen kann. Aber diesen weichen, sehr verletzlichen Kern, den deckst du in den wenigen Momenten, in denen er sich zeigt, sofort wieder zu. Oder du gehst einfach von dir weg. Projizierst ins Außen. Lass doch den Schmerz zu. Nimm die Einsamkeit wahr. Atme die Sehnsucht ein und wieder aus."

Ralfs Worte bohren sich tiefer und tiefer in mein Bewusstsein. Mein Herz ist schwer wie Blei und erneut schießen Tränen aus mir heraus. Mit zerbrechlicher Stimme frage ich weiter: „Aber was soll ich denn machen? Ich weiß nicht, wie das geht ... wie, verdammte Scheiße, liebe ich mich selbst? Wie funktioniert das überhaupt?"

Ich weine in mein Telefon. Ich weine wie ein kleines Kind, das gerade sein Lieblingsstofftier für immer verloren glaubt. Ralf spricht unendlich ruhig auf mich ein.

„Herz, indem du nicht in einem Mann nach dem Gefühl suchst, indem du nicht ein neues super Projekt brauchst, das kurzfristig gute Gefühle macht. Indem du genau das tust, was du gerade tust: bei dir bleiben und es fließen lassen!"

Ich schlucke hörbar. „Aber es fühlte sich echt an und besonders ... und jetzt ist es tot!"

„Juna, bleib bei dir. Du verlässt dich schon wieder. Es kann ja auch alles echt und besonders gewesen sein. In diesem Augenblick ist es aber, wie es ist. Deine Trauer, der Schmerz, die Sehnsucht und dein Wunsch ... Meine Liebe, wie oft haben wir schon über den Wunsch gesprochen? Schau, bei uns fließt es doch auch. Ich kann sagen, ich liebe dich – ich liebe uns. Wir sind verbunden. Und mal sprechen wir und mal eben nicht. Mal sehen wir uns und mal eben nicht. Trotzdem ist alles gut ... und ich liebe dich weiter."

Schon wieder muss ich schluchzen.

„Ich liebe dich auch! Mit uns ist es immer so leicht. Warum kann ..."

Ralf unterbricht mich: „Bitte, Juna, nicht wieder von dir weg. Es hat nichts mit ihm zu tun. Die Schwere, die Trauer, die Sehnsucht, deine Gefühle ..."

Ich schnäuze mir die Nase und wische erneut Tränen weg.

„Die Sehnsucht und dieser Wunsch. Manchmal frage ich mich, warum ... Warum nur?"

„Schau mal, du hast deine Themen doch mittlerweile jahrelang bearbeitet. Klar, da gibt es gute Erklärungen, aber am Ende bleiben sie immer nur Erklärungen. Und Bewertungen. Es ist so und so, weil bla, bla, bla. Lass das mal los. Ich denke, es ist wichtig für dich, weiter an dir zu arbeiten, aber ohne ein Bewertungssystem. Ohne ein Konzept zu bekommen. Sei einfach. Fühle. Lass zu. Gib dich hin und lasse die Welle weiterziehen, aber schieb sie nicht weg. Such nicht im Außen nach einer Lösung. Die Lösung ist in dir. Sei einfach."

Ich verstehe, was Ralf mir sagen will und langsam habe ich das Gefühl, dass ein bisschen Frieden in mich einkehrt.

„Danke, du bist toll. Ich werde versuchen, etwas mit deinen Worten zu machen. Und wahrscheinlich noch mal eine Runde heulen. Es tut echt weh. Mein Herz ist traurig."

Ralf ist ein liebevoller Mensch, ich bin wirklich gut bei ihm aufgehoben. Allein das ist Heilung.

„Juna, dann weine einfach. Wenn das Herz traurig ist, dann ist es das."

Langsam setze ich meinen Wagen wieder in Bewegung. Ich kann fahren, ohne gleich wieder grenzenlos weinerlich zu sein. Ich bin dankbar für meinen Freund. Wir sprechen noch ein wenig über unsere Kinder und heben das Telefonat aus meiner Trauer und Schwere damit ins Licht.

„Bis ganz bald, mein Herz!"

„Ja, Herz, bis ganz bald!"

Wir legen auf. Ich atme tief. Lächle erschöpft, mit dem Blick gen Himmel.

Alles hat seinen Sinn, ich bin mir sicher. Und ich scheine bereit zu sein für eine Transformation der Extraklasse. Bestimmt kommt nach Regen auch wieder Sonne.

Ich drehe am Lautstärkeregler meines Autoradios, damit ich endlich wieder Musik auf die Ohren bekomme. *„E con Te"* von Nek. Na, das passt doch. Diesen Song höre ich gern in Dauerschleife, wenn ich an meinem Mittwochsbuch schreibe. Ein gutes Zeichen, dass er jetzt kommt.

Kapitel 16

Von Hochverrat bis Freudentanz

Immer, wenn du denkst, schlimmer kann es nicht werden, setzt der Teufel noch einen drauf. Oder auch: Die schwierigsten Aufgaben nur den besten Studenten.

Mein Ehemann hat für mich heute eine der schwersten Aufträge überhaupt. Wir bekommen Kunden, die ein gutes Dressurpferd suchen. Und weil es gerade etwas schleppend im Verkauf läuft, besteht Philip darauf, dass ich mein Herzenspferd zum Verkauf anbiete. Dr. Love, mein bester Freund, soll heute vorgestellt und dann zur Probe geritten werden.

Allein beim Gedanken daran könnte ich durchdrehen. Es macht mich wütend und traurig zugleich. Sicher ist eine betriebswirtschaftliche Betrachtungsweise Auslöser der Entscheidung, aber mein Herz wünscht sich etwas anderes. Eine neue Prüfung, vor die ich gestellt werde.

Es ist 13 Uhr und uns bleibt nur noch eine halbe Stunde, bis die Kundschaft anrücken soll. Ich putze Dr. Love und versuche, ganz genau hinzuspüren, wie und was ich für ihn empfinde. Heute ist er besonders zickig. Vielleicht spürt er, was passiert. Okay, heute schrubbe ich auch besonders intensiv an ihm rum. Ich weiß, dass er nicht überall gern gebürstet wird, ich weiß, wie doof er es findet, wenn ich mit der Schere an ihm rumfuhrwerke und Kötenzöpfe schneide. Auch wenn ich ihn sattle, spielt er gern den Ungnädigen. Dafür gibt er, wenn wir miteinander arbeiten und ich ihn an der richtigen Stelle abhole, immer alles. Ich küsse ihm die Nase und rieche an seinem Fell. Ich liebe ihn so, wie er ist. Und ich bilde mir ein, dass er mich auch toll findet, nicht nur wegen der Leckerlies, die ich ihm vor jedem Ritt zukommen lasse.

Ich kenne Dr. Love schon seit seiner Fohlenzeit. Er ist nicht bei uns geboren, aber sehr jung zu uns gezogen. Ich habe ihn selbst eingeritten und wir hatten durchaus unsere Startschwierigkeiten, eher wegen meiner Unfähigkeit. Rückblickend war er immer toll. Abgesehen davon, dass er wunderschön ist. Groß gewachsen, in schwarzer Lackierung, mit wachem Auge.

Manchmal denke ich, wir sind uns ähnlich und haben uns sicher nicht zufällig gefunden. Und wenn die Reise hier nun zu Ende gehen soll, dann ist es so. Er wird immer in meinem Herzen bleiben. Ich könnte schon wieder weinen. Nur bei dem Gedanken daran, dass gleich irgendwelche Unbekannten auf mein Pferd steigen wollen. Ich rücke die Abschwitzdecke gerade, die ich über Dr. Love gelegt habe.

Meine Traurigkeit verwandelt sich in Wut. Ich frage mich, warum Philip nur an Zahlen denkt und nicht wie ein Held dieses Pferd für immer in meine Hände gibt? Warum er nicht die Welt auf den Kopf stellt, um meinen besten Freund zu retten und das blöde Geld, das gerade fehlt, irgendwie anders zu bekommen. Mir ist bewusst, dass ich gerade denke wie ein kleines Mädchen, wie eine kleine Prinzessin, aber genau die wäre ich in meiner Beziehung mit Philip ab und zu gern gewesen. Stattdessen hatte ich oft das Gefühl, Magd, Managerin oder Projektionsfläche für unangenehme Gefühle zu sein.

Der Vermittler und seine Pferdekundschaft spazieren die Stallgasse entlang. Mir drückt es auf den Magen. Ich verschränke zur Begrüßung meine Arme vor der Brust, nicke ihnen ein „Guten Tag" zu. Ich glaube, so unfreundlich war ich noch nie zu Kunden. Ich kann nicht anders, mein inneres Kind ist auf Zicken-Alarm.

Philip beginnt mit einem anderen Pferd und ich kann meinen schönen Schwarzen ausgiebig Schritt dabei reiten. Die Reiterin macht es nicht schlecht, sie ist jung, leicht und sehr gefühlvoll. Die Trainerin ist mir unsympathisch. Sie steht in der Mitte der Halle und beäugt ihre Reiterin beim Ausprobieren. Aus den Augenwinkeln scannt sie auch mich und meinen Freund unter mir.

Irgendwann bin ich dran. Sie wünschen mein Pferd in Bewegung noch ein wenig unter mir zu sehen, um dann selbst zu probieren.

Am liebsten würde ich Dr. Love besonders miserabel vorreiten, aber das würde Philip direkt merken. Ich wähle den Mittelweg und baue hier und da ein paar Fehler ein, reite eher „lauwarm" dahin, als das volle Potenzial meines besten Freundes zur Schau zu stellen.

Die junge Reiterin übernimmt, und ich verlasse die Halle. Ich muss erstmal in die Sattelkammer, einmal kurz Tränen unterdrücken und mich sammeln.

Philip kommt hinter mir her: „Juna, hör auf. Deine Energie macht das kaputt. Du kennst das doch mit den Schwingungen. Deine Ausstrahlung ist unschön. Geh doch nach Hause, bitte!"

Ich zittere.

„Nein, ich gehe nicht. Ich will sehen, wie es läuft Und: ja, es tut mir weh! Ich reiße mich zusammen. Versprochen. Und hör auf, mich zu kritisieren."

Ich verlasse die Sattelkammer vor Philip und stelle mich auf die Tribüne, nehme mir einen Tee und bewundere mein Pferd mit Tränen in den Augen. In meinem Kopf rattert es. Ich bin es doch, die am liebsten die Anlage verkaufen würde, oder zumindest nicht mehr voll hier eingebunden sein möchte. Ich bin es doch, die keine Ehe mehr mit Philip führen möchte. Ich bin es doch, die so nicht mehr leben will, wie ich die letzten Jahre gelebt habe. Ich bin es doch, die sagt: „Ich kann alles loslassen!"

Jetzt spüre ich gerade mehr als deutlich, wie schwer es mir tatsächlich fällt loszulassen, wenn in dieses *Alles* auch mein schwarzer Freund fällt.

Das Probieren funktioniert sehr gut. Mein Pferd zeigt sich von seiner besten Seite, Reiterin und Trainerin sind glücklich. Als sie absteigt, marschiere ich in die Reithalle, um ihnen Dr. Love direkt abzunehmen. Wie eine Mutter, die ihr Kind nach dem ersten Krippentag endlich wieder in den Arm nehmen kann, um es sicher nach Hause zu bringen. Ich sattle meinen Wallach ab und bringe ihn zurück in seine Box. Jetzt ist er wieder sicher.

Meine Verabschiedung von den ungewollten Gästen fällt genauso kühl aus wie meine Begrüßung, bevor ich aufrecht die Stallgasse Richtung Ausgang nehme.

Ich steige in meinem Wagen und greife zu meinem Handy. Toms Nr. ist oben auf der Anrufliste. Ich drücke die Wahlwiederholung. Nach zweimal Klingeln ist er dran.

„Hi, Juna, wie ist es gelaufen? Wann kommst du rüber?"

Ich schlucke.

„Ach, lass uns jetzt nicht darüber sprechen. Ich bin in 40 Minuten bei dir. Wann kommen Emma und Carsten?"

Emma und Carsten sind ein Paar. So, wie die beiden miteinander umgehen, stelle ich mir ein echtes Liebespaar vor. Sie haben gerade ein Baby bekommen. Wir wollen Qualitätszeit miteinander verbringen und uns ein bisschen näher kennenlernen. Über einen Kunden habe ich die beiden vor zwei Wochen das erste Mal getroffen. Heute sehen wir uns privat.

Tom antwortet: „Die beiden wollen auch bald hier sein. Sie bringen das Baby mit, na klar – und die beiden Mädchen!"

Emma und Carsten haben noch zwei Kinder aus früheren Beziehungen und sind nun Patchwork. Die Mädels sind um die zehn Jahre alt. Ich bin gespannt.

Zuerst muss ich mich aber aus der Reitkleidung pellen und in die heiße Badewanne hüpfen. Den Kummer und Schweiß der letzten Stunden abwaschen.

Als ich gerade dabei bin, Wimperntusche aufzutragen, steht Philip vor meinem Bad.

„Hi, Juna, toll ausgebildet. Wirklich toll ausgebildet, der Schwarze!"

Seine Worte treffen mich wie Pfeilspitzen, statt als Kompliment bei mir anzukommen. Meine Augen werden feucht. Das kann ich gerade gar nicht brauchen.

„Philip, lass mich bitte. Es reißt mir das Herz raus, daran zu denken, mein Pferd gehen zu lassen!"

Ich blicke ihm gerade in die Augen. Philip zieht mich zu sich, umschließt mit seinen langen Armen meinen Körper und drückt mich an sich. Ich stehe da, starr und innerlich gebrochen. Ich kann seine Umarmung nicht erwidern, entziehe mich der Klammer.

„Ich werde mich beruhigen. Kein Problem, Philip. Jetzt fahre ich zu meinem Bruder. Bis dann."

Ich lasse meinen Mann einfach hinter mir und versuche sehr gefasst, das Haus zu verlassen. Als ich die Haustür hinter mir zuziehe, höre ich ihn noch: „Juna, Juna ..."

Ich finde nicht, dass ich einem Verräter gleich verzeihen muss, selbst wenn seine Argumente für ein „echtes Leben" noch so richtig sind.

Bei Tom angekommen, bin ich schon wieder friedlicher.

Emma und Carsten kommen auch schon auf den Hof gefahren. Tom öffnet ihnen die Tür und hilft ihnen mit den Kindern.

Emma ist eine sanfte junge Frau. Sie kommt aus der Nähe von Hamburg und hat diesen nordischen Slang in der Stimme, den ich gern mag. Sie ist kleiner als ich, ihre braunen Haare fallen bis auf die Schultern.

Carsten ist der Kontrast zu seiner zarten Partnerin: Tätowierungen bis in den Nacken, Glatze, Hände und Arme voll von gestochenen Geschichten. Er hat eine extreme Vergangenheit. Eine siebenjährige Haft ist dabei nur das I-Tüpfelchen.

Ich mag Carsten, ich kann sein Herz spüren. Er ist ein Kämpfer und Schützer. Zusammen strahlen die beiden etwas Besonders aus. Sie gehören zusammen.

Wir erzählen einander aus unseren Leben. Emma ist sehr offen und schenkt mir einen Blick in ihre Vergangenheit. Ihr Exfreund hat sie geschlagen und psychisch immer wieder gedemütigt, sie hat eine Tochter mit ihm, die nun in Carsten ihren Herzpapa gefunden hat. Emma wurde so sehr von ihrem Ex gequält, dass sie sich sogar das Leben nehmen wollte.

Schließlich hat sie sich durch einen langen Klinikaufenthalt wieder zurück ins Leben gekämpft und auch den Sprung in die Unabhängigkeit geschafft.

Ich bin berührt und beeindruckt. Mit welcher Ruhe und Klarheit diese junge Frau und Mutter ihr Erlebtes reflektieren kann.

Mein Bruder öffnet sich auch. Wir reden über seine Ex-Beziehung und wie selbstzerstörerisch er seine Liebe abgetötet hat, wie weh ihm der Verlust auch heute noch tut.

Wir trinken literweise Tee und Kaffee. Von den Keksen, die ich mitgebracht habe, bleibt auch nichts übrig. Die Kinder springen durchs Haus und amüsieren sich mit Versteckspielen. Trotz der schweren Themen ist alles leicht mit uns.

Irgendwann greift Tom zur Gitarre. Wir singen. Nach dem Gitarreneinsatz kommen Youtube und die Lieblingsplaylist an die Reihe.

Jeder von uns darf sich einen Song wünschen, der abgespielt wird – und alle, die mitsingen wollen, singen mit.

Alles ist gefüllt mit Liebe und geprägt von Miteinander. So nah am Leben voller Euphorie. Ich spüre ein Mittwochsgefühl durch meinen Körper ziehen.

Etwas löst sich in mir. Tom und Carsten stehen immer noch vor dem Laptop. Carsten wiegt das Baby in seinen starken Armen und singt gemeinsam und lautstark mit meinem Bruder „Ein Teil von meinem Herzen".

Das Mittwochsgefühl breitet sich immer weiter in mir aus. Ich bin dankbar. Ich schließe meine Augen und stelle mir Ben vor. In Gedanken höre ich mich sprechen: „Ich lasse dich nun los. In Licht und Liebe."

Ich möchte nicht an ihm anhaften, nichts auf ihn projizieren. Ich möchte ihn lediglich beschenken, wenn es nötig ist, mit Freiheit und Loslassen. Für mich ist und bleibt er ein ganz besonderer Mensch. Für immer. Aber mein Mittwochsgefühl gehört zu mir.

Stundenlang machen wir noch so weiter. Keiner von uns will ein Ende finden. Das Gefühl, das wir hier gemeinsam kreiert haben, ist einfach zu schön.

Dafür ist es gut: Mensch zu sein.

Kapitel 17

Happy Birthday, Juna – ich beschenk mich selbst

Heute ist mein Geburtstag. Nach dem Aufwachen sind bereits die ersten Nachrichten auf meinem Display. BZ hat mir noch in der Nacht geschrieben und einige andere liebe Menschen ebenfalls.

Cedric hüpft aufgeregt vor meinem Schlafraum herum und erklärt mir dabei, dass sein Geschenk leider noch in der Schule zur Benotung sei.

„Eine Sorgenpuppe!"

„Ich brauche kein Geschenk von dir, du bist doch das Geschenk!"

Ich stoppe ihn in seinem Hüpfwahn und schlinge die Arme um ihn: „... das beste Geschenk überhaupt!"

Mit einem Kuss auf die Stirn lasse ich ihn wieder frei.

„Warte, Mama, warte, du darfst noch nicht runter in die Küche!"

Mein Kleiner rennt die Treppen hinunter und ruft.

„Los komm, Papi, sie ist wach. Sie kommt gleich rein, los, los, los!"

Langsamen Schrittes nehme ich die Stufen zur Küche. Ich erahne, welches Ritual nun folgt und was mich erwarten könnte. Vor Jahren habe ich damit begonnen, meinen Kindern zum Geburtstag die Küche zu schmücken, ihnen einen Kuchen zu backen und die Geschenke zu drapieren.

Ich trete ein. Sohn und Mann trällern „Happy Birthday", fünf vereinzelte Luftschlangen hängen über der Abzugshaube, dem Kühlschrank und an einem Getränkeregal. Auf dem Tisch stehen drei eingepackte Geschenke in der Größe von Shampooflaschen. Das ist die spartanische Ausführung von geschmückt. Trotzdem finde ich es schön. Philip zieht mich an sich und wünscht mir alles Gute. Ich frage ihn, ob er das kreiert hat und sehe in seinen Augen das „Nein". Cedric schmiegt sich an mich und sagt, dass er mich liebt.

„Na, dann waren das Mina und Bloom!?"

Ich greife zu den Paketen und schäle tatsächlich Shampoo, Spülung und eine Haarkur aus dem roten Papier mit Sternchenaufdruck. Philip bedient sich an seiner Kaffeemaschine und lässt mich Cedric in der Küche zurück. Seine Morgenzigarette geht vor Geburtstagstalk.

Nicht weiter schlimm für mich, mein Zeitfenster ist eng. Heute werde ich meinen Geburtstag bei einem leckeren Frühstück mit meinem Bruder, Emma und Carsten zelebrieren. Vorher muss ich noch Brötchen und Aufschnitt besorgen, auf dem Weg zum Supermarkt stoppe ich an der Schule und setze Cedric ab.

Ich freue mich auf das Wiedersehen mit Emma und Carsten. Der gemeinsame Samstag war wie ein kleiner Mittwoch für mich und ich möchte die Verbindung zu den beiden gern wachsen lassen.

Sie kommen pünktlich mit Baby und Hund angerauscht und erfüllen den Raum mit Freude und Geburtstagswünschen. Ich bekomme Rosen und ein spezielles Geschenk ganz nach meinem Geschmack. Tom erhebt seine Stimme: „Schwester, heute wirst du mehr von deiner Zukunft erfahren. Um 14 Uhr hast du einen Termin bei einer großartigen Kartenlegerin. Eine Schamanin und Energiearbeiterin, die ganz nebenbei auch noch Carstens Mama ist."

Alle grinsen mich an. Ich freue mich total. Ich mag mystische Momente – und wer will nicht etwas über seine Zukunft erfahren? Super, meine persönliche Geburtstagssession!

Wir hocken gemütlich beieinander. Das Baby schläft und wir ratschen über das Leben. „Ping", „Ping" immer wieder poppen neue Nachrichten über Facebook und WhatsApp auf. Viele liebe Geburtstagswünsche. Familie, Geschäftspartner, alte Bekannte und neue Freunde, aus der virtuellen und realen Welt. Ich freue mich über jeden einzelnen Gruß. Über unerwartete Nachrichten wie von Frauke Ludowig. Über Wünsche von Menschen, die ich schon seit vielen Jahre nicht gehört und gesehen habe.

Eine Nachricht bleibt aus. Ich habe Ben nicht erzählt, wann ich Geburtstag habe, aber insgeheim hatte ich gehofft, er hätte mein Sternzeichen im Kopf behalten und ein bisschen recherchiert.

Die Stunden bei meinem Bruder vergehen wie im Flug. Carsten erzählt von einem seiner Aussteigerprojekte. Sie wollen ein autarkes Dorf in Sibirien errichten und gestressten Menschen die Chance geben, dort wieder Energie aufzutanken. Demnächst wird er mit seinen Partnern nach Sibirien reisen, das erworbene Land besuchen und an der weiteren Planung arbeiten. Ich mag Menschen, die anders denken und neue Wege suchen. Wenn es nicht so kalt wäre, könnte ich mir dort eine Auszeit vorstellen. Mit Kälte kann ich allerdings nicht so gut. Im Moment nerven mich die Minus 10 Grad in der Reitanlage bereits.

Gegen halb zwei werde ich hektisch, mein Termin rückt näher.

„Tom, wir müssen gleich los."

Mit raschen Handbewegungen räume ich den Frühstückstisch ab und krame meine persönlichen Sachen zusammen. Handy, Schlüssel, Geld. Alles gut verstaut in meiner grauen Umhängetasche.

„Los, Tom", treibe ich ihn an. Carsten und Emma sind schon in ihre Jacken geschlüpft und das Baby ist zur Abfahrt bereit im Maxi Cosi.

„Ist ja gut, Juna, wir werden pünktlich ankommen. Entspann dich. Wir fahren vielleicht zehn Minuten."

Ich schaffe es, meinen Bruder aus dem Haus zu bekommen und bin froh als wir uns in Bewegung setzen. Carsten und Emma vorne weg.

Am Haus von Carstens Mutter angekommen, finden wir direkt einen Parkplatz und tatsächlich alles im Timing. Dana öffnet die Tür. Sie ist mir sofort sympathisch. Eine Frau mittleren Alters. Auf den ersten Blick erinnert sie mich an eine Schamanin. Braunes Haar, ein markantes Gesicht und freundliche Auge die Tiefe zeigen. Ihre Aura warm und herzlich. Wir umarmen uns sofort und ich bin mir sicher, dass ich hier gut aufgehoben bin. Nach einem kurzen Pläuschchen in der Küche führt Dana mich und Tom in ihre „heiligen Räume".

Die Energie hier ist schön. Ich nehme Platz und blicke zentral auf ein indianisches Paar. Ich mag Indianer – sehr. Mein Bruder findet seinen Platz rechts von mir und Dana sitzt mir genau gegenüber.

Sie reicht mir ein Kartendeck und bittet mich zu mischen.

„Darf ich das Gespräch aufnehmen?" Tom hält sein Smart-phone aufnahmebereit in der Hand.

Dana lächelt sanft. „Na klar. Kein Problem!"

Dann sieht sie mich an: „Mit der linken Hand drei Stapel ab-heben, zu deinem Herzen hin!"

Ich mische bedächtig, schließlich geht es hier um meine Zu-kunft. Dann greife ich dreimal zu, und lege die kleinen Stapel zu meinem Herzen hin. Natürlich versuche ich, mir nichts anmerken zu lassen, aber ich bin sehr gespannt, was Dana in meinem Blatt finden wird. Auch Tom wippt ununterbrochen mit seinem linken Bein. Ich kann spüren, dass er in die Ener-gie dieser Runde eintaucht.

Mit gekonnten Bewegungen legt Dana die Karten in ihrem System aus. Noch bevor sie alle Karten vor uns ausgebreitet hat, fragt sie mich: „Oh, hier liegt ein Mann und viel Gefühl. Das sieht nach viel Liebe aus."

Sie schaut auf. Ich bleibe regungslos.

Sie legt weiter und erklärt: „Aber das ist nicht dein Ehemann ..., der liegt hier! Du bist doch verheiratet?"

Sie zeigt auf eine Karte am Rande des Legesystems. Ohne eine Antwort abzuwarten, spricht sie weiter: „Die Ehe ist nicht mehr intakt. Die Liebe fließt hier." Sie zeigt erneut auf die Karte vor mir.

Ich stelle mich immer noch ahnungslos. Tom zappelt vor sich hin und prüft, ob sein Aufnahmegerät auch aktiv bleibt.

Er kann nicht anders: „Und will der Typ auch was von ihr?"

Mein Herz springt. Es wird spannend. Dana schaut in die Runde und antwortet seelenruhig.

„Also, hier fließt es von beiden Seiten, aber irgendwie haben beide noch etwas für sich zu klären. Hier liegt eine Frau an seiner Seite. Ex-Frau, Freundin, irgendeine Noch-Beziehung. Etwas, das vorbei ist. Aber ein letzter Schritt, sich komplett zu lösen, fehlt noch."

Sie hebt zwei weitere Karten an, die sie neben der Karte des Mannes platziert.

„Ja. Hier! Es liegt an ihm, er muss eine Entscheidung treffen. Du kannst da nichts machen, Juna, außer Geduld zu haben. Aber Anziehung und Gefühl ist hier eine Menge im Spiel."

Sie legt weitere Karten und betrachtet das Blatt erneut.

„Dein Ehemann schaut dich gar nicht mehr an. Eine neue Frau sehe ich aber nicht. Ihr scheint einfach fertig miteinander zu sein. Kein Liebespaar mehr. Nichts."

Mit dem Finger tippt sie auf eine Karte: „Das bist du. Dir geht es im Moment nicht so gut. Hier liegen Sorgen über Sorgen. Ich verrate dir was: Das ist alles in deinem Kopf, Juna. Lass mal los. Deine Aufgabe ist gerade das Thema Geduld."

Ich nehme einen Schluck Tee und schüttele sanft den Kopf.

„Geduld, Geduld, Geduld. Ich kann es nicht mehr hören. Ich glaube, das ist so ein Standardding, wenn alles doof ist: Hab einfach Geduld."

Tom schaltet sich ein: „Juna, mal ehrlich! Seit vielleicht drei Monaten machst du dich auf den Weg und es passieren täglich tolle Sachen bei dir. Es klärt sich, du weißt mehr und mehr, was du willst und nun bist du wirklich schon wieder ungeduldig. Andere brauchen für so eine Entwicklung und diese Schritte Jahre."

Er will mir Mut machen und mich stärken.

„Danke Tom, du musst mich nicht aufbauen." Ich zwinkere ihm zu.

Dana liest weiter aus den Karten. „Hast du eine Auslandsreise geplant? Die würde ich momentan nicht machen an deiner Stelle."

Ich verneine. Es steht noch nichts an.

„Beruflich wirst du dich auch verändern und hier liegt wieder das Ausland. Du wirst wahrscheinlich immer wieder länger im Ausland sein. Es sieht mir fast aus, wie ein Leben außerhalb Deutschlands."

Ich höre ihre Worte, kann aber gerade noch nichts dazu denken oder sagen. Immerhin hat sie recht damit, dass ich mich wohl beruflich verändere. Sollte meine Ehe in die Trennung gehen, werde ich so nicht weiter machen.

„Du kannst dem Leben vertrauen, dir wird es an nichts fehlen. Da ist immer genug von allem!"

Dana nimmt die Karten, schiebt sie zusammen und lässt mich erneut mischen.

„Jetzt gehen wir mal an die nahe Zukunft. Zwei Fragen darfst du auch gleich noch stellen!"

Tom ist sichtlich beeindruckt. Mich würde noch mal genauer interessieren, was es mit dem Mann auf sich hat, der diese starke Verbindung zu mir haben soll. Geht es hier tatsächlich um Ben oder habe ich etwas übersehen?

Beim Mischen denke ich an Ben. Dana legt in einer mir unbekannten Anordnung die Karten neben- und übereinander. Sie schiebt Karten hin und her, schaut mich immer wieder an und murmelt vor sich hin. Schließlich scheint sie fertig zu sein mit der Legerei und schaut mir tief in die Augen. Ich spüre, dass etwas Wichtiges kommt.

„Dir ist ein Mann begegnet. Diese Begegnung ist sehr, sehr wichtig für dich, aber auch für ihn. Wenn ihr euch die Zeit nehmt, tiefer zu schauen, werden euch wundervolle, große und noch bedeutsamere Erfahrungen zuteil. Das geht nur gemeinsam und losgelöst von eurem Ego."

Ok, will das nicht jede Frau hören? Ich bin Zweiflerin und in meinem Kopf meckert es mal wieder.

„Du musst deinen Zweifel loslassen", fährt Dana fort. „Der steht dir und euch im Weg. Mach ein Ritual. Wenn du meditierst oder einfach am Abend, wenn du zur Ruhe kommst, stell dir diesen Mann vor – du wirst wissen, welcher es ist. Hab ihn genau vor deinem geistigen Auge. Danke ihm für alles Gute, sende ihm gute Gedanke und dann lass ihn bewusst in Licht und Liebe los und schau, was passiert. Denk dran, er hat noch eine Entscheidung zu treffen. Gib ihm Zeit."

„Okay, nehmen wir an, das ist so ..." Ich taste mich vor, mittlerweile brennt ein kleines Feuer in mir. Fragen über Fragen und langsam verstehe ich meine starke Verbindung zu Ben.

„Welche großen Erfahrungen oder Ereignisse meinst du denn? Kannst du das sehen?"

Tom hat Tränen in den Augen. Ich frage mich, warum, schenke ihm aber erst mal keine weitere Beachtung, weil ich gerade voll in meinem eigenen Thema bin.

Dana bekommt ein Funkeln in den Augen.

„Ich bin mir nicht sicher, ob es klug ist, dir jetzt schon ein Zeichen, eine Information mitzugeben. Du bist noch sehr im Festhalten ..." Sie atmet tief, beugt sich über den Tisch und will mir etwas zuflüstern. Doch dann lehnt sie sich wieder zurück, zieht ein Stück Papier unter einem weiteren Kartendeck vor, nimmt sich einen Kugelschreiber, der ebenfalls auf dem Tisch liegt und notiert etwas.

„Hier, Tom." Sie streckt Tom den Zettel hin. „Schau ihn noch nicht an. In etwa vier Wochen gibst du ihn deiner Schwester. Dann wird sie bereit sein für diese Botschaft."

Mich schaudert es. Das ist ein magischer Moment und ich bin schon jetzt total gespannt was für eine Botschaft mich erreichen wird.

Dana geht noch ein bisschen über die Karten, berichtet mir von diesem und jenem, gibt mir ein paar Ratschläge zu meinen Kindern, doch im Grunde ist an dieser Front alles ganz okay. Das Philip mich nicht mehr sieht und liebt merke ich selbst, und dass uns noch ein Trennungsstreit bevorsteht, weiß ich auch nur zu genau.

Irgendwann ist die Session bei Dana vorbei. Tom hat zum Glück alles auf Band. Dieses Geburtstagsgeschenk werde ich nicht mehr vergessen.

Wir verabschieden uns mit einer innigen Umarmung und mir wird klar, dass das gerade ein „Mittwoch" war. Was für wunderbare Ereignisse und Menschen bereichern gerade mein Leben! Zutiefst dankbar steigen Tom und ich wieder in meinen treuen Hugo und rauschen davon.

Kapitel 18

Samadhi – der Sonnengruß macht's möglich

Die letzten Tage war es still. Still um Ben, still um Philip. Doch laut in meinem Kopf. Die Sehnsucht nach einem Mittwochsgefühl, die Sehnsucht, mich erfüllt zu spüren, ist immer weitergewachsen. Ich bin hin und her gerissen. Ist es richtig, mir Kontakt mit Ben zu wünschen, weil die Zeit mit ihm wie ein Geschenk ist? Ist er wirklich dieses Geschenk? Oder hebe ich ihn nur auf einen Thron?

Viel wichtiger aber ist: Was muss ich tun, um endlich wieder ein Mittwochsgefühl zu bekommen? Oder es zu schaffen innerlich ruhig zu werden. Das an einen Mann zu binden, ist doch völliger Schwachsinn.

Meine Freundin Eve hat gerade ein Yogazentrum eröffnet. Sie hat mich schon mehrfach zu sich eingeladen. Ich glaube, heute ist genau der richtige Tag, mir selbst die Seele zu streicheln, und auf ein Gespräch mit Eve freue ich mich sowieso. Ich kenne sie schon viele Jahre. Sie hat eine Menge in ihrem Leben bearbeiten dürfen und ist tiefsinnig unterwegs, genauso wie sie ein verrücktes Mädel sein kann und die Nächte durchtanzt.

Eve lebt im Wald. Dort hat sie ein großes Anwesen gekauft, auf dem sie nun schon viele Jahre ihren persönlichen Traum lebt, immer wieder neu. Gerade hat sie ein Yogazentrum eröffnet. Im Hauptberuf hat sie eine große Versicherungsmakleragentur, die sie auch von dort aus leitet. Ein paar kleine Häuser sind über das Gelände verteilt, ringsherum Felder, Wald – Natur pur.

Yoga war bisher nur im Hausgebrauch interessant für mich. Ich bin nicht so der Typ: Studio, alle auf die Matte, Vorturner, los. Doch Eve will mir heute ein paar schöne Übungen zeigen und danach werden wir sicher bei einem Tee noch das Leben palavern.

Ich parke Hugo unter den Bäumen vorm Haus. Eve kommt gerade mit ihren Hunden aus dem Wald. Wie schön es ist, sie wieder zu sehen! Die Hunde laufen zur Haustür. Wir nehmen uns in die Arme.

„Hallo, hier bin ich zum Yoga!"

„Ja, klasse, ich freu mich, dich zu sehen. Als erstes bringe ich die Hunde rein und dann gehen wir rüber ins Studio."

Eve versorgt rasch die Hunde und entledigt sich ihrer Skihose, heute ist es winterkalt. Darunter trägt sie Leggings. Wir laufen übers Grundstück zu ihrem neuen Yogastudio. Heller Parkettboden, viel Glas, helle Wände, liebevoll ausgewählte Details wie Buddhafiguren, Wandbilder und ein Duft, der zum Bleiben einlädt. Der Empfangs- und Duschbereich ist genauso fein durchdacht wie der Rest. Wahnsinn!

Im großen Übungsraum hängen diverse Tücher, sogenannte Bungies, von der Decke. Ich bin gespannt was mich erwartet. schnell ziehe ich mich um, barfuß gehe ich in den Raum. Eve hängt bereits in einem Tuch und macht irgendwelche Drehungen.

„Ich komme gleich und zeige dir die Einstiegsübungen, warte kurz, Juna."

Ich schlendere durch den Raum. Die Sonne streichelt mein Gesicht. Ich streife ein Tuch mit der Hand. Weich. Bunt. Ein violettes Tuch zieht mich in den Bann. Es ist friedlich in diesem Raum. Eve ist aus ihrem Tuch geschlüpft und steht nun hinter mir.

„Komm, ich zeige dir, wie du am besten einsteigst."

Sie greift das Tuch rechts und links an den Enden und schafft sich eine gute Position, um sich mit dem Po in das Tuch gleiten zu lassen. Dann demonstriert sie mir, wie sie durch geschicktes Spannen des Tuches ihr linkes Bein auf die andere Seite schwingt, um im Tuch zu sitzen wie auf einem Pferd. Plötzlich verschwindet sie im Tuch wie in einem Kokon. Ich will das auch probieren. Als Eve wieder hervorkommt, bin ich an der Reihe.

Ich brauche nicht lange und bin in meinem violetten Schutzzelt. Eve schaukelt mich von außen ein wenig hin und her. Ich schließe die Augen, lausche den Tönen der sanften Musik und treibe davon.

„Verweile einfach ein wenig, wenn du magst. Ich hänge mich auch nochmal ins Bungie, wir machen gleich ein paar Übungen", sagt Eve und lässt mich in meinem Nest. Es ist wunderbar, zur Ruhe zu kommen und nichts zu wollen. So oft habe ich das Gefühl, ich muss etwas tun, etwas erreichen, damit ich sein darf. Dabei darf ich sein, weil ich bin. Das hier ist gerade ein Beweis dafür.

Meine Gedanken führen mich zurück zu den letzten Wochen und Monaten. Ich hätte nie ahnen können, dass Bens Nachricht für einen solchen Umbruch in meinem Leben sorgt. Ich glaube, er hat auch keinen blassen Schimmer von alldem. Ohne Ben hätte ich nie meinen großen Hausputz begonnen. Komisch, dass genau er mein Stein des Anstoßes ist.

Ich bin froh über die Entwicklung mit Philip. Alles einmal loszulassen, sich alles zu sagen, nichts mehr zu erwarten, die fehlplatzierten Verantwortungen zurückzugeben, tut, bei all den geweinten Tränen, richtig gut. Meine Verbindung zu Tom. Neue Freunde, meine liebsten Wegbegleiter als Berater immer an meiner Seite, meine fantastischen Kinder, dieser Moment. Liebe durchflutet mein Herz. Ich fühle mich verbunden mit etwas Größerem und bin dankbar für alles. Etwas in mir schreit tonlos „Ich vertraue dem Leben!" Tränen rinnen mir über die Wange. Mein inneres Mädchen fühlt sich geliebt. Leben ist schön.

Dieses Tuch wirkt Wunder. Ich bleibe noch und atme Lebensfreude.

Eve hat ihre Aktion beendet und klopft zart an meine Höhle an. „Wie geht es dir da drin? Wollen wir ein paar Übungen machen?"

Ich streiche mir mit den Handflächen die Tränen aus dem Gesicht.

„Ja, das machen wir – ich komme langsam wieder raus. Es ist schön hier, bei dir, in deinem Raum, in deinem Tuch."

„Alles gut, Juna. Lass dir Zeit."

Einen Augenblick brauche ich noch, dann schiebe ich zuerst meinen Kopf hinaus. Die Sonne blendet. Ich kneife die Augen zu und arbeite mich dann mit dem Rest des Körpers vor. So wie ich rein bin, so komme ich auch wieder raus.

Eve lächelt mich liebevoll an. Sie nimmt das Tuch und startet eine Vorführung verschiedener Übungen am und mit Tuch, die ich dann alle mehr oder weniger erfolgreich nachahme. Wir sporteln eine ganze Weile vor uns hin. Atmen, dehnen, drehen, Kopf rauf, Kopf runter. Yoga eben – mit einem Tuch.

Ich habe Spaß dabei, und das Beste ist, ich denke nicht mal. Also nicht an Probleme, nicht an Kinder, nicht an Ben, Philip oder sonst was. Ich atme, ich bin.

Irgendwann schließen wir die Session ab.

„Lass uns zu mir ins Haus gehen, einen Tee trinken und über das Leben reden!"

Ich wusste es schon vorher. „Gerne. Das war echt gut. Danke!"

Ich gehe mich kurz duschen und folge Eve dann in ihr Haus.

Sie hat uns einen Tee gekocht und eine Schale mit frischem Obst auf einen kleinen Tisch im Wohnzimmer gestellt. Ich setze mich auf den Fußboden vor den Kamin. Meinen Teebecher stelle ich auf der gemauerten Umrandung des Kamins ab.

„Und, Eve was ist bei dir so los? Kinder gesund? Was macht die Liebe?"

Eve hat sich auf einen Sitzsack mir gegenüber platziert. Ihre Gesichtszüge sind weich. Yoga tut ihr gut. Ich sehe ein anderes Gesicht von der toughen Geschäftsfrau, das finde ich angenehm.

„Ach, gerade ist es ruhig. Dafür hatte ich in den letzten Wochen und Monaten genug „Lehrstoff", der mich gefordert hat. Mein Ex-Mann möchte Geld, viel Geld und bringt dazu auch noch die Kinder durcheinander. Ich bin ganz froh, dass es mit meinem Schatz sehr entspannt läuft und wir uns gefunden haben."

Ich erzähle ihr ein wenig von mir, dem Mittwochsbuch und von meinem Entschluss, meine Ehe so nicht weiterführen zu wollen.

„Wie ist das bei dir und dem … ich nenne es jetzt mal: Mitt-wochsgefühl?" Ich will wissen, ob Eve das Gefühl kennt, auf dessen Spuren ich wandle.

Sie schmunzelt.

„Bei mir ist es die Sehnsucht, die mich immer wieder kriegt. Etwas, das fehlt. Ich kann diese Sehnsucht kompensieren, mit Sex, mit Sport, mit guten Gesprächen, das alles kann den Schmerz mildern, verschieben, aber nicht heilen."

Interessante Theorie, denke ich. „Ok und das Gegenteil von Sehnsucht ist dann das Mittwochsgefühl oder wie? Und wie kommst du dann dran, an das gute Gefühl?"

Ich nippe an meinem Tee und bin gespannt, was Eve für eine Antwort gibt.

„Wer sagt, dass Sehnsucht ein schlechtes Gefühl ist, das ist mir zu viel Teilen in Gut und Böse, in Schwarz in Weiß. Ein Gefühl ist auch immer ein Kompass. Mir ist aber natürlich klar, wohin deine Frage führt. Meine Sehnsucht, ich spreche mal besser nicht allgemein, sondern so wie ich es kann, aus meiner Perspektive, über meine Sehnsucht, führt mich zu etwas Größerem. Das Getrenntsein vom großen Ganzen, wenn du so willst, spielt für mich eine elementare Rolle. Schaue ich ins kleine System, ist es natürlich auch das Ge-trenntsein, sich nicht zugehörig fühlen."

Ich nicke: „Wie im Kleinen so im Großen und umgekehrt. Ich verstehe."

Eve führt weiter aus: „Und dann geht es mir um die Versor-gung … ich glaube, bei dir ist es ähnlich. Immer für alle Men-schen alles organisieren, präsent sein, versorgen eben und sich selbst auf der Strecke verlieren. Dann schaue ich mit dem Herzen auf mich, darauf, was ich brauche, was ich möchte und gebe mir den Raum, einfach zu sein. Eben auch mit dem Schmerz, der Sehnsucht, meinen Wünschen. Ich konzentriere mich wirklich auf mein eigenes Versorgen. Und dann stellt es sich ein – dieses Mittwochsgefühl."

Eve lacht.

„Lustig", sagt sie. „Ich finde die Idee mit dem Mittwochsgefühl irgendwie interessant. Danach kommt der Donnerstag, der Freitag, der Samstag ... das Wochengefühl eben!"

Wir lachen gemeinsam. Ich möchte noch einmal kurz zur Versorgung zurück. „Du hast echt recht, ich glaube über die letzten Jahre habe ich im Alltagsgeschäft und vielleicht auch durch die Verantwortung Mutter zu sein, Geschäftsfrau, Partnerin mich zu oft hintenangestellt. Ich meine fast alle Frauen in unserem Alter mit dem klassischen „Paket" kennen doch diese Misere. Ich möchte die Notbremse ziehen und aus meinen vielen Lehren auch Konsequenzen ziehen. Die Zeit ist einfach reif dafür."

Ich spüre gerade ein JA dazu aus tiefstem Herzen. „Und ich möchte Menschen begegnen, mit denen ich Leben teilen kann, die mich fühlen können und wertschätzen, einfach weil ich bin. Nicht weil ich tue, oder einen Plan habe."

Eve steht auf und sieht mich an. „Möchtest du auch noch einen Tee, oder lieber Kaffee, was essen?"

„Nein, danke. Ich bin gerade ausgefüllt. Brauche nichts. In deinem Tuch hat es sich übrigens ganz schön angefühlt. Ein paar interessante Gedanken und Gefühle gehabt."

Eve verlässt den Raum und spricht aus der Küche weiter. „Ja die Tücher sind wunderbar, ein bisschen wie in einer Gebärmutter, sagen manche. Geschützt."

Ich steige ein: „Kennst du Floating? Ich war vor ein paar Jahren mal in Hamburg floaten. Das ist auch total geil. Ein Tank, mit Wasser gefüllt, meistens geschlossen ..."

Eve ruft zurück: „Kenne ich auch, mega! Hatte kurz überlegt, so ein Teil auch aufzustellen, aber du weißt ja, ich neige dazu, zu viel zu machen. Bei der Erweiterung dann vielleicht."

Mir ist gerade nach Musik. Ich fingere an meinem Handy rum und lasse *„Markt und Fluss"* laufen. Die Musik trägt mich. Weich, weit, berührend.

Ich lege mich flach auf den Rücken, schaue unter die Decke und atme entspannt ein und aus. Heute ist ein guter Tag – wofür auch immer. Es gibt gerade nichts zu tun.

Jetzt könnte ich sogar entspannt sterben.

Kapitel 19

Alte Fesseln lösen

Gleich treffe ich mich mit Philip, wir haben uns zum Essen verabreden. Der kleine Italiener, bei dem wir sonst gern auf gelungene Geschäfte angestoßen haben, soll uns heute der Rahmen für ein klärendes Gespräch sein.

Wir kommen getrennt dort an. Philip hat noch Termine und will direkt anfahren, ich sitze in meinem Wagen und warte bereits auf ihn. Ich möchte nicht allein reingehen. Es brummelt in meinem Magen. Mit geschlossenen Augen habe ich meinen Kopf an der Nackenlehne abgestützt und versuche mich von der Musik tragen zu lassen. *Leave a Light on* von Tom Walker schafft es leider nicht, meine Aufregung vor dem bevorstehenden Gespräch wegzuwischen. Ich bin froh, dass Philip mit mir an diesen Ort kommt, um über unsere Probleme zu reden. Ich finde in den eigenen vier Wänden gerät ein Klärungsgespräch viel, viel schneller in den Streit. Es kann laut werden und aufgeregt. Ich erhoffe mir, dass wir ohne Szene und Trara harmonisch miteinander sprechen werden und endlich eine Lösung kreiert wird. Ich kann den Zustand der ständigen Streitereien nicht mehr gut ertragen. Unser Projekt Ehe ist gescheitert.

Wenn ich so darüber nachdenke, würde ich mir aus heutiger Sicht eine ganz andere Beziehung wünschen. Eine Verbindung, in der auch ich generell weniger erwarten würde. Nicht geprägt von: wir müssen „dies und das" zusammen aufbauen, wir müssen so leben, wie es von Paaren in der Gesellschaft erwartet wird. Ich bin offen für andere Lebens- und Beziehungsmodelle. Im Grunde war ich das schon immer, aber ich habe mich von außen leiten lassen. Ich dachte, es gehört sich so. Heiraten und Kinder bekommen und Familie leben zählt zu einem guten Lebenslauf.

In einer meiner Ausbildungen habe ich beispielsweise mal eine sehr kreative, spirituelle Frau kennengelernt, die sich, als ihre Kinder zwölf und 13 Jahre alt waren, von ihrem Mann getrennt hat und ihre Kinder bei ihm ließ, um ihrem Herzruf zu folgen. Damals habe ich es nicht verstehen können, heute finde ich sie mutig.

Ich würde die Nase nicht rümpfen, wenn Paare sich gegenseitig die Freiheit schenken, sexuellen Kontakt auch außerhalb der Partnerschaft zu leben.

Und müssen Paare wirklich alle immer irgendwann unter einem Dach wohnen? Ich finde die klassische Lebensform einfach veraltet. Keine Ahnung wie es mir gefühlsmäßig gehen würde, wenn ich meine wundervollen Kinder nicht hätte. Wenn ich mit vierzig kinderlos auf andere Frauen mit Teenagern schauen müsste und mich fragen würde, ob ich den Moment verpasst habe. Ich kann mir heute eine „Romeo-und-Julia-Beziehung" durchaus vorstellen. Eine Beziehung, in der es eben keine gemeinsamen Feiertage gibt, keinen Alltag, nur wenige intensive Stunden und dazwischen auch mal Herzschmerz, weil man einander vermisst.

Ich kann gut verzichten, dreckige Socken aufzulesen, ich mag nicht täglich am Herd stehen, weil der Mann ein gutes Essen braucht. Ich muss auch nicht meine schlechte Laune mit meinem Partner teilen – oder er seine mit mir. Schließlich haben wir alle mal Befindlichkeiten, die dann meist bei den Menschen platziert werden, die nah sind.

Gemeinsam einschlafen, zusammen aufwachen ist auch nur temporär romantisch. Oder mögen Frauen schnarchende

Männer? Und mancher Mann möchte vielleicht sein „Morgenritual" auch ohne Zuschauer zelebrieren.

Die ultimative Formel der besten Verbindung fällt mir nicht direkt ein, aber zu wissen was ich nicht brauche, ist ein Schritt in die richtige Richtung. Eigentlich will ich nur Liebe leben und das ist sowas von individuell anpassbar. Außerdem geht Liebe auf diversen Strings und parallel. Ich muss grinsen. Meine eigenen Theorien amüsieren mich. Obendrein muss ich an Pat denken. Wie komme ich jetzt nur auf Pat.

Mein Gedankenkarussell dreht weiter. Wer weiß, ob „mein" Ben nicht auch ein paar Handlungsstränge parallel bedient. Der Gedanke stört mich nicht wirklich, ich finde es eher schade, dass wir nicht eine selbst kreierte Form der Liebe leben und frei damit umgehen konnten.

Stellt sich dann die Frage nach der Liebe – welcher Liebe? Ist es Liebe, wenn zwei Menschen sich Aufmerksamkeit und Nähe schenken? Sex und Liebe – wie gehört das zusammen?

Ich kann von mir behaupten, dass ich ein Gefühl der Liebe für Ben empfinde. Da ist eine Herzensverbindung, die ich nicht leugnen kann. Ich wünsche einfach, dass es ihm gut geht, egal, ob er mich noch in sein Leben einlädt oder nicht. Genauso wünsche ich Philip das Beste und hoffe, wir kriegen die Kurve, eine neue Form der Liebe für uns zu definieren. Mein Herz ist weiter und weicher geworden in den letzten Monaten, vielleicht auch durch Ben. Irgendwie ist er mein Türöffner. Für die Tür in mein Selbst.

Zugang zu meinem Herzen. Das war nicht nur Sex mit ihm, unser Zusammensein war einfach seelengevögelt ...

Ein nachdrückliches Klopfen an der Scheibe schreckt mich auf: Philip. Mein Puls steigt schlagartig, rausgerissen aus meinen Gedanken – und weil mir dieses verdammte Klärungsgespräch bevorsteht. Nun muss ich für mich aufstehen, im wahrsten Sinne des Wortes. Ich mache die Tür meines Wagens schwungvoll auf und versuche, cool zu wirken.

„Brauche ich eine Jacke?", frage ich Philip, eigentlich nur, um irgendwas zu sagen.

„Wieso eine Jacke? Ich dachte wir gehen zum „Kleinen Italiener", antwortet Philip gewohnt trocken. Würde ich jetzt spontan einen Besuch im Kino vorschlagen oder irgendetwas nicht ganz alltagstaugliches, hätte ich verloren. Mit so einem „Quatsch" brauche ich Philip nicht kommen.

„Nein, nein, schon gut … doofe Frage mit der Jacke. Gehen wir rein."

Ich habe meine Handtasche unter den Arm geklemmt und Hugo verschlossen. Philip steckt sich noch eine Kippe an. Wie immer. Nun darf ich ohne Jacke noch draußen warten, bis er fertig geraucht hat – oder doch allein reingehen. Ich entschließe mich, schon vorzugehen. Ich mag rauchen nicht und schon gar nicht dumm danebenstehen und warten, bis er seine Lunge geteert hat.

An der Tür werde ich per Handschlag begrüßt. Der Chef des Restaurants trägt wie immer Anzug. Der „Kleine Italiener" ist eine bessere Gastronomie. Die Pizza ist toll, aber hier gibt es auch noch andere Köstlichkeiten. Eine kleine Speisekarte, alles frisch, sehr erlesen. Ein Restaurant für besondere Anlässe. Viele Gäste haben hier nicht Platz. Zehn, zwölf Tische gibt es, immer ausgebucht.

Ich hatte den heutigen Abend vorausschauend geplant. Einen Ecktisch reserviert und mich versichert, dass Philips Lieblingswein verfügbar ist. Ich möchte so wenig wie möglich dem Zufall überlassen und vor allem möchte ich Philip wohl-stimmen. Das was ich ihm zu sagen habe, wird ihn keine Freude machen.

„Bitte sehr, meine Dame! Der Herr Gemahl genießt noch seine Zigarette?"

Mit einem charmanten Lächeln schiebt mir der Chef einen Stuhl zurecht.

„Ja, mein Mann raucht. Leider."

„Dann bringe ich Ihnen schon mal die Karten an den Tisch."

Ich nicke und stelle mein Handy auf lautlos.

Philip betritt das Lokal. Antonio, die rechte Hand des Chefs begrüßt ihn überschwänglich und begleitet ihn an unseren Tisch.

Philip setzt sich und bestellt direkt ein großes Bier. Danach fällt ihm auf, dass er mich vergessen hat.

„Ah, du hast ja noch nichts!"

„Nein, ich habe auf dich gewartet. Das gehört sich so."

Ich bin schnippisch, weil ich es schade finde, dass Philip bis heute keinen Wert auf derartige Manieren legt.

„Sorry, kannst ja gleich was sagen, wenn er wiederkommt", brummelt er vor sich hin, während er seine Aufmerksamkeit bereits der Speisekarte widmet. Ich schließe mich an.

Frische Ravioli, gefüllt mit Schafskäse, in Salbeisauce mit frischem Trüffel – ich hab mich rasch entschieden. Dazu ein Glas von Philips Wein, den er nach seinem Starter-Bier genießen wird. Philip möchte frischen Fisch, Gemüse und Spaghettini in Öl.

Antonio bringt das Bier, ein Körbchen Brot und ein Schälchen Chilibutter. Er hat mitgedacht und stellt eine Flasche stilles Wasser für mich auf den Tisch.

„Madame?"

Ich bejahe. Er nimmt die Bestellung auf und überlässt uns unserem Schicksal.

Philip schlägt hungrig bei Brot und Butter zu. Ich knabbere an einem kleinen Stück Brot und überlege, wie ich unser Gespräch am besten starte.

„Also, ich wollte gern noch mal mit dir über uns sprechen. Ich habe mir echt viele Gedanken gemacht in den letzten Wochen und Monaten."

Philip blickt von seinem Beistellteller auf.

„Ich weiß, du willst so nicht weiterleben. Du hast keine Ahnung, wo du mal hingehst. Das hast du ja ausreichend kundgetan. Gibt es nun einen konkreten Plan?", fragt er kühl.

„Naja, ich weiß jetzt, wie mein Buch zu Ende geht. Und das ist schon eine Menge."

Ich muss versuchen, ruhig und zugewandt zu bleiben. Die Schwingung, die sich gerade zwischen uns aufbaut, könnte dafür sorgen, dass ich ihn zersäge. Ich kann böse sein. Das kann ich wirklich, wenn nötig. Ich will es ja aber nicht. Rhetorisch bin ich auch definitiv besser als Philip. Aber auch da möchte ich keinen Battle. Genau darum geht es ja. Ich wünsche mir eine friedvolle Zeit. Egal, was uns das Leben schenkt.

„Ach, Philip, ich möchte dich einfach nur teilhaben lassen an meinen Gedanken und schauen, wie wir alles sortiert bekommen, was wir mal in einen Ring geschmissen haben."

Er schmiert sich die nächste Scheibe.

„Das ist gut. Was willst du denn? Rede doch nicht immer drum herum. Sprich es doch mal aus."

Philip wirkt selbstsicher. Aber diese Art kenne ich schon. Erst auf sicher machen und wenn dann unangenehme Informationen kommen, wird er zum sterbenden Schwan. Ich muss definitiv zurückhaltend bleiben. Vor dem Hauptgang sowieso. Sein Hunger ist noch zu groß. Keine Entspannung im Körpersystem.

„Ich habe ein Angebot für einen neuen Job bekommen. Zusammen mit Mercedes. Das Projekt interessiert mich. Außerdem möchte ich gern etwas an meiner Wohnsituation verändern."

Glücklicherweise kommt Antonio an unseren Tisch und fragt, ob er den Wein schon ausschenken darf. Bloß ran mit dem Getränk, denke ich, das wird Philip in Stufe eins weicher machen. Zu viel wird dann Stufe zwei und kann Aggression zur Folge haben. Ich muss also zwischen Stufe eins und zwei alles fertig haben.

„Was für ein Projekt? Nun mach doch", Philip hat das mit der Wohnsituation scheinbar überhört.

„Und was soll das mit der Wohnsituation? Willst du schon wieder umräumen? Du hast dir doch dein Zimmer ausgesucht."

Er hat es nicht überhört. Der Wein kommt. Was für ein Balanceakt.

Antonio gießt ein und verschwindet wieder. Ein freundliches Zuprosten, ich starte erneut.

„Für das Projekt werde ich reisen. Aber Pferde bleiben mir dabei erhalten. Ich habe echt Bock drauf und hoffe, dass ich den Vertrag klarkriege. Und was das Wohnen anbelangt – ich möchte nicht mehr wie eine Studentin in einem WG-Zimmer leben."

Das Essen kommt. Perfektes Timing.

Chef und Antonio servieren.

„Biiiitte seeeeehr. Wir wünschen einen guten Appetit."

Ich zerkleinere meinen ersten Raviolo und stecke mir ein Stück in den Mund. Lecker.

Philip kaut bereits auf seinem Essen, als er wieder einsteigt in unser Thema.

„Was willst du denn, du kannst doch auch das Wohnzimmer nutzen!"

Langsam nervt mich meine eigene Taktik, Philip wie ein rohes Ei zu behandeln.

„Okay, du hast gesagt, ich soll mal alles raushauen. Das mache ich. Jetzt. Unsere Ehe ist für mich gescheitert. Und warum soll ich mit drei Kindern auf einer Etage wohnen und mich nicht entfalten können? Ich wünsche mir ganz einfach, dass wir Freunde sein können. Freunde und Geschäftspartner, weil ich wenig Lust habe, die letzten Jahre einfach wegzuwerfen. Meine Energie, mein Herzblut habe auch ich in unser Geschäft und natürlich in die Familie gesteckt. Ich möchte dir Freiheit geben: Verlieb dich wieder, schau, wo dein Herz dich hintreibt, aber ich möchte das Gleiche tun."

Das Blut pumpt in meinen Adern. Ich hoffe, er versteht mich und sieht mich mit dem Herzen.

„Juna, willst du auch noch die Scheidung?"

Philip sieht mich ernst und plötzlich auch irgendwie besorgt an.

„Können wir nicht einfach probieren, ordentlich miteinander zu reden. Mein Kopf ist voll, der Stress im Betrieb langt mir. Mach du, was du willst. Und wenn du 'nen Typen brauchst – mach es einfach. Aber bitte nicht noch eine Scheidung. Nicht jetzt!"

Ich bin verstört. Mit dieser Reaktion hatte ich nicht gerechnet. Also, nicht auf diese Art.

„Nein, keine Scheidung."

Obwohl ich darüber schon hundertmal nachgedacht habe, bringe ich es in diesem Augenblick nicht übers Herz, Philip davon zu erzählen. Ich habe gerade meine Freiheit geschenkt bekommen und einen Freifahrtschein, wofür auch immer. Ich atme tief ein und aus.

„Das fühlt sich gut an. Lass uns anstoßen auf Freundschaft und auf die Leichtigkeit des Seins!"

Philip erhebt brav sein Glas.

„Mach es nicht wieder so theatralisch. Ich will meine Ruhe, du deine Freiheit, wie auch immer die aussieht. Prost!"

Die Gläser klirren. Ich nehme einen großen Schluck auf meine Freiheit und setze noch einmal nach, bis das Glas leer ist. Das brauchte ich.

„Mit deiner Wohnsituation und was auch immer da sonst noch in dir vorgeht, lass uns das hintenanstellen, bis die betrieblichen Probleme wieder auf der Reihe sind."

Ich nicke stumm. Es wäre nicht klug, Philip heute mit weiteren Themen zu kommen. Ich bin froh, dass wir meinen Wunsch heute mit seinem Lieblingswein besiegelt haben. Wenn Philip eines ist, dann ein Mann, der sich an sein Wort hält.

Ich vertiefe mich in mein Gericht. Philip starrt auch auf seinen Teller. Keiner von uns möchte noch ein Wort sprechen.

Es ist alles gesagt.

Kapitel 20

Bittersüße Küsse

Überraschung: Wir werden uns im Café del Sol treffen.

Ben hat plötzlich ein Treffen vorgeschlagen. Seine Andeutungen, warum er mich treffen will, waren eindeutig, das hat bei ihm allerdings nichts zu bedeuten. Bei Ben ist immer alles möglich.

Überpünktlich mache ich mich auf den Weg, mit meiner Bettlektüre „Jetzt" von Eckart Tolle bewaffnet, nehme ich in einer Ecke Platz. Von hieraus habe ich alles im Blick, vor allem die Eingangstür.

Ich bestelle einen Tee bei der freundlichen Bedienung.

Links von mir, zwei Tische weiter, sitzt ein junges Paar. Den Typen kenne ich von früher. Er sieht mich an und nickt grüßend. Vor mir sind einige Tische belegt, zum Glück gerade keine weiteren Bekannten an ihnen.

Ich schlage mein Buch auf, an der Stelle, an der ich es gestern Abend zugeschlagen hatte. Eckart Tolle hat es verstanden. Der braucht sich über Mittwochsgefühle keine Gedanken mehr machen. Er ist einfach Mittwoch. Seine Theorie: Es ist immer alles gut. Bin ich präsent im *Jetzt*, kann es nicht wirklich schlecht sein. Also: Ich sitze hier, es ist warm, ich kann mein Buch lesen, ich atme. Es ist wahr. Alles ist genau richtig.

Jetzt.

Vielleicht sollte ich Ben gar nicht von meinem emotionalen Auf und Ab erzählen. Vielleicht sollte ich ihn besser einfach nur im *Jetzt* erleben und schauen, was es mit mir macht.

Dabei wollte ich so vieles sagen. Nun werde ich unsicher. Mir fehlt es an Klarheit. Ich bin in den letzten Wochen planlos wie selten im Leben gewesen. Bin in eine Unsicherheit gerutscht, die alle Säulen meines Lebens zum Wanken bringt.

Ich vertiefe mich lieber wieder in mein Buch, statt meinen Analysen weiterzuführen. Atmen, lesen, alles gut. Die freundliche Servicekraft kommt mit meinem Tee.

„Bitte sehr."

„Vielen Dank."

Sie ist schnell wieder verschwunden. Nach wenigen Minuten nehme ich den Beutel aus dem Becherglas und gieße etwas Milch hinzu. Der Tee ist heiß und gut. Immer wieder schaue ich zur Tür. Ben kommt fast pünktlich. Dafür, dass er eine weite Anreise hatte, sogar sehr pünktlich. Ich sehe ihn schon an der Tür. Mein Herz hüpft. Ich frage mich, ob es ihm genauso geht.

Ich schließe mein Buch und stehe auf, um ihn zu begrüßen. Nun steht er endlich wieder vor mir. Wir busseln uns rechts und links auf die Wange.

„Wie schön, heute in Hildesheim. Hallo, Juna!"

Wir setzen uns einander gegenüber. Ich spüre, wie Ben mich beäugt. Ich lächle ihn an.

„Haben wir uns eigentlich schon einmal bei Tageslicht gesehen?"

Ben meint die Frage ernst. Haben wir tatsächlich nicht.

„Nein, heute ist das erste Mal."

„Ok. Ich mag, was ich sehe!"

Eine Weile schweigen wir. Dann fragt er: „Erzähl mir ein bisschen von dir. Wie ist es dir ergangen?"

Ich sehe ihn etwas unsicher an.

„Puh, willst du das wirklich wissen?"

Seine Augen funkeln. „Sonst hätte ich dich nicht gefragt. Was ist los bei dir?"

Wahrscheinlich ist das die Chance, ehrlich zu leben. Was wir uns ja mal als „Parolen" erzählt haben.

„Ist alles etwas durcheinander bei mir. Ich will und kann zu Hause nicht mehr in gewohnter Manier weiter machen. Ich schreibe am Buch und verliere mich vielleicht auch deshalb immer wieder in Gedanken. Frage mich, wohin ich will."

Tränen steigen in mir auf, weil ich mich verloren fühle.

„Hast du geweint?" hakt Ben nach. Ich bewege rasch eine Hand vorm Gesicht, als könnte ich so die aufsteigende Energie und meine Emotionen wegwischen. Ich blicke auf das Paar neben uns und fokussiere ihren Kaffee, um meinen Geist auszutricksen. Ich möchte nicht weinen, nicht vor Ben. Dann wende ich ihm meinen Blick wieder zu.

„Ja, einige Tränen sind geflossen. Aber das ist in Ordnung. Es musste raus."

„Gut", sagt er nur, schaut mich aber mitfühlend dabei an.

„Weinen hilft. Und meist sieht man die Dinge danach klarer. Wenn der Schmerz raus ist."

Ben rückt sein Schlüsselbund auf dem Tisch zurecht. Sieht weg, sieht mich wieder an. Fragend.

Eigentlich fahren meine Gefühle Achterbahn und das seit Wochen. Ich dummes Weib habe mich mit ganzem Herzen auf diesen Typen eingelassen, der da völlig entspannt und gut erholt aussehend vor mir sitzt. Wie kann das sein?

Erst zündet er mich an, schreibt mir eindeutige Zeilen, wir schlafen miteinander und können beide nicht wirklich loslassen – und nun stockt mir der Atem, wenn ich ihm sagen soll, was ich empfinde. Mit meiner mir selbst auferlegten Übung „Nichts erwarten und alles in Freiheit lassen" habe ich mir nur selbst weh getan.

Im Grunde ist es schon so lange klar: Es geht nicht um Ben. Und dennoch kann ich meinen Fokus nicht von ihm nehmen.

Es geht doch um mein Herz. Mein Herz darf glücklich sein, mit mir. Warum um Himmelswillen muss ich dazu unbedingt ein Commitment von diesem Kerl haben?

Erst zu Hause die vielen Jahren für ein Leben mit Philip und den Kindern – und nun kreiere ich mir ein unbedingtes „Zusammensein-Müssen" mit Ben als das Glück meines Herzens. Warum nur? Ich bin gerade gar nicht mehr wütend auf Ben. Ich bin wahnsinnig wütend auf mich selbst. Schon wieder schaffe ich es nicht, die Liebe in mir zu fühlen, mir selbst zu genügen und einfach glücklich zu sein!

Glücklich zu sein, weil ich bin.

Wo wäre ich ohne den Gedanken, dass Ben mich glücklich machen muss und unbedingt Ja zu mir sagt? Auch hier, aber zufrieden.

Es sind nur meine Gedanken, die mich einengen, die mich unfrei machen, die mich unglücklich machen. Ich will das nicht mehr! Ich habe nicht den Mut, Ben einzuweihen in meine Theorien. Noch nicht. Ich weiß, eines Tages werde ich es tun, aber jetzt geht es gerade nicht um ihn. Es geht um mich.

Also ich antworte ihm hauchdünn und erwarte einfach nicht mehr zurück.

„Ich bin halt auch ein wenig durcheinander wegen uns", gebe ich zaghaft zu. „Ich bin nachhaltig berührt von unseren Begegnungen. Bereits unser erster Abend, die Gespräche, die Tiefe, die Vorstellungen vom Miteinander haben mein Herz berührt ...“

„Wenn es dir hilft, Juna, mir ist es genauso gegangen. Ich wollte dich wiedersehen und warten, bevor ich mit dir in die Kiste steige. Lass uns ein bisschen weiter machen. Wie auch immer ...“

Dünn, sehr dünn ist seine Antwort. Doch ich bleibe beim Versuch, meine innere Einstellung, meine Gedanken zu bearbeiten und nicht im Außen etwas zu erwarten. Ben hat für sich typische Worte gefunden. Und immerhin: Ben ist heute hier, er ist gekommen und wir können ein paar Stunden teilen.

Mein Herz wird leichter. Und ich habe mir nicht alles eingebildet. Was zwischen uns war und ist. Manchmal zweifle ich tatsächlich an mir. Ist es Kopf – ist es Herz? Ist es echt – oder projiziere ich da etwas hinein? Ich wünsche mir einfach nur, ein Stück des Weges mit ihm zu reisen. Doch all das sind nur meine Gedanken.

Im Grunde weiß ich doch, wie Ben ist. Hab es von Anfang an gewusst. Er hält sich oft bedeckt, lässt sich die Türen offen, weiß vielleicht selbst nicht, wohin uns das alles führt. Es ihn führt. Keine Kontrolle. Heute schenkt er mir ein warmes Gefühl. Wir sind auf eine wunderbar leichte Weise verbunden. Ben ist nah. Wir bestellen etwas zum Frühstücken. Noch ein Tee und angenehme Unterhaltung. Mir geht es immer besser.

Die Schwere verschwindet, die Zweifel verfliegen und mein Herz strahlt. Ich bin wieder glücklich. Mit mir.

„Du siehst schon viel zufriedener aus."

„Ja, ich fühle mich viel, viel besser. Deine Gesellschaft tut mir gut!"

Ich strahle Ben an. Den Rest mache ich mit mir aus.

Mir ist bewusst, dass unsere Zeit bemessen ist, auch das kenne ich von ihm. Alles durchgeplant. Egal, ich bin dankbar für jede Minute. Glücklich sein, weil mir ein Mensch etwas von seiner Zeit schenkt, möchte ich in mein neues Wertesystem aufnehmen. Wertschätzung, die ich gerne teilen mag. Mit Ben, mit anderen Freunden auf dem Weg. Eine bereichernde Erkenntnis.

Wir sitzen noch ein wenig bei unserem Tee, bis Ben losmuss. Ein nächster Termin wartet und dafür muss er sich noch einige Stunden auf der Autobahn bewegen.

Gemeinsam verlassen wir das Sol. Zum Abschied küssen wir uns flüchtig. Ich nehme noch einen Atemzug seines Duftes in mich auf und steige freudvoll berührt in mein Auto. Er verschwindet, ohne dass ich weiß, wann ich ihn wiedersehen werde.

Es gibt zwar eine grobe Idee, aber mit Ben kann sich das noch ändern.

Ich drehe mein Autoradio auf: *„What ever it takes"*. Sein Lied. Wahrscheinlich werde ich bis an das Ende meines Lebens bei diesem Song an ihn denken müssen. Beflügelt von unserer Begegnung düse ich nach Hause.

Dort schnappe ich mir meinen Laptop und halte ein paar Gedanken fest.

Ich fühle mich mittwoch. Das tut gut. Zeit für Musik.

Während ich Sätze bilde, ploppt eine Kurznachricht von Ben auf. Er schickt einen Kuss mit einer Botschaft: **_Du wirst immer gut schmecken._**

Ich bin berührt. Mein Herz fühlt sich ganz warm und weich. Ist das nun falsch, wenn ich mich dadurch verbunden fühle? Nein, in diesem Augenblick sind wir einander nah. Er bindet mich auch an sich. Auf seine Weise.

Trotzdem werde ich loslassen. Ich will nicht alles auf Ben beziehen und ich möchte weiter forschen. Mich erfahren und aus mir selbst ein Gefühl des Glücks und der Ganzheit erleben.

Mein Freund Ralf hat es doch sehr treffend gesagt: Suche nicht im Außen. Finde im Inneren.

Kapitel 21

Das Feuer in mir

Cedric ist schon ganz aufgeregt, Bloom pudert sich noch die Nase. Ich verstehe zwar nicht, warum sich eine Dreizehnjährige schminken muss, um in den Freizeitpark zu fahren, aber gut. Ich werde heute eine coole Mutter sein und nicht die „Meckermutter".

„Bloom, kommst du, wir wollen los. Cedric wartet schon draußen!"

Heute ist ein sonniger Tag, passend zu unserem Anlass und meiner Energie. Ich werde mit meinen beiden Kids Spaß haben, so habe ich es mir vorgenommen. Den Kopf ausschalten und meinen ganzen Mut zusammennehmen, um wieder Loopingbahn zu fahren, wie in meiner Jugend.

Mina, unsere Große, ist mit Philip bei einem Vorbereitungsseminar für ihre Auslandsreise. Sie geht in wenigen Monaten für ein Schuljahr nach Kanada. Ich bin froh, dass Philip den Part übernimmt. Es gehört nicht zu meinen Stärken, solchen Seminaren zu folgen, Elternabende zu besuchen, Kennenlerntreffen mit anderen Eltern zu absolvieren ... Philip opfert sich. Ich glaube, er tut es für seine Tochter und den Frieden, den wir einander zugesichert haben.

Bloom trägt eine Jeans – eng, sehr eng – und ein Top, das oberhalb des Bauchnabels aufhört. Keine Jacke.

„Bloom, Schatz wir gehen nicht in die Disko, wir fahren in den Freizeitpark und wir haben keine 30 Grad draußen. Kannst du wenigstens das Oberteil anpassen? Und eine leichte Jacke mitnehmen?"

Ich säusele meiner Tochter fast ins Ohr, damit hier kein Teenagerzickentheater entsteht.

Cedric schmiert unterdessen mit seinem Zeigefinger Figuren in den Staub auf meinem Auto.

„Toll, Cedric – was malst du da?"

Cedric entgeht natürlich der ironische Unterton meiner Anerkennung. Stolz antwortet er: „Das Logo von einem Youtuber. Ich will auch mal Youtuber werden. Die machen Millionen. Muss ich dir mal zeigen im Netz, Mama!"

Ich bin entsetzt, mein Sohn hat seine Karriere als Youtuber bereits geplant. Aber mich aufzuregen hilft ohnehin nichts, auch an dieser Stelle bleibe ich ruhig. Es darf ein wundervoller Tag werden. Wundervoll, genau! Ich bin bereit für ein Wunder.

Wir sitzen in Hugo und fahren zum Spaßprogramm. Die Sonne scheint so stark, dass ich meine Sonnenbrille tragen kann. Ein Käppi auf dem Kopf, die Haare im Nacken zu einem Dutt gebunden.

Bloom sitz vorn neben mir und dreht am Lautstärkeregler des Radios. Lauter, immer lauter .... *„Immer noch fühlen"* von Revolverheld. Ich singe mit und gerate hinterm Steuer in Tanzlaune. Cedric ist begeistert und trommelt auf Blooms Lehne. Ja, ich habe die Kinder mit meinem Musiktick angesteckt. Meine Tochter greift zum iPhone und filmt unsere gemeinsame Gesangs- und Fun-Einlage.

„Los, Mama gib alles!", feuert sie mich an. Cedric haut auf die Stütze ein und grölt ebenfalls mit. Rechts und links Felder und Wiesen.

Wir sind frei. Singen und lachen.

„Ich habe alles im Kasten, wie cool. So easy warst du schon lange nicht mehr", freut sich Bloom.

„Stimmt, du bist oft traurig gewesen in der letzten Zeit. So gefällst du mir viel besser. Das kannst du auch auf Youtube stellen, dann kriegen wir bestimmt ganz viele Likes. Richtige Likes und keine Mitleid-Likes", Cedric ist völlig euphorisch.

Ich muss lachen. Persönlich denke ich zwar, dass es eher Mitleid-Likes wären, aber die Illusion raube ich meinem Sohn heute nicht. Ich genieße gerade einfach die Leichtigkeit. Es fühlt sich fast an wie in meiner Jugend. Da war ich eine von den Verrückten, die gerne auch mal ein lautstarkes Ständchen im Schulbus für alle abgeliefert hat. Meine Schamgrenze war ziemlich niedrig bis gar nicht vorhanden. Das war allerdings nicht immer förderlich.

Wir kommen am Park an und ich schleuse uns als Tester der Anlage ohne Bezahlung hinein. Mit Hilfe meines Presseausweises und der Erläuterung zu schreiben, dürfen wir uns heute hier austoben. Ich freue mich, wenn der „olle" Ausweis auch mal zu was nütze ist. Als erstes nehmen wir die Hochbahn und sichten den gesamten Park von oben.

An der Stelle mit der Wildwasserbahn kommen Cedric Erinnerungen. Er war noch klein, vier oder fünf Jahre erst, da durfte er die Wildwasser-Raftingbahn noch nicht nutzen. Er war zu klein. Am Eingang hängt ein Maßband: Alle Menschen unter 1,25 haben hier keinen Zutritt. Aber dort stehen auch zwei seeeeeeehr große lebensechte Dinosaurier die sich ferngesteuert, zeitlupenhaft bewegen und Feuerspeien. Das Feuer ist dann jedes Mal eine riesige Wolke aus Nebel, der in den Himmel gepustet wird. Mein Sohn war damals hin und weg von diesen zwei Wesen. Und weil er eben nicht fahren durfte, habe ich mit ihm bei den Dinosauriern auf die anderen gewartet. Ich habe die beiden Kongolo und Shalima getauft und Cedric mit auf Fantasiereise in das Land des Kongolo genommen. Lange hat er im Kindergarten oder zu Hause von den wilden Geschichten der zwei Riesen berichtet.

„Mama, guck mal da: Kongolo. Das ist ja geil, da müssen wir hin. Jetzt bin ich auch groß genug und darf mit ins Rafting."

Seine Augen leuchten wie damals.

„Da gehen wir aber zum Schluss rein, da werden wir voll nass. Das kannst du wissen", kommentiert Bloom.

„Wir gehen heute einfach überall rein. Und falls wir nass werden, legen wir uns in die Sonne", gebe ich dazu.

„Auch in die Loopingbahn?" Cedric will es genau wissen.

„Ja, auch in die Loopingbahn!"

Ich mache auf cool, obwohl ich längst nicht mehr so mutig bin wie früher. Es wird Zeit wieder über persönliche Grenzen vorzustoßen. Nur wer immer wieder aus seiner Komfortzone krabbelt, kann neue Grenzen definieren.

Wir treiben es bunt. Autoscooter zum Einstieg und dann einmal alles. Hochseilgarten, Ballonkarussell, Märchenfahrt, Abenteuerfahrt durch Piratenstadt, Laser-Planet, Bobkartbahn, Schiffschaukel, Reifenrodeln, wir stürzen uns von einem Abenteuer ins nächste. Die Zeit vergeht wie im Flug und ist so herrlich unbeschwert wie schon lange nicht mehr.

Meinen Sohn habe ich links im Arm, meine Tochter rechts. Wie eine Einheit marschieren wir mit breitem Grinsen auf dem Gesicht von den Go-Karts hinüber zur Loopingbahn. Das Warm-up habe ich fantastisch überstanden. Ich bin gedankenfrei und mutig, jetzt auch bereit für den Looping.

„So, Kinder, seid ihr euch sicher? Wollen wir es wagen und Vollgas über Kopf gehen?“

Vielleicht macht ja noch einer der beiden einen Rückzieher und ich kann mich dazugesellen, denke ich heimlich noch. Doch wie aus einem Mund antworten die beiden: „Jaaaaaaa!“

Es ist besiegelt.

„Essen gibt es dann aber besser hinterher“, witzele ich noch, als wir auch schon in der Schlange stehen.

Das Konstrukt der Bahn sieht gewaltig aus von unten. Eine Truppe rattert gerade mit Getöse durch den Looping. Viele hochgestreckte Arme und ein schallendes „Aaaaaaaaaaaaaahaaaaaaaaaa!“ signalisieren Freude, Spannung, Nervenkitzel.

„Ich setze mich allein hinter euch.“ Bloom denkt mit. Wir sind drei, die Sitzbänke für zwei. Sie will ihrem Bruder die haltende Hand schenken. Oder mir.

Wir steigen ein. Die Sicherheitsstange schließt. Mein Käppi schiebe ich noch fix in meinen Hosenbund, die Sonnenbrille in die Hosentasche. Ich greife nach Cedrics Hand. Die aneinander geketteten Gondeln ruckeln langsam los. Ich hole Luft, tief atmend überblicke ich von hier oben den Park. Cedric drückt meine Hand. Ich drehe mich kurz zu Bloom.

„Alles gut, Mama. Ich mache das schon. Ich bin groß!“

Oh ja, meine beiden sind ganz schön groß geworden. Was für tolle Kinder ich habe. Wie fantastisch die Zeit mit ihnen sein kann. Das brauche ich wieder öfter. Weiter kommt mein Denken nicht: Wir nehmen schwungvoll eine erste Kurve. Rattern voran, drehen rechts, drehen links. Ich komme nicht mehr mit, die Kurven zu überblicken, muss die Augen schließen, jetzt dreht es in meinem Bauch. Dann wird es wieder ruhiger, ich öffne die Augen. Es geht steil bergauf. Mein Magen zieht sich zusammen. Gleich kommt der befreiende Fall! Wie im Leben – irgendwann kommt doch immer die Befreiung. So oder so. Wir sind oben angekommen und sekundenschnell geht es im vollen Speed wieder hinunter. Bloom schreit mir in den Nacken, Cedric reißt mutig meinen Arm an seiner Hand nach oben und ich brülle mir die Seele aus dem Leib.

„Jaaaaaaaaaaaaaaaaaaaaaaaaaaaaa!", wummms, rums, bums! Wieder Kurven und Drehungen, dann donnern wir in einen Tunnel hinein, in dem das Gefährt unter starkem Quietschen ausgebremst wird.

„Ja, ja, ja!" Ich bin total unter Adrenalin.

„Jaaaaaa zum Leben!"

Ich drehe mich wieder zu Bloom um. Sie strahlt übers ganze Gesicht.

„Alles okay, Schatz?"

„Yes, Mum, bestens. Richtig geil – gleich nochmal!"

Cedric steigt mit ein.

„Los, nochmal!"

Wir halten, die Sicherheitsstangen öffnen sich mit einem Knacken.

„Jetzt gehen wir was essen, Kinder. Manche Dinge soll man beenden, wenn sie am schönsten sind!"

Mir ist klar, dass die beiden den Sinn hinter meinen Worten wohl kaum erfassen können. Für eine Millisekunde denke ich an Ben. Meine Kinder ziehen mich vorwärts.

„Gut, dann dürfen wir aber auch noch ein Eis hinterher", klärt Cedric gleich mal die Versorgung.

Ich finde es schön, dass die beiden meine Entscheidung ohne Diskussion akzeptieren.

„Heute dürft ihr alles! Heute ist ein Die-Jüngsten-dürfen-alles-Tag!"

Bloom schnappt sich mein Handy.

„Ich mache ein paar Fotos. Das müssen wir festhalten. Ein „Dürfen-alles-Tag" ..., ich fasse es kaum!"

Wir posen und machen schrecklich schöne Selfies.

Nach dem fettigen, süßen und ungesunden Essen sind wir alle plötzlich träge.

Wir beschließen die Heimfahrt. Über die Landstraße gen Heimat, es ist immer noch schön draußen, auch wenn sich die Sonne langsam verabschiedet.

Kurz vor der Ankunft zu Hause kommt mir eine Idee. Ich habe Lust, noch kurz einen Abstecher an den Fluss der nahe unseres Ortes fließt zu stoppen. Es gibt da eine Stelle, da könnten die Kinder ihre Füße baden und ich einfach noch ein bisschen die Natur genießen.

Ich möchte den Tag gebührend ausklingen lassen.

Die beiden sind begeistert, als ich Hugo vor dem Naturschutzgebiet parke und ihnen meine Idee präsentiere.

Gemeinsam schlendern wir zum Wasser. Ich suche mir ein Stück Rasen an der Böschung, um mich gemütlich niederzulassen. Bloom und Cedric nehmen den direkten Weg ins Wasser. Der Wasserstand ist niedrig, für Cedric etwa kniehoch, Blooms lange Beine umspült es gerade mal kurz über dem Knöchel. Hier ist eine gute Stelle für diese Planscherei, an anderen Stellen sollte man hier besser schwimmen können.

Ich entspanne mich, die Kinder spielen.

Wie aus dem Nichts taucht plötzlich eine alte Dame auf. Sie spaziert den schmalen Weg zum Fluss entlang und kommt zu mir hinüber. Neben mir bleibt sie stehen und schaut Bloom und Cedric zu.

„Das ist schön, dass sie ihre Kinder hier spielen lassen. In der Natur, im Fluss. Wie viele arme Kinder sitzen jetzt vor dem Computer und sind mit ihrem neumodernen Telefon beschäftig. Smartphone oder wie diese Geräte heißen."

Sie lächelt aus ihrem faltigen Gesicht. Ihre langen weißen Haare trägt sie zu einem Knoten. Ich bin verwundert, habe die Dame hier noch nie gesehen. Überhaupt noch nie in unserer Region, und ich kenne viele Menschen hier. Schließlich kennt auf dem Dorf jeder jeden, auch aus dem Umland.

Sie wirkt auf jeden Fall sympathisch.

„Da haben Sie recht", antworte ich. „Aber auch viele Erwachsene sind zu sehr mit diesen Ablenkungen beschäftigt. Wir besinnen uns viel zu selten auf das Wunderbare um uns herum. Die Natur, ein Geschenk an die Menschheit."

Wir blicken beide über den Fluss. Dann frage ich sie: „Haben Sie Zeit? Möchten Sie sich zu mir setzen?"

Ich bin mir nicht sicher, ob die Frau beweglich genug ist, sich hier problemlos an der Böschung niederzulassen. Sie kann. Sehr elegant folgt sie meiner Einladung. Nimmt rechts von mir Platz. Ich kann in ihre funkelnden Augen schauen, die in einem Türkis blitzen, das einen besonderen Charme verbreitet. Ich scanne ihr Gesicht. Die hohen Wangenknochen, die tiefen Linien auf ihrer Haut. die sicher eine Menge Geschichten erzählen könnten. Schöne und weniger schöne.

Ich glaube, sie war mal eine wunderschöne Frau. Ist sie immer noch. Da strahlt mehr aus ihr. Es sind nicht nur die Augen.

„Sie sehen zufrieden aus. Hatten Sie einen schönen Tag?", fragt sie mich nun. Ich nicke sofort, ohne nachdenken zu müssen.

„Tolle Kinder haben Sie, so unbeschwert und fröhlich!"

Ich schaue zu meinen beiden und muss unwillkürlich lächeln.

„Das stimmt! Meine Kinder sind großartig! Ich bin übrigens Juna."

Ich strecke der Frau meine Hand entgegen. Sie erwidert. „Mein Name ist Valea."

„Was für ein bezaubernder Name!"

Sie lächelt schüchtern. „Meine Mutter war eine alte Schamanin und hat mich schon damals mit auf ihren Weg genommen. Mein Leben ist geprägt von altem Wissen und der Natur."

Das erklärt mir das Gefühl, das ich habe, seit sie hier neben mir ist. Mir läuft ein Schauer über den Rücken: Welche Begegnung geschieht da gerade? Der wundervolle Tag verspricht ein weiteres Wunder. Wie gewünscht, so geliefert.

„Sie sehen so aus, Juna, als hätten Sie gerade einen bereichernden inneren Prozess im Gange."

„Das kann man wohl so sagen."

„Erdung ist ganz wichtig. Seien Sie in der Natur, verbinden Sie sich mit der Natur, hören Sie auf die Natur."

Sie schaut mich prüfend an. „Nichts geht verloren im Universum, alles ist einfach nur im Wandel. Sie müssen nichts fürchten. Außerdem: Ihr größter Schatz sind sie selbst, verbunden mit dem nächsten, mit dem nächsten und dem nächsten. Verstehen Sie? Sie sind das alles und noch mehr. Sie sind die Freude Ihrer Kinder, Sie sind die Liebe zur Natur, Sie sind die Sonne aus Ihrem Herzen, genauso wie Sie das Wunder des Tages sind."

Ich spüre, dass sie aus dem Herzen spricht.

„Wie schaffe ich es, mich selbst mehr zu lieben? Wie schaffe ich es, meinen Fokus von einem bestimmten Menschen zu nehmen? Wie kann ich die Erfüllung in mir erfahren?" Ungeniert frage ich nach dem, was mich beschäftigt.

Die alte Weise streicht mir mit der linken Hand über meinen Kopf, wie eine Mutter, die ihrem Kind Zuspruch schenkt.

„Liebe Juna, Selbstliebe ist nicht auf Knopfdruck einfach da. Wir dürfen unser Leben lang daran arbeiten und uns immer wieder ein Stück weit selbst überraschen. Aber lassen Sie es mich mal so sagen: Selbstliebe wächst in der Stille. Selbstliebe bedeutet Annehmen der eigenen Schwächen, Selbstliebe ist, dem eigenen Herzen zu folgen. Alles, was sich zeigt, darf sein und wird nicht verurteilt. Du bist, wie du bist. Mit der Akzeptanz wird die Erfüllung langsam, fast unmerklich steigen. Irgendwann kommt ein Gefühl von „Ja es ist gut – wie es ist." Und dann ist es egal, ob Sie auf der Straße campieren oder an einem Tisch mit fünf Kindern sitzen, wenn Sie den Weg gehen, sich auf Ihr Inneres zu besinnen, wird Ihnen Erfüllung in sich selbst, mit sich selbst zuteil."

Ich bin fasziniert von Valeas Worten. Sie fährt fort, plötzlich noch näher. Ihr Blick ruht auf mir.

„Wenn Sie sich auf sich selbst fokussieren, ist Ihr Fokus automatisch weg von einem Außen, weg von einem anderen Menschen. Trotzdem sind wir alle füreinander hier. Vergessen Sie das nie. Wir spiegeln uns in den anderen und erkennen uns. Je mehr Sie vielleicht auf einen Menschen fixiert sind, umso stärker können Sie sich selbst in ihm erkennen. Seien Sie dankbar dafür und gehen Sie wieder in die Stille, ins Innere. Bleiben Sie nicht kleben im Spiegel."

Was für wunderbare Gedanken. Nichts, was ich nicht schon einmal gehört hätte, aber hier am Wasser mit einer weisen Dame, die aus dem Nichts kam, bekommen die Sätze eine vollkommende Kraft.

„Ich bin berührt, danke für Ihre Energie, liebe Valea. Ich möchte auch gar nicht in Probleme rutschen, heute war ein traumhafter, leichter Tag. Ein perfekter Mittwoch. Wobei das mit dem Mittwoch können Sie nicht verstehen. Ein perfekter Tag eben."

Sie lächelt wissend. „Mein Tag war der Dienstag. Mit ihm und dem Dienstagsmann fing alles an. Doch am Ende ging es nicht um den Mann, sondern nur um mich und die Liebe. Der richtige Mann kam irgendwann dazu."

Sie spricht, als würde sie meine Geschichte kennen.

„Übrigens Juna, es ist wichtig, immer wieder innezuhalten und die Zeichen zu deuten. Damit können Sie sich Umwege gut sparen."

Bei dem Wort Zeichen fällt mir der Zettel ein, den die Kartenlegerin mir gegeben hat. Ich glaube, es ist an der Zeit zu lesen, was darauf geschrieben steht.

Bloom und Cedric fangen plötzlich an sich zu kabbeln.

„Hey, Kinder hört auf! Sonst komme ich da runter", schimpfe ich.

Valea streicht mir über den Rücken, als wolle sie mich beschwichtigen. Die beiden hören nicht auf. Es wird immer lauter und mir bleibt keine Wahl. Ich rutsche die Böschung hinunter und stoppe die Auseinandersetzung meiner Kinder. Der Spaß scheint für heute vorüber.

„Los, ihr Süßen, wir starten langsam den Heimweg!"

Ich drehe mich um und will noch einmal zu meiner netten Gesprächspartnerin. Sie ist weg. Soweit mein Auge reicht, keine Valea mehr, weder auf ihrem Platz, noch auf dem schmalen Weg. Eigentlich kann das nicht sein, aber ich kann sie wirklich nirgendwo entdecken.

Wir krabbeln geschlossen nach oben und laufen den Weg zum Auto zurück, derweil wähle ich die Nummer meines Bruders. Er nimmt ab.

„Hey, Tom! Sag mal, was steht auf dem Zettel der Kartenlegerin? Jetzt kannst du es mir doch sagen."

Er lacht.

„Ist ja lustig, den Zettel habe ich gerade beim Aufräumen gefunden. Warte! Also hier steht: ‚Nichts geht im Universum verloren. Alles ist bloß im Wandel. Sende Liebe und du bekommst Liebe. Ben wird sein – so wie du bist!' … okay", er lacht kurz auf. „Was für eine gequirlte Scheiße. Das steht doch in jedem Glückskeks. Oder kannst du damit was anfangen?"

Mein Herz schlägt spürbar und ich sehe mich noch einmal nach Valea um.

„Ich kann damit etwas anfangen, weil der Zettel gerade in Persona bei mir war, aber das erzähle ich dir später. Ich bin gerade mit Bloom und Cedric ... und ich bin dankbar, weil das Leben wundervoll ist. Bis später, Bruder."

Ich lege auf und blicke in den Himmel.

All-eins – ganz einfach.

Kapitel 22

Eine Reise mit mir, eine Reise zu dir

4.30 Uhr. Schnell packe ich mein Handy wieder in die Ecke, schließe die Augen erneut und kuschele mich in meine Decke. Jetzt kann ich noch nicht aufstehen und so lange ich noch im Dämmerzustand bin, sollte ich das nutzen. Was bin ich froh, dass meine Aufwachphasen gegen 2 Uhr nachts gerade kein Problem mehr darstellen.

Ich mag diesen Zustand vor dem Einschlafen, wenn ich meine Gedanken auf eine Reise schicken kann – oder eben zum Aufwachen. Ich lege mich auf den Rücken und atme bewusst ein und aus. Lasse Gedanken ziehen. Meine Hände habe ich auf Herzhöhe übereinander liegen. Stille. Im Raum. In mir.

Und plötzlich steht alles wieder auf Los! Ben kommt an diesem Frühlingstag nach Hamburg.

Eine alte Freundin hat mir ihre Wohnung zur Verfügung gestellt. Sie ist für sechs Monate ins Ausland gegangen, ein bisschen reisen. Endlich habe ich meine Hamburg-Ausreißer-Wohnung, wenn auch nur für kurze Zeit. Hier werde ich kreativ sein, die Stadt genießen und mich.

Dass Ben mich besuchen kommt, finde ich wunderbar. Vielleicht bleibt er zwei Nächte, vielleicht auch nur einen Tag. So genau weiß man es bei Ben nicht, aber das stört mich gerade gar nicht. Selbst eine Stunde mit ihm würde ich heute zelebrieren. Ich habe gute Laune und es fühlt sich leicht an. So leicht wie bei unseren ersten Begegnungen.

Ich bin vor Ben dort. Eine schöne Wohnung. Vier Zimmer, Altbau, hohe Decken, mit einer wunderschönen Dachterrasse – im Himmel von Hamburg Ottensen. Alles scheint hell in Créme und Weiß. Den Schlüssel hatte Lena mir per Post zugesendet. Ab heute bin ich Pendlerin zwischen Hamburg und dem Ponyhof. Die Sonne scheint herrlich an diesem Tag. Ich glaube, wir haben mehr als 20 Grad und nachdem ich meinen Koffer im Schlafzimmer abgestellt habe, um die Wohnung genauer zu inspizieren, befreie ich mich aus meinem Pullover. Ein T-Shirt reicht aus.

In der Küche gibt es eine Art Bar. An der Decke im Wohnzimmer prangt Stuck. Der Parkettboden in der ganzen Wohnung glänzt frisch gewienert. Witzig finde ich die Hängematte, die in der Mitte ihres Arbeitszimmers von der Decke baumelt. Wozu sie die wohl braucht? Im Arbeitszimmer. Den Schreibtisch hat sie in der Ecke mit Blick aus dem Fenster.

Ich steuere auf die Hängematte zu und will mich gerade hineinlegen, als mein Handy auf dem Küchentresen klingt. Ich gehe in die Küche: Lena.

„Hi, Lena, deine Wohnung ist ein Traum. Ich bin hier!", rufe ich ganz aufgeregt ins Telefon. Als meine Freundin antwortet, kann ich das Lächeln auf ihrem Gesicht praktisch hören.

„Na, dann ist doch alles fein. Genieß deine Zeit in Hamburg und mach so viel Unsinn und verrückte Dinge wie möglich. Lass nur die Wohnung heile dabei. Ich werde mir in meiner Auszeit auch alles gönnen. Wir können ja zwischendurch wieder telefonieren. Ich umarme dich. Bis bald ..."

„So machen wir es", entgegne ich noch, als die Verbindung schon abgebrochen ist.

Das Handy stecke ich in die Hosentasche und habe Lust, mir die Dachterrasse näher anzusehen. Eine kleine Wendeltreppe führt hinauf zu einer Tür, die nach schwerer Sicherung aussieht. Der Schlüssel steckt von innen. Ich öffne die Tür und bin tatsächlich in einem kleinen Paradies. Hoch oben – alles grün. Hier hat Lena ganze Arbeit geleistet. Eine Hollywoodschaukel, an der rechts und links Blumenkästen stehen, macht es etwas kitschig. Eine Sitzecke, Sonnenschirme, Gras auf einem Dach. Ich bin begeistert. Hier werde ich schreiben. Der Blick in die Weite. Über die Dächer Hamburgs hinweg, in der Ferne sogar der Hafen ... Vielleicht sollte ich noch ein wenig einkaufen gehen, bevor Ben anreist. Saft, Wasser, Obst, ein guter Weißwein. Mit Ben in die Sterne schauen, Musik, ein gutes Gläschen. Meine Gedanken galoppieren ...

Ich nehme mein Telefon aus der Tasche und lasse mich auf die Sitzfläche der Schaukel plumpsen. Mit einem breiten Grinsen auf dem Gesicht schaukele ich der Sonne entgegen. Leben ist schön. Jetzt fehlt nur noch ein richtiger Song dazu. Ich fingere an meinem Handy rum und öffne meine Musik-App. *„This Life"* von Ryan Huston. Ich kann es spüren, es durchflutet mich. Das Mittwochsgefühl.

Plötzlich klingelt mein Phone erneut. Diesmal ist es Ben. Kribbeln im Bauch. Ich freue mich wirklich auf ihn, ein gutes Zeichen. Ich nehme ab.

„Haaallo, na, bist du schon da?"

„Na, du Perle aus dem Norden. Ja, ich bin auf den letzten Metern. Ich wollte nur wissen, ob du auch schon dort bist und mir aufmachen kannst?"

Bens Stimme. Ich kann mich noch an unsere ersten Sprachnachrichten erinnern. Zu Beginn waren es unzählige am Tag. Manchmal habe ich sie mir später noch mal angehört, um den Klang seiner Stimmer zu genießen.

„Ich bin schon hier, ich komme runter und mache dir auf. Es ist echt cool hier!"

„Oh, wie schön. Ich parke noch eben. Sei geküsst!"

Aufgelegt. Ich hüpfe voller Vorfreude, Ben gleich zu sehen aus der Hollywoodschaukel und bewege mich Stockwerk für Stockwerk abwärts, um ihn hineinzubitten.

Ben kommt mir mit einer kleinen Reisetasche und einer Ledertasche, in der er wahrscheinlich einen Laptop verstaut hat, entgegen. Er trägt eine helle Jeans und ein schlichtes schwarzes T-Shirt. Natürlich sind seine Haare top gestylt, ich glaube, darauf legt er viel Wert. Überhaupt mag ich sein gepflegtes Äußeres. Wir stehen voreinander. Er lächelt mich an und gibt mir einen zarten Kuss.

„Hi! Wie schön, dich zu sehen!"

„Ich freue mich total, komm rein. Soll ich dir was abnehmen?"

Ich schiebe die Haustür auf und lasse Ben an mir vorbeiziehen.

„Nein, ich trage das selbst. Wohin?"

„Nach ganz oben. Und: Soll ich immer noch nichts abnehmen?"

Ich grinse breit. Das Haus hat keinen Fahrstuhl.

Unterwegs zum fünften Stock mache ich ihn neugierig: „Das Beste siehst du dann noch eine Etage höher! Zur Wohnung gehört nämlich eine echt tolle Dachterrasse. Ich habe uns schon ein Gläschen Wein dort trinken sehen!"

„Nur Wein trinken?", neckt mich Ben.

„Unter freiem Himmel war doch schon immer so eine Idee ... oder wie war das mit unserer Liste?"

Ben beherrscht das Spiel des Kopfkinos ziemlich gut. Das heißt aber nicht, dass auch alles passieren wird, was er in Aussicht stellt. Zumindest das habe ich nicht vergessen.

Das Spiel kann ich allerdings auch. „Du weißt doch wir können alles tun, was wir wollen. Wir sind frei. Und ich bin zu allem bereit."

In der Wohnung angekommen, bleiben beide Taschen erst einmal im Flur stehen. Der erste Weg führt uns auf die Dachterrasse. Ich glaube, Ben findet es genauso cool hier wie ich. Er macht es sich gleich in einem Korbsessel der Sitzecke gemütlich. Dann schaut er mich an: durchdringend, prüfend, fragend. Ich kenn diesen Blick: Er ist jetzt Chef. Für mich ist es sein Businessblick. Ich glaube, den Plot kann er besonders gut, in diesem Feld agiert er aus der Sicherheit. Außerdem bleibt ohne ein gesprochenes Wort immer genug Interpretationsspielraum für mich. Er zieht die Fäden, meine Fäden, ohne zu sprechen. Vielleicht ist auch alles nur in meinem Kopf. Ich will agieren und dem Blick erst einmal entkommen.

„Ich schaue mal, was Lena vielleicht noch an Trinkbarem in ihren Schränken hat. Ansonsten dachte ich daran, noch fix was einkaufen zu gehen."

Er lächelt selbstsicher: „Juna, bleib hier. Komm her zu mir! Du brauchst jetzt nichts zu holen und schon gar nicht zu irgendeinem Einkauf wegzurennen. Komm her, los!"

Da ist wieder der Blick. Ben will bestimmen, Ben will die Kontrolle haben. Ich bin mir sicher. Ich spüre den Wunsch, alles aufbrechen zu lassen. Die Kontrolle zu verlieren, alles loszulassen. Aber ich glaube, wenn ich das tue, lauert dahinter eine unglaubliche Wucht von etwas, dass dann vielleicht niemand mehr bändigen kann. Auch Ben nicht. Ich würde ihn gern an diese Spitze treiben. Auf diese Power und Energie hätte ich schon Lust. Crazy, aber ich bin glaube ich ein ähnlicher Freak, was das Spiel der Dominanz anbelangt. Oder es sind wieder nur meine vielen Gedanken und das angespielte Kopfkino.

Ich gehe rüber zu Ben. Bin ein braves Mädchen. Ich setze mich seitlich auf seinen Schoß. Sein Körper ist fest, ich kann fühlen, dass er viel Sport gemacht hat in der letzten Zeit. Ich rieche an seinem Hals. Atme seinen Duft ein. Er nimmt mein Gesicht in seine Hände. Ich hebe den Kopf, wir sehen uns in die Augen. Lange. Kraftvolle Blicke, sehnsuchtsvolle Blicke, lustvolle Blicke. Wir sind einander nah, sehr nah. Ich würde ihn am liebsten küssen, traue mich aber nicht, weil er immer noch die Ausstrahlung eines Löwen hat. Irgendwie ist es heiß, dieses Animalische.

Bens Lippen berühren meine. Ein Kuss, der sehr leidenschaftlich wird – und abrupt endet. Ben schiebt mich ein Stück zurück, schaut mich aus den Augenwinkeln an und sagt: „Jetzt hätte ich Lust auf ein Getränk."

Dabei grinst er schon wieder frech. Sein Schuljungenblick, den kenne ich mittlerweile auch ganz gut. Ich spiele mit, gebe ihm noch einen Kuss, deute an, dass ich mich eigentlich vor ihn knien wollte, um ..., und antworte selbstbewusst: „Na gut, wenn du nach so einem bisschen schon fertig bist, bekommst du einen Aufbau-Drink, Schnucki. Und dann geht es weiter."

ich verschwinde in der Küche und durchforste sämtliche Schränke nach den richtigen Trophäen. Wasser vorhanden, langweilig. Apfelsaft, okay, die Schorlen-Alternative- Dann stoße ich in einem zweiten kleinen Kühlschrank auf das Objekt meiner Begierde: Weißwein. Grauer Burgunder. Weinschorle geht immer.

Ich blicke kurz auf die Küchenuhr. 14.23 Uhr – nicht meine Trinkzeit, aber diese Begegnung will gefeiert werden und wer weiß, was Ben noch auf seiner Agenda hat. Jetzt wird getrunken.

Ben hat es sich unterdessen auf einer Sonnenliege bequem gemacht. Seine Augen sind geschlossen. Ich lasse ihn liegen und stelle die beiden Gläser auf den Beistelltisch. Er öffnet die Augen und blinzelt mich an, die Sonne scheint ihn zu blenden.

„Ich mag es, mit dir hier zu sein. Ich mag überhaupt, wie wir miteinander sind", damit schließt er die Augen wieder.

Ich öffne erneut meine Musik-App und sorge für die richtige Hintergrundmusik.

Ein bisschen Tracy Chapman, *„New Beginning"*. Ben richtet sich auf, greift zu einem der Gläser und sieht mich fragend an.

„Stößt du mit mir an? Du bist mir so ein DJ. Hören wir jetzt wieder einen Song in Dauerschleife oder bekomme ich das ganze Album zu hören?"

„Du bekommst das ganze Album. Und ja, ich stoße mit dir an. Wer weiß, wann ich wieder die Chance dazu bekomme. Oder, ob überhaupt ..." Ich setze mich auf den Boden neben die Liege und wir lassen unsere Gläser klirren.

Wir schauen uns in die Augen und ich kann ihn wieder spüren – den Mittwoch in mir. Ich bin dankbar. Es sind doch die kleinen Momente, die es ausmachen: Sonne, weiter Himmel, gute Gesellschaft.

„Erzähl mir ein wenig, Juna. Wie ist es gerade zu Hause?"

Ich möchte den Moment nicht mit Geschichten über Probleme entzaubern, außerdem muss ich nicht mehr ständig über Philip und die Schwierigkeiten sprechen, davon wird es nicht besser. Im Gegenteil, immer darüber zu reden, manifestiert es noch weiter. Wie soll ich aus dem Sumpf kommen, wenn ich immer wieder über den Sumpf erzähle?

„Ach, eigentlich ist es gut. Ich habe eine Entscheidung für mich getroffen, wir kommunizieren wieder ganz gut miteinander. Aber ich würde diese Energie lieber dort lassen. Erzähl du mir was Schönes – von deinem Sohn oder eine andere Geschichte."

Wir nippen beide an unserem Getränk. Ben stellt sein Glas wieder ab. Ich halte meines in der Hand auf dem Schoß.

Ben lehnt sich zurück, schließt die Augen und beginnt etwas zu erzählen, was sein Sohn im Kindergarten erlebt hat. Ich tauche ein in seine Geschichte.

Ich erzähle ihm von meinem Sohn und seinem Pony.

Eine Geschichte folgt der anderen, die Zeit vergeht wie im Flug.

Irgendwann hat Tracy Chapman ausgesungen und unsere Gläser sind geleert. Ben setzt sich auf und fasst mir völlig unerwartet mit beiden Händen von hinten in mein Shirt. Er massiert meine Brüste und küsst meinen Nacken.

„Du riechst gut. Ich will dich küssen, dreh dich um, Juna!"

Mir wird ganz schwindlig, vielleicht ist es der Wein, vielleicht aber auch ...

Es kribbelt wieder in meinem Bauch – und tiefer. Ich drehe mich zu Ben um, wir küssen uns leidenschaftlich. Er umfasst mit festem Griff meinen Pferdeschwanz. Unser Atem wird erregter und es ist klar: Wir wollen beide mehr. Unsere Lippen lösen sich voneinander. Ben steht auf. Ich bleibe vor ihm knien und öffne seine Gürtelschnalle, seine Hand wieder in meinen Haaren. Ich habe überwältigende Lust ... Ben tritt zur Seite, stoppt das Spiel.

„Wir warten noch ein bisschen, dann wird die Romantik größer."

Ich fasse es nicht. Noch warten? Natürlich weiß ich, was er meint, auch an dieser Stelle kenne ich ihn schon gut genug. Aber meine Güte, kann er mich jetzt nicht einfach ...?

Mit einem süffisanten Lächeln auf dem Gesicht schließt er seine Hose wieder, um sich in die Hollywoodschaukel zurückzuziehen. Der Kerl macht mich fertig. Jeder andere Mann, wäre wahrscheinlich schon zweimal über mich hergefallen. Dieser Mann liebt einfach das Spiel.

„Ben, das ist nicht dein Ernst, oder? Ich fange ja schon an zu betteln. Na warte eines Tages drehen wir den Spieß um", ich werde fast wütend. Selten, nein eigentlich niemals hat mich ein Mann so stehenlassen. Und dann ist es auch schon wieder lustig. Mir ist zumindest klar, dass ich richtig, richtig Bock auf Sex mit ihm habe.

„Ich fülle unsere Gläser nach und beruhige mich erstmal", sage ich schon unterwegs nach unten.

„Beruhig dich nicht zu lange. Ich habe Lust, dass du mich anfasst!"

„Ich lasse mir Zeit! Jetzt erst recht", rufe ich ihm im Vorbei-
gehen zu. In Wahrheit will ich, dass wir ineinander versinken. Auf der Stelle.

Ich befülle die Gläser neu und habe eine Idee. Im Schlafzimmer steht mein Koffer. Ich öffne ihn und krame mein hell-
blaues Kapuzenkleid hervor. Ich entledige mich meiner
Jeans, tausche mein T-Shirt gegen das Kleid. Barfuß tapse ich
mit unserem Wein bewaffnet zurück auf die Terrasse.

Ich will ihn und zwar *jetzt*.

Kapitel 23

Kein Ich, kein Du – ein Wir

Ben hat seine Schuhe ausgezogen und seine Jeans hochgekrempelt. Er schlendert über das Gras der Terrasse, Sonnenbrille auf der Nase. Eine dieser Fliegerbrillen mit verspiegelten Gläsern. Er schaut gerade verdammt sexy aus.

„Was machst du?", will ich wissen und stelle die Gläser wieder auf den kleinen Tisch.

„Fühlen", antwortet er lächelnd.

Ich bin ein wenig irritiert. Eigentlich bin ich ja die Fühlerin hier. Seine Antwort gefällt mir.

„Was fühlst du?"

Ich erwarte, dass er gleich vom Rasen sprechen wird, auf dem er mit seinen nackten Füßen spaziert.

„Dich." Er schiebt seine Brille auf die Nasenspitze und fixiert meine Augen über den Rahmen hinweg. Ohne eine Antwort abzuwarten spricht er weiter.

„Dich, Juna. Und ich frage mich, was du noch so vorhast mit deinem Leben. Was ist die wahre Geschichte?"

Ich fühle mich ertappt, obwohl es nichts zu ertappen gibt. Ich bin absolut authentisch bei und mit Ben. Ich hatte mir von Anfang an für unseren Kontakt „Verbindung pflegen" und „echt sein" vorgenommen. Ich hatte früher mal eine Phase in meinem Leben, da bin ich plötzlich abgetaucht oder habe Menschen nicht genug gewürdigt für das, was sie waren:

Freunde auf dem Weg. Ben will ich alle meine Seiten zeigen. In der Hoffnung, dass er damit umgehen kann und möchte.

„Denk nicht so lange nach", bohrt er weiter.

Meine Gedanken werden laut: „Ich könnte dir jetzt eine Aufzählung von Dingen geben, die ich alle gern noch ausprobieren will, weil das Leben doch so schön bunt ist. Doch mit dem Paket, dass ich mir kreiert habe, kann ich nicht einfach drei Monate lang mit dem Wohnmobil durch die Gegend tingeln. Ich möchte frei, leicht und unbeschwert leben."

Ich verschränke meine Arme vor der Brust. Einen wunden Punkt hat Ben doch gerade getroffen. Wie passt das alles zusammen: mein „Ist-Zustand", unser Kontakt, die Suche nach meinem Mittwochsgefühl und der Wunsch, frei zu sein?

„Was ist mit Verantwortung?", fragt Ben weiter.

„Das hast du mich schon einmal gefragt. Die Antwort kennst du doch!"

„Na, wird meine Mrs. Norddeutschland etwa zickig?"

Ben legt den Finger wieder in eine Wunde. Ich möchte nicht zickig erscheinen. Es wird gerade komisch.

„Ich bin, wie ich bin!"

Ich glaube, das war jetzt zickig, aber egal.

„Also, meine Kinder sind der Grund, weshalb ich gerade nicht komplett ausbreche. Sie sind mein Antrieb, nicht in das Wohnmobil zu steigen. Ich hoffe, ich werde in acht bis zehn Jahren noch fit und motiviert genug sein, um auszubrechen aus dem Alltag. Nur wer kann sagen, was in zehn Jahren ist? Das *Jetzt* zu genießen, das ist die Devise. Jetzt tun, wonach einem der Sinn steht. Vielleicht ist das einer der Gründe, warum ich mich so auf dich einlassen möchte, wie ich es tue. Du bist meine Flucht aus dem Alltag."

Ben scheint zufrieden mit meiner Antwort. Zumindest spaziert er weiter auf dem Rasen hin und her, ohne mich zu scannen.

„Außerdem finde ich eine Verbindung wie unsere wunderbar. Alles kann, nichts muss. Jeder trägt seine Verantwortungen selbst. Keine Verstrickungen. Gute Zeiten teilen und einander Freunde auf dem Weg sein. Zuhörer, Unterstützer, sich Aufmerksamkeit schenken – immer so weit, wie es passt. Und der Rest ist eben das die Kirsche obendrauf, falls es einen Rest gibt."

Ich stehe sicher und fest mit beiden Füßen im Gras, die Arme gelöst, nicht mehr verschränkt. Ich bin mir sicher in dem, was ich meinem Gegenüber erkläre. Obwohl ich mich frage, wie er unsere Verbindung sieht. Ist das alles nur ein Spiel oder meint er es ernst? Zumindest mit mir als Mensch. Will er überhaupt eine Art Freundschaft wachsen lassen? Ich stelle meine Fragen nicht. Vielleicht, weil ich Angst vor der Antwort habe, vielleicht, weil ich den Moment nicht zerstören will.

Ich beäuge ihn von Kopf bis Fuß. Versuche ich in ihn einzudringen, sein Inneres zu lesen, kann ich spüren: Er schützt sein Herz und hat etwas verschlossen, in sich. Etwas Gewaltiges. Ben hat sich irgendwann einmal selbst zugesperrt. Ob für alle Frauen, für alle Menschen oder nur für mich? Ich kann meine Gedankenfragen nicht beantworten.

„Was starrst du mich an?"

„Nichts", weiche ich aus. Und ergänze rasch: „Ich mag dich gern anschauen."

Das stimmt.

Gleichzeitig gehen wir hinüber zur Sitzecke, beide greifen wir nach unserem Glas. Wir wollten wohl beide die Situation und Energie verändern, in der wir stecken. Ben schiebt seine Sonnenbrille auf den Kopf und blinzelt mich an.

„Zum Wohl, du Freigeist. Auf die Sonne und deinen Duft nach Limonen! Wie schön, dass wir hier sind!"

Er versucht, der Situation wieder neue Leichtigkeit einzu-hauchen. Wir stoßen an und ich küsse ihn flüchtig auf den Hals, bevor wir trinken.

„Ich brauche neue Musik."

Mit meinem Glas in der Hand tippe ich an meinem iPhone, um mit Hilfe von Angus und Julia Stone Hintergrundmusik zu erzeugen.

Ben leert mit einem Schluck fast seine gesamte Weinschorle. Er stellt das Glas ab und bekommt wieder diesen Chefblick. Ich stelle mein Glas neben seins und halte seinen Blick. Ich kann das auch, wenn ich will, einen Chefblick aufsetzen.

Wir stehen einander gegenüber. Ben greift meinen Arm und zieht mich mit sanftem Druck hinter sich her. Am Rande der Terrasse lehnt er sich ans Geländer, blickt in die Ferne und zieht mich dann zu sich heran. Mit festem Griff umschließt er meine Hüften. Er küsst mich, dreht mich mit dem Rücken zu sich, öffnet seine Jeans und schiebt mein Kleid nach oben. Ich trage keinen Slip, schließlich bin ich vorbereitet auf das, was nun passiert. Sein linker Unterarm liegt in meinem Nacken, seine linke Hand fasst tief in mein Gewebe. Es tut gut – und weh. Mit der rechten Hand führt er seinen harten Schwanz in mich ein.

Dann beide Hände an meiner Hüfte. Seine Stöße – erst sachte, dann immer stärker. Er ist sehr erregt und mich törnt unser Sex mindestens genauso an. Mein Atem beschleunigt sich, ich stöhne. Doch ich will mehr, ich will ihn ansehen dabei, anfassen, mehr spielen mit ihm. Ruckartig entziehe ich mich seinem Griff und drehe mich blitzschnell um.

Ich streife mein Kleid über den Kopf und stehe nackt vor ihm. Ich schlinge meinen rechten Arm um seinen Nacken, ziehe ihn nah zu mir heran. Stütze mich ab und setze mich mit dem nackten Hintern auf den kleinen Vorsprung kurz unterhalb des Geländers. Ich vertraue ihm. Hier zu fallen, danach wäre dann Feierabend für mich. Aber darüber kann ich gerade nicht nachdenken, das einzige woran ich denken kann ist, ihn endlich wieder in mir zu spüren.

„Komm näher, steck ihn rein", befehle ich ihm. Wir küssen uns wild. Meine Beine habe ich ganz fest um seine Hüften geschlungen und presse zu, als würde ich mich auf einem wilden Hengst halten müssen. Meine Finger bohren sich in seine Schultern, seine Rückenmuskeln. Die Energie zwischen uns ist wie Dynamit. Geiles Dynamit. Sein Blick ist triebhaft, lüstern. Alle Contenance dahin. Pure Lust, totale Begierde.

Seine Hände pressen, drücken und ziehen an mir. Als wollten wir uns gegenseitig zerlegen. Kurz über der Grenze zum Schmerz – als wäre da der Wunsch, aus zwei Körper einem zu formen. Er stöhnt erst leise, dann immer lauter werdend. Ich schwitze, mein ganzer Körper fühlt sich feucht an. Meine Haare sind durcheinander, mein Gesicht glüht, aber ich kann nicht aufhören ihn zu wollen.

„Fick mich, los, fick mich richtig!"

Ich fasse noch fester zu. Am liebsten würde ich ihn auffressen, doch ich spüre eine weitere Positionsveränderung ist gerade nicht mehr drin. Sein Schwanz wird immer praller in mir, seine Stöße heftiger und heftiger. Sein Blick wie von Sinnen. Er wird lauter, stöhnt mehr und mehr, sein Atem ist schnell. Ich lasse mich treiben in unserer Wollust und nehme ihn dabei ganz in mich auf. Tief, erregt, innig ... Wir kommen beide zugleich.

Weite. Freiheit.

Die Zeit steht für einige Momente. Still.

„Im Himmel über Hamburg. Wie schön."

Ben hat schon ein wenig seiner Contenance wiedergefunden. Ich löse mich langsam von ihm. Mit einem sehr breiten, zufriedenen Grinsen auf dem Gesicht. Ich verlasse meinen riskanten Sitzplatz, nehme mein am Boden liegendes Kleid, werfe es über und lege mich auf den Rasen. Ich will in den Himmel schauen.

„Ja, wie schön. Danke", hauche ich ihm zu. Ben zieht seine Jeans wieder hoch und legt sich zu mir.

„Komm her, du Freigeist!"

Er zieht mich zu sich heran. Ich lege meinen Kopf auf seine Brust und rieche noch ein wenig an ihm. Ein Stück mehr für meine Erinnerung.

So liegen wir eine ganze Weile, sprechen nichts, sind einfach nur da, bis ich den Drang verspüre, duschen zu gehen.

Ich löse mich von ihm. „Ich gehe mal duschen. Und dann können wir vielleicht überlegen, was wir essen können."

„Duschen klingt toll. Ich komme mit. Du weißt doch: auf Augenhöhe!"

Ben zwinkert mir zu. Ich weiß, was er meint. Es deutet sich eine zweite Runde von einem süßen Rausch an.

„Los, dann komm!"

Ich küsse ihn flüchtig auf den Mund und bewege mich Richtung Bad.

Die Dusche ist ebenerdig und groß genug. Der Style ein wenig wie im Hayett Hamburg. Dort hat sich Lena bestimmt inspirieren lassen. Ich weiß, sie hat die Wohnung gekauft und eine Menge Geld in den kompletten Umbau gesteckt. Das Ergebnis kann sich wirklich sehen lassen.

Die Dusche läuft schon, als Ben nackt das Bad betritt. Ich stehe unter dem Strahl, die Augen halb geschlossen genieße ich Wärme und die Zufriedenheit, die immer noch in mir weilt.

Ben tritt an mich heran. Er möchte auch etwas von den warmen Strahlen abbekommen. Ich schaue auf seinen trainierten Körper und bekomme sofort wieder Lust auf ihn. Wir umschlingen einander. Das Wasser rinnt an uns herunter, das glitschige Reiben unserer Haut aneinander erregt mich. Diesmal ergreife ich die Initiative. Ich kann Bens Mitte spüren. Seine Gefühlsregungen sind deutlich. Ich knie mich vor ihn. Das warme Wasser umspielt weiter unsere Körper. Langsam fange ich an, ihn in seiner Mitte zu küssen. Mit Zungenspitze und Lippen spiele ich ein kleines Spiel, meine Hände massieren erst seinen festen Po, dann gleiten sie zwischen seine Beine. Meine Finger suchen ihren Weg.

Er genießt sichtlich, was ich tue. Seine Augen sind geschlossen, sein Becken bewegt sich sanft. Ich kann ihn atmen hören. Das Auf und Ab wird intensiver, das törnt mich an. Ich liebe dieses Spiel. Sein Schwanz ist hart, seine Lust groß. Ich will es auf die Spitze treiben. Fasse fester zu. Weiß, was ihm gefällt. Tue genau das wieder und wieder. Das Wasser prasselt immer noch auf mich ein. Meine rechte Hand zwischen meinen Beinen bringe ich uns beide zu einem neuen Orgasmus.

Ich sacke entspannt auf den Boden und lehne mich an die Wand. Die Beine angewinkelt, den Kopf angelehnt. Immer noch fließt das Wasser. Ben schaut friedlich auf mich herab. „Ich muss noch etwas arbeiten. Gibst du mir eine Stunde? Danach können wir doch was essen gehen. Ich lade dich ein."

Ich nicke und verfolge ihn mit meinem Blick, während er aus der Dusche geht und sich ein Handtuch um die Hüften wickelt. Ich richte mich wieder auf.

Haare waschen und noch ein wenig Wärme aufnehmen.

Kapitel 24

Traumfänger

Ich habe es mir in der Hängematte in Lenas Arbeitszimmer gemütlich gemacht, aus meinem Handy tönt Philipp Poisel. Ich kuschele mich unter das große Badehandtuch, fahre mit den Fingern durch meine noch feuchten Haare. Zu mehr als zum Anföhnen hatte ich keine Lust. Ich nestele mit den nackten Füßen am Rande der Matte und erschrecke, als Ben das Zimmer betritt.

„Na, Frau Professor, was machen Sie denn?"

„Puh, jetzt hast du mich aber erschreckt. Ich atme."

„Atmen ist immer gut."

Ben ist wieder angezogen. Jeans, Shirt, Turnschuh. Er kommt zu mir und schiebt ganz unvermittelt seine rechte Hand unter mein Badetuch – zwischen meine Beine. Seine Finger berühren meine Mitte, dabei schaut er mir in die Augen. Genauso unverhofft, wie er seine Finger eben noch an und in mir hatte, ist er schon wieder an der Tür, um den Raum zu verlassen.

„Komm, zieh dich an. Wir gehen was essen!"

Manchmal frage ich mich, was diesen Typ reitet.

Da. Weg. Da. Weg. Nah. Fern. Nah. Fern.

Ich lasse mich aus der Hängematte gleiten und denke auf dem Weg zu meinem Koffer schon einmal über mein Outfit nach. Ja, sportlich, hanseatisch finde ich passend.

„Wohin wollen wir denn, hast du schon eine Idee?", rufe ich in den Flur, weil ich denke, dass mein Begleiter sich dort aufhält. Ich lasse das Handtuch fallen und will gerade in meinen String steigen, als Ben mich von hinten packt.

„Du bleibst nackt!"

Er dreht mich um, schubst mich aufs Bett. Was jetzt kommt, macht mich verrückt. Er spreizt meine Beine, beugt sie, öffnet meine Schenkel. Ganz sanft beginnt er, die Innenseiten meiner Beine bis zu meiner Mitte zu liebkosen. Dann küsst er mich dort und tut alles mit seiner Zunge, seinen Händen, seinen Lippen, um mich wahnsinnig zu machen. Ich stöhne und winde meinen Unterleib vor Lust hin und her. Kurz bevor ich davonfliegen kann, steht er auf. Er zieht sich die Schuhe aus, das Shirt über den Kopf und streift seine Hosen ab. Er ist wieder hart. Ich finde geil, was ich sehe.

Ben kommt zu mir aufs Bett. Ich richte mich auf, wir knien voreinander. Starren uns lüstern an, bewegen uns langsam, wie zwei Raubtiere, aufeinander zu. Mein Herz schlägt bis zum Hals. Ich kann meinen Blick nicht von Bens Augen lassen. Ich muss sehen, was in ihm vorgeht. Mir wird immer heißer. Seine Nasenflügel beben. Seine Lippen glänzen einladend. Ein animalisches Knistern füllt den Raum.

Plötzlich, meine Lippen wollen sich seinen gerade sanft nähern, schlingt er beide Arme um mich. Voller Kraft zieht er mich zu sich heran. Ich tue aus einem Reflex dasselbe, und so verbindet uns ein unendlich leidenschaftlicher Kuss, unsere Umarmung steigert sich in einer Art Ringkampf zu purer Begierde. Wir sinken in die Kissen. Meine Hände gleiten über seinen starken Körper, ich packe fest zu, weil ich ihn einfach nur spüren will, hart und tief. Ben bohrt seine Finger in meine Haut. Druck, der wohligen Schmerz bereitet, Kräfte, die aufeinander wirken, feuchte Körper und dann endlich voller Intensität sein Schwanz in mir. Ich stöhne leise auf.

„Sei laut! Sag mir, was du willst. Komm, spiel mit mir!" befiehlt mir Ben.

„Fick mich hart – los, mach es mir!"

Ich bin wie von Sinnen. Er stößt zu, einmal, zweimal, dreimal und zieht ihn dann wieder raus.

„Dreh dich um! Sofort!"

Mit sicherem Griff fasst er meine Hüfte und dreht mich. Meine Haare wirbeln umher, ich schnappe nach Luft und bettle ihn mit Nachdruck an: „Hör nicht auf! Fick mich, verdammt noch mal!"

Ben gibt mir mit seiner Rechten einen gekonnten Schlag auf den Arsch.

„Komm her, du kleine Bitch!"

Sein Schwanz steckt schon wieder in meiner Muschi. Ich strecke ihm meinen Hintern entgegen und will mehr. Er packt mir beherzt in die Haare und lässt mich seine Kraft spüren.

Ich feuere ihn weiter an: „Hör auf, so zart zu sein, mach es mir richtig!"

Ben schlägt mir erneut aufs Hinterteil. Dann fasst er mich sehr fest, presst meine Hüfte zusammen, reißt mich förmlich an sich. Die Finger seiner linken Hand fahren von meinem Nacken zu meinem Po, und hinterlassen eine tiefe Spur.

„Ja, ja, jaaa!", wimmere ich im Takt unserer Bewegungen. Dann stoße ich ihn von mir. Ich drehe mich geschickt, liege auf dem Rücken vor ihm und rutsche auf dem Rücken über das Bett. Ich schlage meine Beine um ihn und presse ihn hinunter zu mir. Nun hinterlasse ich meine Spuren auf seinem Körper. Ich bin resolut, spiegle ihm seine Power. Meine Finger suchen ihre Wege. Ich spiele mit ihm.

Immer wieder küssen wir einander, als wollten wir uns gegenseitig verschlingen. Alles ist feucht. Unser Atmen schnell. Ich halte ihm meinen Unterleib entgegen und will, dass er weiter macht. Dabei schiebe ich mir ein Kopfkissen unter den Hintern und sauge seinen Schwanz ein. Immer tiefer dringt er in mich ein. Immer härter sind seine Stöße. Sein Takt wird schneller. Unsere Erregung wächst zur Ekstase. Ich drücke mich in die Laken. Alle meine Sinne kollabieren in der perfekten Komposition. Ich nehme ihn vollständig in mir auf. Ben entlädt sich unter einem lauten Stöhnen und sein Zucken durchfährt meinen Körper.

„Ich komme ...“

Frieden in mir. Ben verharrt für einen Moment.

Mit einem prüfenden Blick sieht er mich eindringlich an.

„Würdest du mir wieder antworten?“

„Was meinst du?“

„Na, ob du auf meine versehentliche Nachricht noch einmal schreiben würdest?“

Die Frage ist doof. Ich entscheide mich für eine Antwort, die den Frieden erhält.

„Ja – ich glaube schon ... also, wenn wir diese Runden noch ein wenig ausbauen.“

Ich lächle schelmisch. Tatsächlich weiß ich es nicht. Ich meine, Ben ist toll, der Sex ist gigantisch – und da kann noch mehr gehen. Also an der Stelle haben wir viel gemeinsames Potenzial. Aber vielleicht bin ich doch auf einem anderen Stern mit meiner „Fühlerei" und er mit seiner „Komm-her-geh-weg-Energie". Egal – heute ist es wunderbar und eine Menge Erkenntnisse hat er mir schließlich auch schon gebracht. Wir lösen uns voneinander. Langsam rutscht Ben an meine rechte Seite.

„Danke", flüstere ich ihm ins Ohr. Ja, ich fühle gerade eine Tiefe Dankbarkeit für das, was wir miteinander geteilt haben. Guter Sex, also Sex der beiden gefällt, ist auch nicht selbstverständlich.

Was für ein Mittwoch.

Wenig später sitzen wir mit den Füßen im Sand am Elbstrand. Früher war ich öfter hier, wir haben mit der Clique coole Strandpartys gefeiert.

Die „Strandperle" hat mich heute wieder. Wir haben es uns auf einer Decke gemütlich gemacht und naschen fettige Pommes rotweiß, mit Blick aufs Wasser und die dicken „Pötte", die sich vor unsere Augen schieben. Es ist einiges los hier. Paare, ganze Gruppen von Menschen, die es uns gleichtun, Spaziergänger mit ihren Hunden und ein paar vereinzelte Jogger, die ihrem Weg folgen.

Ich blicke auf mein Handy, um die Uhrzeit zu lesen. Schon nach neun, der Tag verging wie im Flug. Ein wundervoller Sonnentag verschwindet langsam in der Dämmerung. Ben prostet mir mit seinem Heineken zu.

„Zum Wohl, Frau Professor. Auf Hamburg und absolut Mittwoch!"

Ich erhebe meine Flasche und nicke.

„Zum Wohl, Herr Doktor. Schön, dass wir den Worten haben Taten folgen lassen. Mir hat es Spaß gemacht. Jederzeit wieder!"

Grinsend setze ich die Flasche an den Mund und nehme einen großen Schluck des kühlen Bieres.

„Du bist frech. Ja, lass uns die Liste weiter abarbeiten. Ich mache noch ein bisschen mit."

Ben steigt auf meine Neckerei ein.

„... noch ein bisschen mit. Das ist aber gnädig von dir. Dann sollten wir nur schauen, ob unsere Kalender auch noch miteinander kooperieren. Deiner stellt sich ja manchmal ein wenig schwierig an."

Ben legt den Arm um meinen Hals und drückt mir einen Schmatzer auf die Wange.

„Hör jetzt auf, Juna! Es kütt, wie et kütt, würde der Kölner sagen", stoppt er bestimmt, aber liebevoll meine kleine Stichelei.

Recht hat er: Es kommt, wie es kommt. Ben zieht seinen Arm zurück und ich lasse mich langsam nach hinten gleiten. Meine Beine angewinkelt schaue ich direkt in den Himmel. Es ist klar da oben und ein paar Sterne sind auch schon zu erkennen. Ben nimmt die beiden Pommesschalen und steckt sie ineinander, bevor er aufsteht und sie zu einem Papierkorb bringt.

Ist schon komisch, warum wir Menschen immer noch einen anderen Menschen brauchen, um solche Augenblicke zu teilen. Oder ist das nur mein Phänomen? Ich bin gerade glücklich, hier zu liegen. Und ich glaube, mit Ben finde ich es einfach schöner, anstatt meine Zeit hier allein zu verbringen. Als Ben zurückkommt, hat er zwei weitere Biere in der Hand.

„Das noch – und dann bin ich für den Heimweg. Ich muss noch ein paar Mails checken und habe morgen früh einen wichtigen Termin."

Ben reicht mir eine Flasche runter. Ich setze mich wieder auf. Wir prosten uns zu und nehmen einen Schluck. Schräg vor uns hat eine kleine Gruppe ein Lagerfeuer angezündet. Das kenne ich auch noch von damals. Wie oft wir mit Gitarre und ein paar coolen Leuten hier gesessen haben. Einfach eine geile Zeit.

Als hätte das Universum meine Wünsche gehört, holt einer der Jungs eine Gitarre hervor. Ich stehe auch auf. Am liebsten würde ich mich der Gruppe anschließen. Ich nehme unsere Decke und drapiere sie zwei große Schritte näher an dem Kreis.

Ben folgt mir. Er ist gesellig und findet Entertainment spannend, das weiß ich.

Wir platzieren uns wieder auf unserem Lager und lauschen den Gitarrenriffs des Künstlers. Zwei Mädels fangen an zu singen und ich hätte Freude daran mit einzusteigen. Zu Bens Glück kenne ich den Songtext nicht und wippe daher nur mit den Füßen im Takt der Musik. Irgendwie scheint der Gitarrist zu spüren, dass wir in seiner Melodie hängen. Er spricht uns an.

„Kommt doch rüber! Hier ist noch genug Platz am Feuer!"

Ich sehe Ben fragend an, würde mich aber gern dazu begeben. Es scheint ihm genauso zu gehen. Wir stehen auf und rücken in die fröhliche Runde am Feuer.

„Ich bin Juna, hi", werfe ich in die Runde.

„Ben", er hält sich kurz und lächelt charmant. Die anderen flöten uns irgendwelche Namen zu, die ich mir auf die Schnelle nicht merke. Nur den des Gitarrenspielers. Er heißt Levi.

Levi haut ordentlich in die Seiten, die Mädels singen, die anderen lauschen und ich trinke genüsslich mein Bier.

Plötzlich stimmt Levi *„Hotel California"* von den Eagles an. Mich durchzuckt es. Erinnerungen an eine längst vergangene Zeit. An einen Mittwochsmann aus alten Tagen.

I'm always thinking to myself

this could be heaven

and this can be hell

So ist das. Immer gibt es zwei Seiten. Ob bei Mittwochsmann oder Medaille.

Ich versinke im Song. Das Knacken des Feuers zwischen den Tönen, die sternenklare Nacht und eine Runde voller freudvoller Herzen lassen mich heute „Heaven" wählen. Ich blicke Ben von der Seite an, vielleicht geht es nicht um ein Happy End, sondern vielmehr um die Story. Die möchte ich genießen, so lange sie mir eben gefällt.

Dann schaut Ben mir in die Augen. Er sieht entspannt aus. Zufrieden.

„Träumst du?"

Ich will ihm gerade antworten: „Ja, unseren gemeinsamen Traum, wie die Buddhisten zu sagen pflegen", als die Stimme wieder fragt: „Träumst du? Haaaaaaalloooooooooo, Mamaaaaaaa! Aufwachen! Du träumst doch! Mama, Mama,

Mama! Wach auf, los, ich muss zur Schule! Und du musst mir noch Frühstück machen! Mensch, Mama, du hast verschlafen. Steh jetzt auf!"

Ich bin völlig durcheinander. Wo bin ich?

Ich öffne zaghaft die Augen und fühle mich, als wäre ich mit dem Auto frontal gegen einen Baum gefahren und mein Geist hätte meinen Körper verlassen. Ich bewege meine Füße, drehe meinen Kopf von rechts nach links. Ich drücke meine Handflächen, versuche mich zu spüren. Aus den Augenschlitzen erkenne ich meinen Sohn. Er steht vor meinem Bett und versucht, mich in seine Realität zu holen.

„Wo bin ich?", frage ich laut. Ich bin irritiert. Habe ich das etwa alles nur geträumt?

„Mama, du bist in deinem Bett. Was ist das für eine doofe Frage? Kommst du? Ich gehe schon in die Küche."

Ohne meine Antwort abzuwarten, marschiert er geräuschvoll aus meinem Schlafzimmer.

Ich bin immer noch damit beschäftigt, wieder in meinem Körper anzukommen. Scheinbar habe ich gerade eine kleine Seelenreise in eine andere Realität gemacht. Das Ankommen hier fällt mir schwer. Es war alles so schön leicht. Nun dröhnt mir der Kopf und mein Körper scheint wie ein zu eng gewordenes Korsett.

Mühsam hebe ich mich aus dem Bett und suche wie benebelt den Weg zur Dusche. Keine Hayett-Dusche, keine Hamburger-Ausreißer-Wohnung, kein Ben.

Alles nur geträumt, dabei hat es sich so verdammt echt angefühlt.

Kapitel 25
Wozu sind Freunde da?

Zurück zu einer anderen Realität: Ich freue mich sehr auf meine kleine Reise nach Hamburg heute. Hamburg, meine Perle. Diese Stadt kennt einige meiner Geschichten. Mein Herz habe ich hier gern verschenkt.

Ich werde Mercedes treffen, wir arbeiten gerade an einem interessanten neuen Filmprojekt. Heute wollen wir an Details feilen und dazu brauchen wir ein persönliches Miteinander. Phone und Mail reichen da gerade nicht mehr aus. Außerdem freue ich mich, sie endlich wiederzusehen.

Wir treffen uns natürlich im *George*. Ich werde dann noch die Nacht dortbleiben, Mercedes wird zurückreisen zu ihrer Familie.

Schon beim Einchecken erinnere ich mich an das erste Treffen mit Ben. Wie er in der Eingangstür gestanden hat, um mich zu begrüßen. Als ich in seine Augen geblickt habe und gleich wusste, wir werden eine gute Zeit haben. Ich lächle innerlich und reiche der Dame an der Rezeption meine Kreditkarte über den Tresen. Ich bin immer noch in Gedanken, sehe Ben, wie er mir die Tür zum Taxi öffnet, wie wir im Restaurant über unsere Leben plaudern. Wie wir beide geschwärmt haben von einem Kontakt, einer Beziehung zu einem Menschen, der in völliger Wahrheit sein darf. Sich alles sagen können, sich alles zeigen dürfen und eine Verbindung daraus wachsen lassen, die bleibt.

Ich erinnere mich auch, wie ich in Bens Herz schauen durfte, als er von der Geburt seines Sohnes erzählt.

„Entschuldigung, Frau Bern", sagt die Dame hinter der Rezeption lauter und reißt mich zurück in die Realität. Ich schüttele unwillkürlich leicht den Kopf, als könnte ich so meine Gedanken abschütteln.

„Ja, bitte?"

Etwas verklärt sehe ich die Rezeptionistin an.

„Hier ist ihre Zimmerkarte. 524 – ihr Zimmer für heute Nacht!"

Ich zucke zusammen. Das Zimmer kenne ich. Hier hat alles begonnen.

„Prima. Vielen Dank. Ich kenne mich ja aus."

Mit einem weiteren Nicken wende ich mich ab, greife zu meinem kleinen Rollkoffer und ziehe ihn Richtung Fahrstuhl hinter mir her.

Ich fühle mich wohl an diesem Ort und dass ich ein bisschen in der Mittwochsgeschichte zurück spule beseelt mein Herz auch irgendwie. Immerhin durfte ich eine wundervolle Erfahrung machen, wenn ich mir auch ein paar mehr Antworten von Ben gewünscht hätte. Aber vielleicht sind eben doch nicht alle Menschen so, wie sie vorgeben zu sein. Vielleicht war er sich seiner Worte nicht in diesem Maße bewusst. Egal, immerhin habe ich ein Mittwochsbuch kreiert, bin mir über vieles in meinem Leben viel klarer geworden und werde mir vom Universum einen Mann wünschen, der mit mir den perfekten Donnerstag kreiert. Ich schmunzele über meine Gedanken. Die Fahrstuhltür öffnet sich, ich trete ein und drücke auf die 5. Zimmer 524. Ist schon schräg, wie das Gesetz der Anziehung funktioniert.

Mercedes ist schon in der Bar, als sie mich anruft: „Hi, Süße, ich bin hier. Wo bist du? Ich bestelle mir schon mal 'nen Kaffee. Soll ich dir was mitbestellen?"

„Ich bin auf meinem Zimmer. Packe eben noch fix meine Sachen aus, dann komme ich runter. Bestell mir bitte einen Tee – schwarz mit etwas Milch – gerne Kännchen. Danke, Knutschi, bis gleich!"

„So wird's gemacht!", ruft sie noch ins Handy, bevor sie auflegt.

Ich räume meine wenigen Sachen ins Bad und in den Schrank, greife mir den Laptop und laufe zum Fahrstuhl.

Während der Fahrstuhl nach unten gleitet, denke ich wieder an Ben. An unseren ersten intensiven Kuss. Bens Duft. Das schelmische Lächeln, das er so gern aufsetzt.

Ich komme in die Bar und sehe Mercedes direkt an einem Fensterplatz in der Ecke. Sie sieht toll aus. Schwarze enge Hosen, ein sportliches Oberteil und vor allem: ihr Mercedes-Strahlen. Es sind ihre Augen, es ist ihre Aura, sie strahlt einfach. Ich schließe sie in die Arme.

Tee und Kaffee sind bereits serviert. Wir setzen uns schräg einander gegenüber. Jede auf eine Couch. Ich rücke mir noch zwei Kissen zurecht und widme mich kurz meinem Tee. Mercedes schnattert freudig erregt los.

„Also, was ist jetzt? Geht es dir gut? Hast du den Typen nochmal gesehen, gehört, oder was auch immer? Kenne ich den Status? Was ist mit Philip?"

Sie starrt mich gebannt an. Ich rühre noch in meinem Tee und weiß gar nicht, wo ich anfangen soll.

„Ich dachte, wir machen Konzeptarbeit?", frage ich mit einem Augenzwinkern. Dass wir auch über Ben und Philip sprechen würden, war vorher klar. Und es ist auch noch eine Menge in mir, was raus will, damit ich dann mein Mittwochsbuch schließen kann.

Mercedes geht auf meinen Spruch nicht ein und wartet weiter auf eine ehrliche Antwort.

„Was soll ich sagen. Heute ist der gute Ben mir ziemlich präsent, aber das liegt wahrscheinlich an der Lokation und daran, dass ich mein Mittwochsbuch gern beenden möchte."

„Wie, was, wo beenden? Aber doch nicht, um wieder mit Philip auf Anfang zu gehen? Oder?"

Ich nippe an meinem Tee, stelle die Tasse wieder ab und bin bereit, auszuholen, aufzuräumen und zu berichten.

„Wenn ich die Geschichte mal Revue passieren lasse, ist er genauso unerwartet verschwunden, wie er in meinem Leben aufgetaucht ist. Natürlich ist er nicht weg oder verweigert den Kontakt, aber die Energie, die mal zwischen uns war, die ist nicht mehr aktiv. Warum das so ist? Ich weiß es nicht. Kann nur Vermutungen anstellen, eigentlich wollte ich ihn immer fragen, habe es mich aber nie getraut. Außerdem war ich auf den Spuren des Mittwochgefühls und wollte wissen, ob das auch ohne den Mister dazu geht. Ich habe unser Spiel der Worte gemocht, ich war verliebt. Vielleicht sogar nur in das Spiel. Ich weiß es gerade gar nicht."

Mercedes nickt zustimmend und schaut mir tief in die Augen, als wollte sie lesen, was in mir vorgeht.

„Mein Problem an der Geschichte ist, dass ich mich sehr mit Ben verbunden fühle, ob er da ist oder nicht. Ich musste mich zwingen, nicht zu fühlen, wie es ihm geht und was bei ihm gerade los ist. Seit wir uns begegnet sind, ist da so etwas wie ein unsichtbares Band. Ich habe mir sogar diesen Kram von Dual-Seelen und so angeschaut und bin damit tatsächlich in Resonanz gegangen."

Ich blicke zweifelnd, hoff auf eine Antwort von Mercedes. Sie nimmt ihr Milchkaffeeglas und trinkt einen Schluck.

„Also, ich erspüre ihn selbst als Suchenden und so intensiv, wie euer Kontakt begonnen hat, erinnere dich an seine geschriebenen Zeilen für das Buch, ist es ihm mit Sicherheit auch nah gegangen." Sie überlegt kurz. „Du konntest doch bestimmt seine Struktur erspüren?"

Struktur, ein Stichwort.

„Das ist bei Ben nicht einfach. Er ist Meister der Tarnung, und das gefällt ihm. Natürlich habe ich ein paar Impulse bekommen und mir sind Worte aufgefallen, die er häufig benutzt. Habe ein bisschen Geschichte hinter der Geschichte erahnen können. Bei ihm ist es allerdings wichtiger zu lesen, was er vermeidet. Was er nicht tut. Was er ablehnt.

Vertrauen ist zum Beispiel ein großes Thema für ihn. Und er braucht Strukturen, er mag es, einen Plan zu haben. Er mag Kontrolle und bestimmen – natürlich auch über sich selbst. Da passt sein Trigger zum Thema Tod ganz richtig drunter.

Wie gern hätte ich mir von ihm seine „Geheimschubladen" zeigen lassen.

Ich hätte ihm meine auch gezeigt. Ich habe mich sowieso sehr „nackig" gemacht vor ihm. Ich bereue es nicht. Ich finde es nur schade, dass es sich irgendwie einseitig anfühlt.

Er hat mir mit seinen Worten einige Bilder gemalt, die mir ganz schöne Stories in meinen Kopf gepflanzt haben. Gekommen ist es dazu nicht – noch nicht!"

Ich kichere und Mercedes steigt ein.

„Immer schön offenbleiben, nicht wahr, Juna?"

Mercedes hat recht. Es ist immer alles möglich. Schließlich sind alle Realitäten bereits im Universum vorhanden. Wir müssen nur wählen.

„Ich wäre so gern mit ihm frei und unbeschwert durch ein Stück Leben getanzt. Planlos und mit wildem Herzen. Wie zwei Freigeister, die Lust aufs Teilen haben."

Mercedes nickt erneut zustimmend und dreht sich dann um. Sie hält Ausschau nach dem Kellner.

„Ich möchte eine Saftschorle. Du auch Juna?"

Ich bestätige.

Meine Freundin hat Erfolg, ihre suchenden Blicke locken einen jungen Mann vom Personal an, der unsere Saftschorlen-Bestellung entgegennimmt.

Ich erzähle derweil weiter. „Ich habe das alles vielleicht zu genau genommen, aber wie gesagt, für mich war die Begegnung anders, einfach besonders."

Meine Freundin hakt ein. „Das habe ich gespürt, du bist eine hübsche, intelligente Frau, die Welt ist voll von Männern, die eine Frau wie dich gern treffen würden. Aber du hast dich wirklich auf ihn eingelassen."

Ihr Kompliment tut meiner Seele gut.

„Danke für diese Worte. Und ja, ich habe sonst keine Lust verspürt, mich auf ernsthaft auf andere Männer einzulassen, obwohl die Sache mit Philip längst durch war. Warum gerade bei Ben? Ich bin voll angesprungen. Ich habe gesagt, ich schreibe – unsere Geschichte – ich habe es getan. Er ist ziemlich schnell ausgestiegen aus seiner eigens mitkreierten Idee. Und dann hatte ich immer wieder ein Gefühl von „Komm her – geh weg" bei ihm. Die Idee, mich zu treffen, Einladung, Treffen verschoben, Absage, liebevolle Nachrichten, dann wieder Stille ...

Ich hätte ihn wirklich gern mal in seiner Stadt erlebt. Oder eine kleine Reise mit ihm gemacht, ihn intensiver erleben wollen. Ohne Alltag, nur freies, leichtes Sein. Vielleicht hatte er Angst, ich stehe mit gepackten Koffern und Kindern vor seiner Tür. Das kam in meiner Realität nicht vor. Wie sagt mein Bruder in solchen Fällen immer so schön: ‚Du bist nur die Warmhalteplatte'.

Doch meine Freigeistidee hat mich selbst in die Situation gebracht, dass ich ihn irgendwie nicht fragen wollte, nicht fragen konnte, warum er so handelt. Oder es ist meine Feigheit, nicht zu fragen, was sein Ziel in unserem Kontakt war? Ich mag Ungewissheit nicht, die habe ich aber reichlich bekommen. Das muss ich für mich definitiv noch auflösen.

Verstanden hätte ich wahrscheinlich eh alles, was er mir als Erklärung gibt, weil das für mich zu Wahrheit und Akzeptanz gehört. Eine Ehefrau, eine Freundin, eine Geliebte, ein zweites Kind im Anmarsch, eine plötzlich erkannte Homosexualität ..."

Wir prusten beide los. Der Service-Mann, der just unsere Saftschorle liefert, schaut irritiert. Mercedes beruhigt ihn sofort.

„Also, das hat nichts mit Ihnen zu tun, meine Freundin ist Komikerin und hat gerade ein paar Jokes ihrer neuen Bühnenshow rausgehauen."

Sie wendet sich zu mir: „Der letzte war richtig gut. Juna, du bist zurück. Sehr gut!"

Dann dreht sie sich wieder zum Kellner.

„Bitte einfach hier abstellen – vielen Dank!"

Der immer noch verunsicherte Typ stellt die Getränke brav auf den Tisch, räumt die leeren Tassen ab und schleicht davon.

„Juna, vielleicht solltest du ihn einfach doch mal fragen."

Ich schüttle den Kopf.

„Ach, nein. Im Grunde bin ich durch damit. Ich hätte mir einfach gewünscht, den Kontakt zu dem Menschen Ben weiter wachsen zu lassen. Das „Mann-Frau-Ding mal weggewischt. Wobei ich auch mit der Idee hätte gehen können, nur diese crazy Fuck-List abzuarbeiten. Es gab Momente, in denen ich mich wirklich selbst in ihm erkannt habe. Es hört sich vielleicht verrückt an, aber da gab es eine Idee vom Gefühl der bedingungslosen Liebe. Ihn als Freund zu wissen, der mir nicht verlorengeht. Mit ihm teilen zu können, was so los ist bei mir, in mir. Als einen Freund zu wissen, der mich auch in sein Leben einlädt und mir sein Herz zeigt. Wie hat Ben immer so hübsch formuliert: vielseitig bespielbar. Alles darf – nichts muss. Bedingungslos eben. Aber eine Einbahnstraße brauche ich auch nicht."

Wir greifen gleichzeitig zu unseren Gläsern. Ich nehme einen kräftigen Schluck.

„Du hast ja auch eine Menge gespiegelt bekommen, Ben hat dir geholfen, Themen zu bearbeiten und zu erkennen, was du nicht mehr willst. Und es ist doch auch ganz klar, dass du als Mensch, als Frau wertgeschätzt werden möchtest. Dazu gehören mehr als nur schöne Worte.

Vielleicht ist es aber auch wichtig, dass du beim Formulieren deiner Worte für andere auch genauer schauen darfst, welche Bilder du implizierst. An welcher Stelle du Erwartungen schürst, die du dann nicht mehr erfüllen kannst oder willst. Und ich glaube, Ben wird ein wichtiges Puzzleteil in deinem neuen Leben bleiben. Ohne ihn kein neuer Weg. Schau mal, wie viele schöne Momente du dir jetzt schon selbst kreiert hast. Du hast das Mittwochsgefühl kreiert. Wie viel näher du dir selbst bist. Ich sage nur Selbstliebe."

Meine Freundin beugt sich zu mir, legt die Arme um mich und drückt mich liebevoll.

„Schau, jetzt kann Mr. Right kommen, ein Freigeist mit Herz. Der „Erntehelfer" hat seinen Job gut gemacht."

Wir müssen erneut kichern.

„Ja, Mercedes. Er hat als Lehrer ganze Arbeit geleistet und ich habe ihn oft genug eingeladen, sich zu zeigen, zu teilen. Und auf mich zählen kann man immer – wenn gewünscht. Vielleicht verstehe ich es ja auch irgendwann noch. Jetzt ist aber Schluss mit dem Philosophieren. Wir müssen über unser Projekt sprechen!"

„Nein, nein, Süße – noch kurz zu Philip, bevor wir uns ins Arbeitsvergnügen stürzen."

Mercedes will es aber wissen heute. Ich lehne mich zurück und versuche es auf den Punkt zu bringen.

„Unsere Ehe ist gescheitert. Ich wünsche ihm das Beste. Ich wünsche mir das Beste. Den Rest bringt die Zukunft. Ich krampfe an dieser Stelle gerade nicht rum. Ehrlich – ich vertraue dem Leben. Ich habe gelernt, planlos sein ist gar nicht so furchtbar. Ich lasse Raum dafür, dass sich das für mich Beste entwickeln kann. Kontrolle muss ich auch nicht mehr an jeder Stelle haben. Im Gegenteil, Kontrolle abgeben schenkt wirkliche Freiheit."

Ich lausche meinen Worten kurz nach. Ja, ich fühle mich wohl in mir. Meine gesprochenen Worte gehen in absolute Resonanz in meinem Herzen.

„Das klingt toll, Juna, dann sei weiter offen für das, was dir vor die Nase gesetzt wird. Folge deinem Herzen und es wird gut. Los, jetzt sind wir genau richtig eingestimmt, um unser neues Projekt zu beackern. Ich mache mal meinen Laptop auf und schaue, wo wir am besten beginnen."

Mercedes greift zu ihrer braunen Ledertasche auf der Couch neben sich, zieht ihren Rechner heraus und platziert ihn auf dem Schoß.

Ich atme noch einmal tief ein und wieder aus. Schicke Philip einen guten Gedanken und entlasse ihn erneut in sein neues Leben.

Ben sende ich ein Lächeln und wünsche auch ihm alles Gute. Es wird nicht mehr lange dauern und Ben wird *die Geschichte* von mir bekommen. Dann werde ich ihm liebevoll überreichen, was zu ihm gehört und loslassen, was mich für ein Stück des Weges gebunden hat.

Jetzt gehört meine ganze Aufmerksamkeit Mercedes.

Wir arbeiten an unserer Zukunft.

Kapitel 26

Liebe, liebe, liebe – mich selbst

Ich bin froh, dass ich mir den Nachmittag frei genommen habe. Nur mit mir sein in der Natur. Es ist angenehm warm, etwa 22 Grad, kein Wind, die Sonne scheint aus einem hellblauen Himmel.

Ich habe mir eine Decke mitgenommen und eine Flasche Wasser. Hugo bleibt auf dem kleinen Waldparkplatz, ich schlendere in Richtung Waldhütte. Als Kind bin ich hier oft mit meiner Großmutter spazieren gegangen. In meiner Jugend gab es an diesem Ort das eine oder andere heimliche Bier.

Vor vielen, vielen Jahren habe ich angefangen, in der Hütte, die aus Holzbohlen gebaut ist, Kerben zu ziehen. Jede Kerbe steht für ein besonderes Ereignis in meinem Leben. Freudvolles, Schmerzhaftes, Verrücktes, Liebevolles – Geschichten, die wie Perlen an einer Kette aufgefädelt das Ganze ergeben.

Mein Taschenmesser ist noch in meiner rechten Hosentasche verstaut. Für dieses Messer habe ich einst selbst einen Strich gezogen. Ich erinnere mich noch genau daran, wie mir ein Freund und Wegbegleiter das Messer geschenkt hat. Zuvor hatte ich einige Tage einen Kurs zur Selbstverteidigung besucht. Damals ein Akt größter Angst für mich. Grundsätzlich bin ich bis dahin jedem Konflikt aus dem Weg gegangen, habe mich ängstlich in die letzte Ecke verzogen, wenn es zu Schwierigkeiten kam. Selbst im Wortgefecht für mich einzustehen, war mir nur schwer möglich.

Dieser Freund hat mich animiert, mich meinen Ängsten zu stellen. Er hat mich auf diesen Kampfkurs eingeladen. Es war brutal, mich einem Ausbilder ausgeliefert zu fühlen und ich hatte nur zwei Möglichkeiten: mich selbst aufzugeben – oder für mich einzustehen. Ich bin für mich eingestanden und habe verdammt noch mal gelernt zu kämpfen, wenn es nötig wird. Mein Selbstbewusstsein und mein Selbstvertrauen haben einen großen Schub bekommen und die Hütte eine Kerbe mehr.

Alles sieht vertraut aus. Die Bäume und Büsche, der kleine Wald. Die Lichtung mit der braunen Holzhütte. Hierher zu kommen hat etwas von einer Reise in die Vergangenheit. Meine Bushaltestelle auf der Reise in die Vergangenheit. Ja, wir haben früher oft gewitzelt, die Hütte würde einem Bushäuschen gleichen, weil sie nach vorn hin offen ist.

Ich steuere auf meine Ecke zu. Hinten rechts auf Schulterhöhe befinden sich meine Initialen, dahinter Striche. Eine Menge Striche. Ich habe keine Lust, sie wieder zu zählen. Manchmal mache ich das, heute schaue ich mich erstmal um. Irgendwelche Freaks haben Graffitis an die Wände geschmiert. Lieblos gesprayte Wandbilder. Die Jugend von heute ist auch nicht mit unserer Generation zu vergleichen. Die Stimme in meinem Kopf klingt wie die meiner Großmutter.

Meine Kerben sind wenigstens unauffällig, wenn auch nicht bildschön. Ich setze mich kurz auf die kleine Bank in meiner Bushaltestelle und grinse in mich hinein. Das Messer, die Decke und mein Wasser platziere ich neben mir. Ein nostalgischer Augenblick. Meine Gedanken schweifen wieder ab. Geknutscht habe ich in *meiner* Hütte früher natürlich auch. Ich erinnere mich gerade sehr lebendig daran. Er war Rocker, zumindest war sein Körper mit ziemlich vielen Tattoos übersät. Sogar auf Händen und Fingern blitzten blauschwarze Zeichnungen, vorwiegend Totenköpfe. Ich fand das cool. Seine langen Haare trug er zu einem Zopf. Lederjacke und zerrissene Jeans. Seine Lippen waren soft, aber er roch manchmal nach Bier. Ich glaube, er dachte, als Rocker muss das so. Im Grunde seines Herzens war er ein sehr weicher, liebevoller Junge, dem die Welt zu groß und zu böse daherkam. In unserer Hütte haben wir uns dann immer Geschichten über das Leben in der Zukunft erzählt.

„Wenn wir erwachsen sind, klauen wir uns ein Auto und fahren damit rum! Ans Meer. Und da setzen wir uns hin und beobachten den Sonnenuntergang."

So was hat er immer gesagt. Wir haben zusammen Musik gehört – Bonnie und Clyde von den Toten Hosen. Genauso wollten wir sein. Ein verrücktes Liebespaar. Zwei Freigeister, die niemand stoppen kann. Ich greife zu meiner Flasche, und nehme einen kräftigen Schluck Wasser, damit ich den imaginären Geschmack des Bieres von meiner Zunge bekomme. Ich lächle in mich hinein und erinnere mich dabei an den anderen Song, den er später immer wieder abgespielt hat. *„Through Glass"* von Stone Sour's ...

Kurze Zeit später hat er ein Mädchen Hals über Kopf geheiratet und ist mit ihr weggezogen. Viel zu jung. Kein Freigeist mehr. Und ich habe einen Strich gezogen. Eine Kerbe in der Hütte gemacht.

So wie für meinen bisher einzigen Autounfall. Totalschaden – mit gerade mal achtzehn Jahren. Wie durch ein Wunder bin ich dabei fast unversehrt geblieben. Dieses Gefühl, wenn dein bisheriges Leben wie ein Film vor deinen Augen flimmert und du weißt: Time over. Ich habe losgelassen, nicht nur das Steuer, auch mein irdisches Sein.

Ich dachte, ich sterbe. *Jetzt.*

Und dann habe ich doch eine neue Chance bekommen.

Mein Strich für dieses Ereignis ist tiefer geworden als viele andere.

Es gibt Kerben für verstorbene Familienangehörige, eine Kerbe für mein erstes Buch auf einer Rangliste, eine für mein erstes abgeschlossenes Studium, eine für den Abschied von meiner besten Freundin und unserer WG, als wir die beste Zeit unseres Lebens auflösen mussten.

Ich streiche mir durch die Haare und binde sie zu einem lockeren Dutt zusammen. Meine Gedanken treiben weiter in die Vergangenheit. Eine Kerbe für mein erstes Mal. Gott, was war das schrecklich. Ich war gerade sechszehn und habe es nur getan, weil mir von den anderen Mädels mit Nachdruck versichert wurde: Wenn du mit einem Jungen länger zusammenbleiben willst, musst du mit ihm ins Bett gehen, sonst verlässt er dich.

Es tat weh, dieses erste Mal, nicht nur körperlich. Ich habe auch lange daran zu knabbern gehabt, ob Frauen generell einem Mann zur Verfügung stehen müssen. Irgendwann konnte ich diesen falschen Gedanken verabschieden und es gab auch hierfür einen Strich. Den Befreiungs-Strich.

Kerben für falsche Freunde, verlorene Liebe, neue Lebensabschnitte.

Aufbrechen zu etwas Neuem, dem Herzen folgen, bedeutet oft auch etwas Altes gehen lassen. Abschied nehmen, den Schmerz zulassen. Wie nach jedem Ereignis mit besonderer Geschichte. Und meist sind es die peinigenden, nagenden, stechenden Geschichten, die schwersten Erfahrungen, die plötzlich, wenn wir sie annehmen, Raum und Liebe in uns selbst schaffen.

Liebe dich selbst. Das heißt für mich: Annehmen, was ist. **Mich** annehmen. Mit all meinen Fehlern, meinen Ticks und Wünschen. Mich nicht zu verurteilen, weil ich vielleicht manche Themen und Probleme dreimal brauche, vielleicht nur in anderem Gewand, bis ich mein eigenes Wertesystem optimieren kann. Und tatsächlich auch für mich optimiere, ohne mich dann wiederum als Egoistin zu empfinden.

Bevor mein innerer Analytiker wieder hochfährt – warum bist du hier gelandet, Juna? -, erinnere ich mich selbst daran: Loslassen! Ja, ich bin zum Verabschieden, Loslassen und Lieben hier.

Mein Herz wird weit. Heute will ich drei Striche machen, aller guten Dinge sind drei.

Ich stehe auf, greife zu meinem Messer und klappe die Klinge aus. Dann stelle ich mich in meine Ecke und betrachte noch einmal kurz die Kerben. Mina, Bloom und Cedric sind auch eingeritzt.

Ich erinnere mich noch ganz genau, wie es sich anfühlte, als ich erfuhr, dass ich ein Kind bekomme, dass ich mein erstes Kind bekommen werde. Ich hatte mir nichts sehnlicher gewünscht, als Mutter zu werden. Viele Jahre hatte ich mir vorgestellt, wie gigantisch es sein müsste, mit einem Mann, dessen Herz mit meinem im Gleichklang schlägt, den perfekten Moment zu haben und aus dieser Liebe heraus ein Kind zu bekommen.

Okay, der erste Teil war in meiner Vorstellung perfekter, aber das Gefühl was mir zuteilwurde, als ich dann Mutter wurde, werde ich nie, nie, niemals vergessen. Und meine Liebe für meine Kinder ist jetzt und immer und bis in die Unendlichkeit.

Ich setze das Messer an und fange an zu ritzen. Diese Kerbe geht an Philip. Bewusst denke ich an ihn. Ich sehe uns lachen. Ich sehe ihn auf seinem Pferd, stattlich, in bester Mittel-Positur, seine langen Beine in Reitstiefeln, eine Haarsträhne fällt ihm ins Gesicht. Ich sehe ihn mit den Kindern Fußball spielen im Garten. Sehe ihn Rasen mähen. Ich sehe ihn traurig auf seinem Sofa vor dem Rechner. Ich sehe ihn wütend, mich anschreiend, weil ich nicht so bin, wie er mich am liebsten hätte. Ich sehe uns stumm.

Ich drücke die Klinge stärker ins Holz und ziehe mit aller Kraft, es muss eine fette Kerbe werden. Meine besten Jahre gehören in diesen verfickten Strich. Ich werde sauer beim Gedanken daran und dennoch rinnen mir Tränen über das Gesicht. Das ist fast immer so – zu jeder Kerbe gehören auch geweinte Tränen. Solche und solche.

Loslassen schmerzt.

Ich flüstere ein buddhistisches Mantra – „karmapa chenno". Wieder und wieder. Ich lasse los, mehr und mehr. Mit dem Handrücken wische ich mir kurz über die Wangen. Tränen trocknen. Dann halte ich kurz inne und bedanke mich in Gedanken bei Philip. Ich lasse ihn frei.

Mein Messer sucht erneut seinen Weg. Direkt neben der Philip-Linie bohre ich die Messerspitze ins Holz und kratze unter starkem Druck eine Kerbe hinein. Die ist für Ben.

Manchmal ist es nicht wichtig, wie lange wir einen Menschen kennen. Mein Gefühl für Ben und was unser Kontakt mit mir gemacht hat, schreit nach einer Kerbe. Diese Geschichte ist eine Kerbe wert. Ich lasse unsere Zeit Revue passieren. Mit seinem Vertipper hat alles begonnen. Die vielen Dialoge in der digitalen Welt, so intensiv, so nah, so berauschend. Die gemeinsamen Stunden voller Leichtigkeit und Tiefe. Wie gern würde ich ihn noch einmal atmen.

Dann sein Schweigen, fehlende Antworten auf meine Fragen. Sein Rückzug. Die Frage, wie echt er überhaupt mit mir war. Habe ich mich nur selbst in ihm gesehen? Mir nur eine Ablenkung geschaffen, um nicht bei mir zu bleiben? Mein Herz wird wieder schwer. Ich ziehe mein Messer noch einmal in der Ben-Furche entlang. Meine Augen füllen sich. Ich schlucke und spüre einen Kloß in meiner Kehle.

„Loslassen, loslassen, loslassen!"

Ich spreche bewusst laut mit mir. Ich will, dass das Gefühl endlich bei mir ankommt. Das ich ihn, oder die Vorstellung von einem Ben, den es gar nicht gibt, verabschieden kann. Ich lecke mir über Lippen. Unter Tränen lasse ich meinen Mittwochsmann gehen.

„Danke für alles, was du mir gezeigt hast", flüstere ich. „Wahrscheinlich bist du dir dessen nicht einmal bewusst. Danke, Ben. Ich lasse dich los."

Ich starre noch einen Moment auf die Kerbe. Die Tränen trocknen auf meiner Haut und ein zartes Gefühl der Befreiung stellt sich ein. Mein Mund formt sich zu einem Lächeln. Kerben ziehen ist super!

Ich trete aus meiner Ecke, gehe hinüber zur Bank. Bevor ich den letzten Strich für heute setze, nehme ich noch einen anständigen Schluck aus meiner Flasche.

Danach stehe ich erneut vor meiner Strichliste. Das Messer in der Hand bereit für den Schnitt. Diese Kerbe geht an mich. Das wird meine erste „Ich liebe dich, Juna"-Kerbe. Ich finde, es ist Zeit, dass ich beginne mich selbst bewusster zu lieben.

Für wen tue ich das hier schließlich alles? Mein neues Wertesystem aufbauen? Die zerplatzten Träume akzeptieren? Illusionen loslassen, Wünsche aus tiefstem Herzen beleuchten, meine gewonnene Freiheit genießen? Die Liebe, die ich nur aus Überschuss verschenken kann, immer wieder erwecken?

Ich tue es für mich – und damit für alle.

Das Messer arbeitet sich ins Holz. Es fühlt sich sehr gut an, ja zu mir selbst zu sagen.

Ja! Ich liebe, liebe, liebe mich selbst!

Kapitel 27

Fortsetzung folgt

On the road again.

Es ist ein bisschen, wie die Nase in den Wind zu halten. Das Neue aufzuspüren. Ich lenke Hugo nach Frankfurt. Auf der Autobahn, die Musik laut aufgedreht. *„In my blood"* von Shwan Mendes, den Blick in die Ferne, die Gedanken Richtung Hoffnung.

„Aufgeben ist nicht in meinem Blut" – so ist es. Ich bin völlig euphorisiert von den Möglichkeiten, die sich mir momentan zeigen. Ein wenig versuche ich mich zu zähmen und mich nicht direkt in einem neuen Projekt zu verlieren. Eine neue Ent-Täuschung kann ich jetzt nicht brauchen. Ich kann mein Herz spüren und ich weiß, dass ich einem Ruf folge. Aber diesmal gehe ich bewusst vom Gas. Beim Gedanken daran muss ich sogar an Ben denken. Ich habe ihm eine Kerbe geschenkt und habe ihn losgelassen – aber er ist noch bei mir. Nur anders. Ich trage ihn im Geist und im Herzen. Da ist kein Erwarten oder Wollen, da ist ein Wissen. Wissen, einen alten Seelenfreund wiedergefunden zu haben, den ich niemals mehr verlieren kann. Dazu brauche ich nicht mal seine Lippen auf meinen, dafür brauche ich nicht seine Worte als Bestätigung. Muss ihn nicht sehen. Ich weiß es einfach. Nichts geht wirklich verloren im Universum und schon gar nicht eine solche Verbindung. Mir ist egal, ob Ben es bewusst wahrnehmen kann oder nicht. Ich kann ihn dort lassen, wo er steht und trotzdem bleibt mein Herz für ihn offen.

Ich bin spontan einen Tag früher aufgebrochen als geplant. Jeff hat mir angeboten, die Nacht bei ihm und seinem Sohn zu verbringen. Mir gefällt der Gedanke, mit Jeff einen Ramazzotti zu trinken und intensive Gespräche zu führen. Gespräche mit Jeff sind immer intensiv, interessant und voller Geschwindigkeit. Gegen 17 Uhr lenke ich Hugo in die Auffahrt zu Jeffs Villa, die in einem großzügigen Garten thront. Nicht unbedingt durchschnittlich in einer Lage wie dieser hier. Cremetöne, Marmorböden, offene Räume und viel Licht durch große Fensterfronten gefallen mir auf Anhieb gut. Ich kannte sein neues Haus bisher noch nicht. Das Gästezimmer erwartet mich mit einem hellen Kuschelteppich, der besser ohne Schuhe betreten werden sollte, und ein King-Size-Bett.

„Vielen Dank, dass du mich so spontan empfängst", sage ich, während ich ihn herzlich umarme.

„Keine Frage, Süße, ich bin froh, dass du hier bist!"

„Sehr schön hast du es hier." Ich löse mich langsam aus seinen Armen.

„Ja, ist ganz ok, aber ein bisschen was zu tun gibt es noch."

Jeff hat sich vor zwei Jahren von seiner Frau getrennt, die nun ganz in der Nähe wohnt, die beiden teilen sich das Sorgerecht. Heute ist Leo bei Jeff.

„Wir können uns ja in den Garten setzen. Leo bekommt gleich noch Besuch von einem Freund, die beiden wollen ein bisschen Fußball spielen."

Wir präparieren uns zwei Holzsessel mit Sitzkissen. Jeff hat zwei Cola mit rausgebracht und hält mir einer der beiden kleinen Flaschen entgegen.

„Puh, Cola. Die trinke ich nie."

Ich hadere kurz mit mir, dann nehme ich ihm die Flasche ab.

„Her damit, zur Feier des Tages gibt es eben eine!"

Ich denke kurz daran, wie ungesund das Zeug sein muss. Naja, egal: Ich werde nicht direkt davon sterben. Leo und sein Kumpel Lukas sind auf dem Rasen und rennen dem Ball nach. Fußball – auch ein Sport, der nicht auf meine Favoritenliste steht.

„Na, was machen deine Kids, Juna? Alle gesund?"

„Denen geht es prima. Im Augenblick entkrampft sich unsere Situation. Neulich war ich mit Bloom und Cedric im Freizeitpark – sehr lustig. Aber warte, davon habe ich dir doch schon erzählt."

Ich kratze mich am Kopf, bin mir aber sicher, dass wir in einem unserer unzähligen Telefonate darüber gesprochen haben.

„Stimmt, stimmt, darüber haben wir geredet. Du in der Loopingbahn. Und dann später noch die alte Dame. Was hast du gleich gesagt: Schamanin, die im Nichts verschwunden ist."

Mein Freund verschluckt einige Worte fast, so schnell spricht er.

„Atmen, Jeff, atmen. Genau, die Schamanin mit der Botschaft, die ja eigentlich von der Kartenlegerin war."

Jeff schaut mich irritiert an.

„Na, die alte Dame hat mir von Innehalten und Zeichen erzählt und dann fiel mir der Zettel der Kartenlegerin ein. Darauf stand doch so was wie: ‚Nichts geht im Universum verloren.' Und soll ich dir was sagen – ich kann das fühlen."

Ich öffne den roten Deckel meiner Flasche, will davon trinken.

„Hä, was kannst du fühlen, das Universum?"

Jeff ist spirituell, aber in Maßen. Kartenlegen findet er spannend, hat sich auch schon mal das eine oder andere Blatt legen lassen. Doch allzu viel Reinfühlen und Orakeln, das ist nichts für ihn.

Ich schlucke meine Cola runter und antworte ihm: „Nein, also das meine ich jetzt nicht, wobei letztlich hängt alles zusammen ... In diesem Fall meinte ich, dass ich wirklich ein Gefühl bekommen habe von ‚Nichts geht verloren'."

„Juna, du redest doch schon wieder über deinen Hasen! Ich dachte, der wäre endlich weggekerbt."

Jeff lacht über seinen eigenen Witz. Ich gebe ihm einen symbolischen Knuff in die Rippen und lenke das Gespräch um. Ich will gar nicht erst auf eine „Wir machen Witze über Ben"-Schiene kommen.

„Wie wäre es mit einem kleinen Spaziergang zur Eisdiele? Die Jungs würden sich sicher freuen, wenn wir ihnen ein Eis mitbringen und ich hätte auch Lust auf was zum Schlecken."

Jeff erhebt sich sofort und fuchtelt an seinem Gürtel: „Was zum Schlecken hätte ich für dich." Er lacht dreckig. Ich schüttle den Kopf.

„Jeeeeeeffffff .... du bist unverbesserlich und gaaaaaaaar nicht witzig. Ich möchte ein Eis und kein altes Würstchen!"

Er feixt sich eins und ich stehe auf.

„Jungs, ich gehe mit der Juna nur kurz zur Eisdiele. Ihr verlasst das Grundstück bitte nicht, wir bringen euch ein Eis mit."

Leo schaut einen Sekundenbruchteil lang zu seinem Vater und nickt, während er sich wieder zum Ball dreht.

Wir schlendern am Wildscheuerweg entlang Richtung Eisdiele. Hier steht eine Menge schicker Häuser, dennoch muss ich feststellen, dass mein Dorf mein Dorf ist.

„Sollte ich mal wegziehen, brauche ich die Luxuskonstellation aus einer Stadtwohnung und einem Haus in sehr ruhiger Dorflage. Ich bin nicht mehr gemacht für das pure Stadtleben. Was ich in letzter Zeit alles über mich lerne. Großartig."

Jeff verdreht die Augen: „Ich bitte dich, Juna. Buchschlag ist doch vom Feinsten. Und ich erinnere mich noch genau an deinen Wunsch, ausziehen zu wollen. Wie war das? Eine Wohnung in Hamburg."

Ich lächle.

„Ja, das war bevor ich mich selbst näher kennengelernt habe. Das war einfach ein Augenblickswunsch. Außerdem sollte es ganz kurz mal eine Mittwochs-WG werden."

Ich lache laut auf.

„Was mein Hirn manchmal ausspuckt, ist nicht immer gut – und umsetzbar schon gar nicht!"

„Schatzi, Einsicht ist der erste Weg zur Besserung!" Jeff legt den Arm um mich, wir spazieren weiter.

An der Eisdiele ist noch einiges los. Wir reihen uns als Nummer Sechs in die Warteschlange ein. Als wir dran sind, übernimmt Jeff das Wort: „Zweimal Spaghetti-Eis, für mich drei Kugeln in der Waffel: Erdbeer, Walnuss und Mango."

Dann dreht er sich zu mir.

„Und du, Juna?"

Ich schaue in die Auslage und bleibe an „After Eight" hängen.

„Ich hätte gern einmal After Eight und einmal Schokolade."

Mein Freund zieht einen Fünfzig-Euro-Schein aus der Hosentasche.

„Ich mach das", meint er und legt das Geld auf den Tresen.

Gemütlich schleckend schlappen wir zurück zu Jeffs Domizil. Erzählen über dies und das. Es ist leicht mit Jeff das gefällt mir. Als wir zurück sind, kicken die beiden Jungen immer noch.

„Jungs, kommt mal her. Hier ist euer Eis."

Keine Reaktion.

Jeff wird lauter: „Jungs! Eis!!"

Die beiden bleiben wie angewurzelt stehen, der Ball rollt an Leo vorbei in die Hecke. Dann schauen sich die beiden verdattert an, als wären sie gerade auf diesem Planeten gelandet.

„Ja, Papa, wir kommen."

Das Eis wird verteilt. Die Jungs trollen sich ins Haus.

„Leo ist so süß. Findest du nicht auch?"

Jeff ist ganz verliebt in seinen Sohn. Schön, einen Vater so zu spüren.

„Ja, du hast einen wunderbaren Sohn", und das ist nicht mal eine Notlüge. Leo ist nicht nur ein hübscher kleiner Kerl, er hat auch eine sehr angenehme Art.

Wir verbringen Stunden in Jeffs Garten.

Lukas ist schon wieder zu Hause und Leo liegt in seinem Bett, er darf noch eine CD zum Einschlafen hören.

Abendbrot gab es schon, aber ich brauche irgendwie noch was. Es wird Thai geben. Der Lieferservice ist bereits bestellt.

„Hier, Juna, ein eisgekühlter Ramazzotti – mit Zitrone."

Ich nehme ihm dankend das Glas ab.

„Na, du kennst dich aber gut aus mit meinen Vorlieben. Danke, Schnucki."

Jeff freut sich sichtlich mich glücklich zu machen.

„Sollten wir mal unabhängig voneinander befragt werden, wer hier was mag und wer hier wie ist – ich glaube, wir beiden könnten die Challenge gewinnen."

Da hat er recht. Jeff kenne ich ziemlich gut. Ich nippe an meinem Getränk und genieße es, frei von allem meinen Abend hier zu verbringen.

„Ich glaube, das Essen kommt gerade. Ich hole es für uns! Bleib du bitte gleich sitzen, Juna, du bist mein Gast!"

Ich hatte fast vergessen, dass Männer auch so sein können. Philip wäre das nicht passiert. Ich schmunzle. Ich bin nicht mehr böse auf Philip. Ich habe viel von ihm lernen dürfen. Ich habe viel über mich selbst erfahren, weil mein Leben so verlaufen ist mit Philip, wie es eben verlaufen ist. Auch Philip wird nicht verloren gehen in unserem wundervollen, großen Universum.

„Roomservice! Oder nein, besser: Outdoor-Food-Service!"

Jeff stellt meine gebratenen Nudeln auf den kleinen Beistelltisch.

„Vielen Dank, das sieht super lecker aus. Ich wünsche dir einen guten Appetit."

Er hat Reis mit irgendwas und Sauce. Gefräßiges Schweigen.

„Was ist eigentlich mit dir und Philip los? Habt ihr euch geeinigt?"

Ich schlucke meine Nudeln herunter.

„Sagen wir mal so. Es ist ruhiger geworden im Miteinander. Mein Standpunkt ist nicht nur für mich geklärt, ich habe es ihm mehrfach gesagt."

„Juna, eiere doch nicht rum. Diesen Status kenne ich schon seit einiger Zeit. Fakten bitte!"

Das ist auch eine von Jeffs Seiten. Er kann unmittelbar sein und Pfeile abschießen.

„Nein, ich habe noch kein neues Haus, keine Wohnung. Aber darauf wird es wohl hinauslaufen. Ist das die erwartete Antwort?"

Ich kann auch so.

„Da kommen wir auf die richtige Ebene. Hast du ihm davon erzählt?"

„Ich brauche erst die Gewissheit mit dem neuen Job und möchte zu Hause, ich meine damit die Anlage, fertig aufräumen. Außerdem wird es noch spannend genug zu schauen, was die Kinder wollen. Also wer von ihnen mit mir möchte – und wer eben nicht. Die goldenen Handschellen, Ehe und Kinder, so hat es einer meiner buddhistischen Lehrer immer so schön gesagt. Eine Riesenchance für Entwicklung. Da passiert halt mehr, als beim Meditieren allein in der Höhle. Ich gebe zu, ich bin ein wenig neidisch auf die Frauen und Männer, die gemeinsam einfach pure Freude leben und das perfekte Paar sind. Irgendwas geht bei mir immer daneben."

Ich lehne mich zurück und nehme einen Schluck Ramazzotti. Mein Essen ist bereits geschafft. Jeff lehnt sich auch zurück. Er greift zur Cola.

„Weißt du, oft sieht es einfach toll aus. Alles für den schönen Schein. Ich glaube, es gibt viele Paare und Familien mit ausreichenden Problemen. Viele, die trotzdem bleiben, weil das Verlassen einer Komfortzone schwieriger ist, als das Eingefahrene auszuhalten, egal wie schlecht das ist. Und allein möchten auch nur die wenigsten sein."

Ich nicke. „Das stimmt. Komfortzone verlassen ist echt übel, aber heilsam. Außerdem sind wir dann wieder beim Thema der Selbstliebe angekommen. Für mich eine der schwersten Aufgaben überhaupt. Doch der Weg lohnt sich. Ich mache ganz sicher weiter. Dem Herzen folgen und so. Und ran will und muss ich unbedingt noch mal an das Thema Liebe und Paarbeziehung ..."

Jeff zündet sich eine Zigarre an. „Mit dem Wort ‚schimpfen‘ geht es doch schon los, mein Schatz. Deine Einstellung darfst du ein wenig überdenken."

„Oh, nach den Erfahrungswerten der letzten Monate und Jahren bin ich etwas durcheinander. Wahrscheinlich mache ich mal eine Aufstellung dazu. Da stimmt doch in der Wurzel etwas nicht bei mir. Das würde ich gern noch auflösen, damit ich vielleicht einmal Glück erfahren darf an dieser Stelle. Also ich meine, dauerhaftes Glück."

„Eine Aufstellung?"

Jeff ist entsetzt. Er kennt Familienaufstellungen, aber diese Arbeit fällt in den Bereich „brauch ich nicht, will ich nicht!" für ihn.

„Ja, ich möchte die Sache zu Hause mit Philip ganz sauber lösen. Meine Wohnsituation damit klären und ehrlich: Ben werde ich wohl einmal dazu stellen. Schließlich bin ich durch ihn auf meine persönliche Reise gegangen."

Mein Kumpel schüttelt den Kopf. „Ach, hör doch auf. So ein Quatsch. Du machst den neuen Job, fährst in der Welt rum und dann kommt – am besten in den USA – ein geiler Typ. Und der bleibt dann mal ein Prinz, wird nicht zum Frosch. End of Story!"

Jeff zieht erneut an seiner Zigarre.

„Ich bin ja bei dir, Jeff, so ist der Plan. Aber Erkennen, Verstehen, Verändern gehört zusammen!"

„Du mit deinem Therapeuten-Gerede Juna."

„Nein, wirklich! Ich muss die Geschichte noch in der Tiefe erkennen und verstehen. Und dann reisen wir in die Staaten zu den coolen Boys. Dann kann es anders werden."

Ich lache ihn an.

„Meine liebe Juna."

Er zieht mich zu sich und küsst mir die Stirn.

„Es ist doch toll, dass wir uns haben. Und deine Story bekommen wir auch noch zu deinem Besten zu Ende. Sei dir sicher!"

„Zum Transformieren sind halt ein paar Stufen notwendig. Derzeit gleite ich in die letzte Stufe – so fühlt es sich an."

Ich leere mein Glas.

„Transformieren, Fühlen, Stufen. Ich würde sagen, wir machen hier mal einen Punkt und ich transformiere dein leeres Glas in ein volles und mache uns Musik an."

Ohne meine Antwort abzuwarten, greift Jeff nach meinem Glas und marschiert ins Haus. Kurz darauf ertönt Johannes Oerdings „Magneten".

„Hier, Madame, dein Ramazzotti. Und jetzt entspannen und atmen!"

Jeff setzt sich. Ich atme tief ein und wieder aus, lausche der Musik und lasse die Dankbarkeit für mein Sein langsam in mir hinaufklettern. Ich lege eine Hand auf Jeffs und schweige mich so mit ihm in die Nacht.

Kapitel 28

Wo bist du?

Ich habe es geschafft. Heute werde ich die letzten Seiten für „Absolut Mittwoch" schreiben. Mein Mittwochs-Experiment neigt sich dem Ende zu. Es hat mich reifen lassen. Es hat mir Freude geschenkt, mich Tränen gekostet – und ich habe etwas geschaffen, das bleibt. Auch für Ben, aber vor allem für mich.

Aus meiner Soundbox tönt Tim Benzko: *„Nicht das Ende"*. Ich lasse mich in die Musik fallen. Meine Finger suchen ihre eigenen Wege auf der Tastatur.

Kannst du die Musik fühlen,

so wie ich?

Spürst du auch

den Beat in jeder Faser deines Körpers?

Kannst du dich verlieren

in den berührenden Klängen?

Zerfließen

in mal lauten und mal leisen Tönen,

dich dem einen Rhythmus

hingeben?

Kannst du dich auflösen

in den Sphären dieses Songs?

Dich verbunden fühlen

mit der Quelle?

Und gleichzeitig bittere Tränen weinen,

weil du das Gefühl der Trennung endlich vergessen willst?

Kannst du dein Herz öffnen für die Botschaft,

dich gestreichelt fühlen von A-Moll?

Verrückt werden nach der Komposition

und die Liebe durch dich in die Welt fließen lassen?

Kannst du es fühlen?

Bitte, sag nicht nein.

Ich bin eine Ver-rückte – und das gefällt mir. Ich habe mich verrückt in diesen Monaten des Mittwochs.

Mein Herz ist weit offen. Und ich bin stolz auf mich, weil ich so bin, wie ich bin.

Ich habe Lust, mich mit anderen Menschen zu verbinden und bin ziemlich gespannt darauf, wie mein Leben in zwei Jahren aussehen wird.

Ich sitze auf dem Wasserwagen an unserer Fohlenweide. Die Mutterstuten grasen, während ihre Kleinen danebenliegen und in der Sonne dösen. Sich gegenseitig necken und miteinander spielen. Ich fange mit meiner Handykamera etwas ein von der Landidylle. Glänzende Fohlenköpfe, Nüstern im Gras, Hufe in der Sonne.

Es wird Zeit, mal wieder etwas auf Instagram zu posten. Ich scrolle durch die Aufnahmen, dabei rutscht mir das kleine

Gedicht wieder aufs Display. Ich habe es fotografiert, weil ich es eigentlich jemandem senden wollte. Erneut lese ich es.

‚Warum nicht?‘, denke ich.

Und dann poste ich meine Zeilen als Foto mit dem Text:

Das hier geht raus an alle Seelenfreunde.

#Liebeleben

#einfachfühlen

#echtsein

#WortistWort

#Tönelügennicht

Wo es einen gibt, werden bestimmt noch andere sein.

Es ist echt ein guter Tag. Die Sonne hat sich nun dauerhaft bei uns eingerichtet.

Keines meiner Kinder hat gerade einen dieser Pubertätsschübe.

Philip hält sich an unsere Absprachen, dennoch weiß ich, dass es bald Zeit wird für mich zu gehen.

Ich brauche meinen eigenen Raum, ein Zuhause, in dem ich mein neues Leben wirklich leben kann.

Ich genieße es, hier allein zu sitzen. In mir ist es still, schön still. Und ein bisschen wegträumen kann ich mich dabei auch noch ...

Wegträumen zu diesem Haus am See. Ringsherum Natur, Vögel zwitschern. Ich sitze auf der Veranda, meinen Laptop aufgeklappt – ich schreibe. Über die Liebe, das Leben und das Glück.

... Dieses Haus hat eine Geschichte. Eine Geschichte voller Liebe. Der Boden ist aus Holzbohlen, genauso wie die Überdachung und der Rahmen.

Es ist die Geschichte einer großen Liebe. Sie beginnt in den 1980er-Jahren. Da ist Finn, der junge Mann, um den es hier gehen soll, noch ein Kind. Er wächst allein bei seinem Vater auf. Finns Mutter ist gestorben, als er drei war. Vater und Sohn leben auf dem Land, abgeschieden. Im Haus am See.

Finn wird Zimmermann, so wie sein Vater.

Die nächste große Stadt ist 120 Kilometer entfernt. Berlin. Die Stadt, in der das Leben pulsiert. Finn ist ein freundlicher junger Mann. Er gehört zu der Sorte Jungen, die ihrer alten Nachbarin auch mal den Einkauf in den fünften Stock tragen. Dafür wird er von den Kumpels ausgelacht. Wenn er den Transporter seines Vaters fahren darf, lachen sie nicht mehr. Ein paar von ihnen haben nicht mal einen Führerschein.

Finn muss für einen Auftrag nach Berlin reisen. Sein Vater ist krank und hat ihm diesen Job übertragen. Ein reicher Geschäftsmann möchte seiner Tochter einen massiven Schreibtisch aus Mahagoni bauen lassen. Geld spielt keine Rolle.

Finn schellt an der Tür der großen Villa. „Ich mache schon auf!", hört er sie rufen. Als sie ihm öffnet, ist er sprachlos.

Er schaut in strahlend blaue Augen ....

„Hallo. was kann ich für Sie tun?", fragt sie. Finn kann immer noch nicht sprechen. Sein Herz schlägt bis zum Hals. Seine Hände werden feucht. Und genau in diesem

Moment weiß er es: Mit dieser Frau wird er sein weiteres Leben verbringen.

So beginnt die Geschichte von Finn und Amelie.

Tatsächlich verliebt sich auch Amelie in Finn – und er baut ihren Schreibtisch.

Sie verbringen eine intensive Zeit miteinander. Wie das junge Paare so tun. Oft kommt sie zu ihm aufs Land. Sie hören Musik zusammen, weil Musik ihre gemeinsame Liebe ist, streifen durch die Wälder oder hängen in seiner Werkstatt zusammen ab. Sie sind sich selbst genug. Selten schafft es Finn nach Berlin. Meist nur dann, wenn sein Vater ihm für einen guten Auftrag einen ordentlichen Lohn zahlen konnte. Berlin und Amelies Leben dort, das liegt weit über Finns Budget. Irgendwann erzählt Amelie vom Wunsch ihrer Eltern, ihr Musikstudium in New York zu starten. Schließlich wird sie sogar gezwungen zu gehen. Es zerreißt beiden das Herz. Was keiner von ihnen ahnt: Amelie trägt bei ihrer Abreise bereits ein gemeinsames Kind unter ihrem Herzen.

New York – Zabakuck. Keine guten Voraussetzungen für eine junge Liebe.

Finn und Amelie verlieren den Kontakt. Erst im sechsten Monat begreift die junge Frau, dass ein Kind in ihr wächst und informiert ihren Liebsten, der nur noch wie ein Freund aus alten Tagen scheint. Amelie ist mitten im Leben. New York verschlingt sie. Finn hat in den letzten Monaten Cannabis für sich entdeckt, um über den Schmerz hinweg zu kommen, der einfach nicht weichen will.

Das Kind soll in eine Pflegefamilie oder direkt zur Adoption freigegeben werden. So wollen es Amelies Eltern. Amelie will Musik und ihren Frieden.

Der Kontakt zwischen Finn und Amelie bricht völlig ab. Ihre Nummer ist plötzlich stumm, ihre Emailadresse endet im Nirvana und ihre Eltern verbitten sich jegliche Kontaktaufnahme.

Finns Vater stirbt an Krebs. Er hinterlässt eine verschuldete Firma und ein Haus am See, das er einmal aus Liebe für seine kranke Frau gebaut hatte. Ein Haus, in dem sie in Frieden sterben konnte.

Finn erfährt von alldem erst durch einen Brief zur Testamentseröffnung.

Er fasst einen Entschluss: Er wird das Haus sanieren, erweitern und vor allem wieder mit Liebe füllen. Er wird ein Haus bauen für sich, Amelie und ihr gemeinsames Kind.

Er will Amelie zurückgewinnen und er muss sein Kind finden.

Er beginnt erneut nach Amelie zu suchen. Irgendjemand erzählt ihm, dass sie zurück sei aus New York.

Er reist nach Berlin. Geht in die alten Läden, besucht Plätze, an denen sie gemeinsam waren und entdeckt dabei das Plakat ihrer gemeinsamen Lieblingsband. Ein Konzert, das noch am Abend stattfinden soll. Tickets ausverkauft.

Finn geht trotzdem hin. Aus Sehnsucht, aus Hoffnung, aus einem unerklärlichen Gefühl heraus. Er bekommt ein überteuertes Ticket auf dem Schwarzmarkt.

Dann spielt die Band. Der Sänger kündigt plötzlich den Besuch einer guten Freundin aus New York an. Sie sei backstage. Close-up auf Amelie. Finn dreht schier durch und kämpft sich durch die Menschenmenge, bis er endlich an Ordnern und Sicherheitsleuten vorbei im Backstage-Bereich landet.

Finn steht vor Amelie und es ist wie am ersten Tag. Ihre Augen, das Strahlen. Beide sind berührt von diesem Wiedersehen. Tiefe Blicke machen Worte unnötig.

„Komm mit mir – ich möchte dir deinen Sohn vorstellen!"

Viele Jahre hat die kleine Familie in ihrem Haus am See verbrach, das Finn liebevoll wiederhergerichtet hatte. Bis es ihren Sohn als jungen Mann in die Ferne zieht. Er hat die Liebe gefunden. Die Liebe seines Lebens.

Finn und Amelie haben gemeinsam den Weg in eine andere Welt genommen. Sie waren glücklich bis ins hohe Alter.

Und das Haus erzählt noch heute die Geschichten von wahrer Liebe. Es ist ein Geschenk hier zu weilen.

„So werde ich die Geschichte erzählen", höre ich mich selbst halblaut sagen. Aus dem Augenwinkel sehe ich die Spiegelungen der Sonne im See. Es ist so schön, hier zu sein. Frei und voller Inspiration.

„Schatz", tönt eine vertraute Männerstimme aus dem Haus.

Ich höre seine Schritte auf dem Dielenboden näherkommen. Meine Hände lösen sich von der Tastatur. Ich blicke auf zur Eingangstür.

„Halloooo, Juna!"

Ich schrecke auf. Sehe mich um. Fohlenweide, Pferde, ich sitze auf einem Wasserwagen und mein Bruder grinst mir breit ins Gesicht.

„Na, Puppe, hast du wieder einen deiner Tagträume gehabt?"

„Ja", antworte ich. „Ich weiß jetzt, wo ich leben werde. Und mit wem, das finde ich noch raus."

Mit einem Satz springe ich von meinem Platz. „Komm, wir spazieren ein bisschen rum!"

„Geht klar, Schwester. Dann erzähl mir mal von deinem neuen Prinzen!"

Ich bin im Fluss und schreibe, schreibe, schreibe. Ich mag es, Geschichten zu erfinden.

Noch viel spannender aber ist es, die Geschichten erst zu erleben – und ihnen dann eine unerwartete Wendung zu geben.

Danke.

Es gibt sie doch, die besonderen Menschen. Ohne euch wäre dieses Projekt nicht geworden, was es ist.

Mandana. Du bist nicht nur eine wundervolle Freundin, du bist die ehrliche, weibliche Stimme in meinem Ohr, die unerschütterliche Mutmacherin und Schwester im Herzen. Danke für alle Tage mit dir – Montag bis Sonntag.

Felix. Deine Kritik, deine Witze und dein Wunsch, diese Geschichte lieber unter Amerikas Sonne spielen zu lassen, haben mich dazu gebracht, es genauso zu machen, wie es ist. Deutsch, ein bisschen angekratzt und ohne Glamour. Danke für diese Art des Ansporns, mein liebster Sonntagsmann.

Christoph. Wegbegleiter – jetzt und immer. Trennen können wir uns nur selbst. Danke für die guten und die schwierigen Zeiten.

Ina. Du hast mir geholfen, den roten Faden nicht zu verlieren. Mich bestärkt, aus dem Chaos der Ideen die richtige Geschichte zu kreieren. Danke für den mega Job.

Impressum:

TWENTYSIX – Der Self-Publishing-Verlag
Eine Kooperation zwischen der Verlagsgruppe
Random House und BoD – Books on Demand

© 2019 L., Pocahontas
(pocahontas.inliebe@gmail.com)
Lektorat: Ina Raki

Herstellung und Verlag:
BoD – Books on Demand, Norderstedt.

ISBN: 9783740753313

www.ingramcontent.com/pod-product-compliance
Lightning Source LLC
Chambersburg PA
CBHW070223030726
47505CB00006B/1790